나의 도시를 앨리스처럼

A Town Like Alice

2권

Nevil Shute Norway

A Town Like Alice

나의 도시를
앨리스처럼
2

네빌 슈트 지음 · 정유선 옮김

RAINBOW PUBLIC BOOKS

2권 차례

얼마나 많은 이들이
그대의 발랄한 기품을 사랑했고,
참, 혹은 거짓 애정으로
그대의 아름다움을 사랑했는지.

그러나 오직 한 남자만이
그대 안의 순례하는 영혼을 사랑했고,
그대의 변해가는 얼굴에 깃든 슬픔을 사랑했네.

- W. B. 예이츠 -

1권에서 계속…

6 장

다윈 공항에 도착해 비행기에서 내린 진 패짓은 트랩을 따라 걸으면서 이상하리만치 행복했다. 그전까지 그녀는 전쟁의 비극에서 완전히 벗어나지 못한 사람처럼 살았다.

영국으로 돌아온 뒤 2년 동안 팩&레비에서 일도 유능하게 잘했지만, 어떨 때는 쉰 살 먹은 여자 같았다. 삶을 살아도 삶에 대한 열정은 거의 없었다. 마음속 깊은 곳에 남아있는 쿠안탄의 비극이 그녀의 젊음을 앗아가고 있었다. 그녀가 전에 자신이 70살 먹은 노인처럼 느껴진다고 내게 했던 말은 진심이었을 것이다.

진이 도착한 시각은 저녁 8시가 조금 넘어 어둑어둑해진 뒤였다. 그녀가 다윈 공항에서 내리기로 되어 있었기에 콴타스 항공은 미리 다윈 호텔에 방을 예약해주었다. 그녀는 트랩을 다 내려와 세관으로 인도되었다. 통로 끝에 있던 젊은 남자 셋이 조목조목 질문을 던졌다.

진은 그들이 공항 직원인 줄 알았는데 나중에 알고 보니 호주의 여러 신문사에서 나온 기자들이었다. 그들은 행여 수상을 만나게 되거나 어떤 특종을 건질까 싶어 다윈 공항에 착륙하는 모든 비행기로 달려가는, 신문기자의 임무 가운데 분명 최악의 임무를 맡은 사람들이었다.

진이 세관을 통과하자마자 그중 한 명이 다가왔다. 이번 승객 중에 기삿거리가 될 만한 사람은 아무도 없었다. 이렇게 행복해 보이는 아가씨라면 그나마 작은 성과를 올려줄지도 몰랐다.

"패짓 양, 승무원이 그러는데 여기 내려서 다윈 호텔에 묵으신다면서요? 시내까지 태워드릴까요? 저는 홉킨슨이라고 합니다. 〈시드니 모니터〉에서 나왔어요."

진이 말했다. "홉킨슨 씨, 정말 감사하지만, 폐를 끼치고 싶진 않아요."

"저도 거기 묵고 있거든요." 그의 소형 자동차가 격납고 밖에 세워져 있었다. 그는 진의 여행 가방을 뒷좌석에 실어주었다. 그들은 차를 타고 가며 비행기와 싱가포르 이야기를 했다.

베스티 도축 공장의 폐허를 지날 때 그가 물었다. "패짓 양은 영국인이시죠?" 그녀가 그렇다고 하니 또 물었다. "왜 호주에 오셨는지 말씀해주시겠어요?"

그녀가 웃었다. "별로 드릴 말씀이 없네요. 개인적인 일로 왔거든요. 기삿거리는 안 될 거예요. 이제 전 여기 내려서 걸어가야 하나요?"

"그런 말씀 마세요. 그냥 여쭤본 겁니다. 일주일 동안 기삿거리를 하나도 못 건졌거든요."

"다윈이 정말 멋진 거 같다고 말하면 도움이 될까요? '런던에서 온 속기사가 다윈이 멋지다고 말했다' 어때요?"

"우리 〈시드니 모니터〉에선 런던을 함부로 언급할 수 없어요. 직업이 속기사예요?"

그녀가 고개를 끄덕였다.

"결혼하러 나오셨나요?"

"그건 아니에요."

그가 한숨을 푹 쉬었다. "안타깝게도 당신 이야기는 별로 도움이 안 되겠군요."

"홉킨슨 씨, 여기서 앨리스 스프링스까지 버스가 얼마나 자주 다니나요? 거기로 가야 하는데 돈이 넉넉지 않아서 버스를 타야 할 거 같아요. 버스로 갈 수 있겠죠?"

"물론이죠. 오늘 아침에도 한 대 출발했어요. 당신은 월요일까지 기다려야 할 거예요. 주말에는 운행하지 않거든요."

"얼마나 걸리나요?"

"이틀 걸려요. 월요일에 출발하면 그날 밤에 댈리 워터스에 들렀다가 화요일 늦게 도착할 겁니다. 아주 힘든 여정은 아니지만, 무척 더울 거예요."

그는 진을 호텔 앞에 내려주고 가방을 로비까지 옮겨주었다. 그렇게 초만원인 곳에서 방을 얻은 것은 행운이었다. 발코니에서 항구가 내려다보이는 방이었다. 다윈은 더웠고, 기운을 소진하는 꿉꿉한 열기 때문에 조금만 움직여도 땀이 줄줄 흘렀다. 열대기후에 익숙했기에 새삼스러운 경험은 아니었다. 문의 빗장을 걸고 샤워를 했다. 세면대에서 몇 가지 옷을 빨아 널어놓고는 최소한의 옷만 걸치고 누워서 잠을 청했다.

다음 날 아침 일찍 잠이 깬 진은 한동안 누워서 신선한 새벽 공기를 즐기며 자신의 상황을 정리했다. 가장 급한 일은 조 하면을 찾아 대화하는 것이었다.

홉킨슨과의 만남은 그녀가 앞으로 맞닥뜨릴 수 있는 어떤 성가신 문제를 예고하는 듯했다. 아무리 친절한 청년들일지라도 그들의 임무는 신문에 실릴 기삿거리를 찾는 것이었다.

진은 신문의 헤드라인을 장식하고 싶은 마음이 조금도 없었다. 그녀의 진짜 목적이 알려졌다면 보나 마나 기삿거리가 되고도 남았을 것이다. "자신을 위해 십자가에 못 박힌 병사를 찾으러 영국에서 날아온 아가씨…" 그녀가 남자였다면 이런 걱정은 안 해도 됐을 것이다.

어쨌든 남자가 될 수도 없는 노릇이었기에 그녀는 자신의 이야기를 지어내기 시작했다. 우선 우체국에서 일하는 홈즈

10

라는 남자와 결혼한 언니 집에서 지내려고 애들레이드로 가는 척하기로 했다. 그 정도면 꽤 그럴듯해 보이리라 생각했다.

다윈과 앨리스 스프링스를 경유하는 이유는 9년 전 육촌인 조 하먼이 이곳으로 일하러 간다고 떠난 뒤 한 번도 집에 편지를 쓰지 않아서 부모가 그의 생사를 확인하고 싶어 하기 때문이다. 그녀는 앨리스 스프링스에서 기차를 타고 애들레이드로 갈 예정인 것으로 이야기를 완성했다.

이 이야기는 그녀가 비행기를 타고 다윈에 온 이유를 제대로 설명하지 못했지만, 어쨌든 다윈으로 올 수 있는 다른 방법은 없었다. 침대에 누워 만들어낸 이야기는 꽤 탄탄해 보였다.

그녀는 아침 식사하러 아래층으로 내려가면서 홉킨슨을 만나면 시험해봐야겠다고 생각했다. 그날 버스 매표소로 갈 때 기회가 찾아왔다. 약 30분 동안 대화하면서 조각조각 이야기를 꺼내놓던 그녀는 홉킨슨이 의심 없이 받아들이자 조금 쑥스러웠다.

그가 진을 가게로 데려가 콜라를 사주며 말했다. "조 하먼이라…, 9년 전 앨리스에서 무슨 일을 했는데요?"

그녀는 빨대로 음료를 한 모금 마시고 말했다. "소 목장에서 목동 일을 했어요." 천진스레 말하면서 과장되게 보이지 않으려 애썼다.

"목동이요? 목장 이름은 기억하나요?"

"월라라 목장이라고 들었어요. 앨리스 스프링스 근처에 있는 목장 맞죠?"

"잘 모르겠어요. 한번 찾아볼게요."

점심 식사 뒤 그가 〈애들레이드 헤럴드〉의 포터라는 기자와 함께 진을 찾아왔다.

"월라라는 앨리스 스프링스에서 꽤 멀리 떨어져 있습니다. 홈스테드까지 거리가 200킬로 정도 될걸요. 토미가 관리하는 곳 맞죠?" 포터가 말했다.

"맞는 거 같아요. 앨리스 스프링스에서 거기로 가는 버스가 있나요?"

"버스는 없고, 트럭을 타고 가는 거 말곤 다른 방법이 없어요."

홉킨슨이 말했다. "혹시 맥클린의 비행기가 그쪽으로 가지 않을까?"

"자네 말을 듣고 보니 그렇군." 포터는 진을 돌아보며 말했다. "맥클린 항공은 일주일에 한 번 거의 모든 목장들을 돌며 우편물을 배달합니다. 그 비행기로 갈 수도 있겠어요. 그러면 훨씬 수월할 겁니다."

진은 그들 덕분에 기자들에 대한 생각을 바꾸게 되었다. 실생활에서는 기자들도 친절하고 예의 바르게 도움을 줄 수 있는 사람들이라는 사실이 픽 놀라웠다. 그녀는 그들에게 진심으로 고맙다고 말했다.

그들은 그녀를 차에 태우고 다윈 주변을 돌며 짧은 드라이브도 시켜주었다. 그녀가 멋진 백사장과 푸른 바다를 보며 환호했고, 해변에서 파티를 하면 멋지겠다고 말했다.

포터가 말했다. "그럴 수 없는 이유가 한두 가지 있어요. 하나는 상어예요. 무릎 깊이보다 더 들어가면 상어가 물어갈지도 몰라요. 또 하나는 악어예요. 게다가 독이 있는 스톤피쉬도 있어요. 그것들은 해변에 널브러져 있을 땐 돌멩이처럼 보이는데 누가 밟기라도 하면 맹독을 쏩니다. 고깔해파리도 조심해야죠. 무엇보다 짜증 나는 건 '산호 귓병'이에요."

"그게 뭐예요?"

"고운 산호모래가 귀로 들어가 자극하면 귓속에서 종양같은 게 자라요."

진은 결국 다윈에서 수영은 포기해야겠다는 결론에 도달했다.

그래도 수영할 기회는 있었다. 일요일에 기자들은 진을 데리고 남쪽으로 60킬로 정도 떨어진 베리스프링스로 갔다.

강에 깊은 웅덩이 같은 게 있어서 수영하기 좋은 곳이었다. 그녀가 투피스 수영복을 입고 나타나자 그들은 호기심에 찬 눈빛으로 쳐다보았다. 쿠알라텔랑에서 몇 주 동안 현지인 차림으로 지내서 햇볕에 탄 자국이 특이했기 때문이다.

그것은 그녀가 저지른 첫 번째 실수였다. 이 아가씨의 입을 열게 하면 기삿거리를 얻어낼 수도 있겠다는 어렴풋한 의심이 처음으로 그들의 뇌리를 스쳤다.

"조 하먼이라…" 포터가 곰곰이 생각하다가 홉킨슨에게 말했다. "분명 전에 어디선가 들었던 이름인데 기억나지 않아…"

수영하고 돌아오는 차 안에서 기자들은 다윈에 관해 이야기해주었다. 그들이 알려주는 다윈의 상황은 암울했다.

포터가 말했다. "여기서 일어나는 모든 일이 거지 같아요. 도축 공장은 노사 갈등으로 몇 년 전에 문을 닫았어요. 파업이 너무 잦아서 그럴 수밖에 없었죠. 철도 얘기를 하자면, 여기서 앨리스까지 철도를 놓고, 앨리스에서 애들레이드로 이어진 철도와 연결해서 대륙 종단 철도가 만들어질 예정이었어요. 그렇게 되면 좋았을 텐데 공사가 중단됐어요. 그걸 뭐에 쓰겠어요. 철도는 제대로 구실도 못 해보고 이런 도로에 사업을 다 빼앗겼어요. 예전에 얼음 공장이 있었는데 거기도 문을 닫았어요. 이 주변은 어딜 가나 사업을 시작했다가 망한 사업장의 잔해가 널려있어요."

진이 물었다. "왜 그런 거죠? 여긴 그렇게 나빠 보이지 않는데요. 멋진 항구도 있고."

"항구가 있긴 하죠. 이곳이 싱가포르만큼 거대한 항구가 되었으면 했죠. 하지만 북쪽의 여느 해안 도시와 다를 바가 없잖아요. 잘 모르겠어요…. 여기 너무 오래 있어서 그런지 진저리나도록 싫어요."

"아웃백에 대한 염증이에요." 홉킨슨이 냉소적으로 말하고
는 진을 보며 웃었다. "호주에선, 특히 북부에서 이런 증상
을 많이 볼 수 있을 겁니다."

진이 물었다. "앨리스 스프링스도 같은가요?" 6년 전 조
하먼이 칭찬을 아끼지 않았던 앨리스에 대한 기억과 너무
달랐다.

홉킨슨이 말했다. "아, 앨리스는 달라요. 거긴 좋은 곳이
죠."

"왜 다른가요?"

"글쎄요. 그곳엔 애들레이드까지 소 떼를 화물로 실어 나
르는 기차역이 있어요. 그게 큰 이유죠. 앨리스는 진취적인
곳이에요. 모든 게 활발하게 이루어지니까요. 신문사가 저를
여기 대신 그곳으로 보내주길 바랄 뿐입니다."

그날 밤 진은 두 친구에게 작별 인사를 했고, 이튿날 새벽
앨리스 스프링스로 가는 버스를 타고 출발했다. 버스는 현
대식 대형 버스였다. 뒤에는 화물과 짐 가방을 실은 트레일
러가 매달려 있었다. 좌석은 편했지만, 냉방 장치가 없었다.
전직 해군 승무원이 운전하는 버스는 텅 빈 아스팔트 대로
를 시속 80킬로로 몇 시간째 달렸다.

버스는 점심 식사를 위해 캐서린에 멈추었다. 왜소해 보이
는 유칼리나무들이 그곳까지 무성하게 우거져 있었는데 나

중에 알고 보니 고무나무였다. 그 나무들 사이로 야생 목초지가 펼쳐졌다. 그곳은 소들이 한 번도 풀을 뜯지 않았고, 누구도 발을 들인 적이 없는 곳이었다.

진은 테넌트크리크로 가는 승객과 그 지역에 관해 대화를 나누었다. 은행조사관인 그 승객은 몇 가지 이유로 이 해안지대가 농사에 쓸모없는 땅이라고 했다. 진은 그 이유를 이해하지 못했다.

캐서린을 지나자 주변 환경은 점점 더 건조해 보였다. 드문드문 서 있는 나무들도 메말라 보였다. 저녁 무렵 버스는 사막 근처를 달리고 있었다.

해 질 녘에 버스가 댈리 워터스라는 곳에 멈추고 하룻밤 묵기로 했다. 댈리 워터스에는 호텔과 우체국, 조금 큰 비행장 말고는 별다른 게 없었다. 호텔은 사방으로 어지럽게 뻗어나간 단층 짜리 나무 오두막 단지로 기숙사 같은 곳이었다. 진에게는 낯선 장소였지만 그런대로 안락했다.

그녀는 저녁 먹기 전에 저물녘의 거리를 거닐었다. 호텔 앞에는 청년 셋이 조 하먼이 보여줬던 특이한 자세로 한쪽 다리를 뻗은 채 쭈그리고 앉아 있었다. 승마바지 차림에 밑창이 아주 얇고 옆면이 늘어나는 부츠를 신은 그들은 땅바닥에 카드를 펼쳐놓고 게임에 몰두하고 있었다. 그녀는 그때 처음으로 목동을 보았다.

진은 그들을 유심히 살펴보았다. 조 하먼이 군에 입대하기 전 저런 모습이었을 것 같았다. 그들에게 다가가 혹시 조 하먼을 아냐고 물어보고 싶은 터무니없는 충동을 느꼈지만, 꾹 참았다.

다음 날 새벽에 출발한 버스는 남쪽 테넌트크리크를 향해 계속 달렸다. 남쪽으로 갈수록 초목이 점점 줄었고, 태양은 더욱 뜨거워졌다. 테넌트크리크에 들러 식사를 하고 휴식을 취할 때는 사방이 모래사막이었다.

버스는 한 시간 뒤 다시 출발했다. 집이 두세 채뿐인 아담한 장소들을 지나 시속 80, 90킬로의 속도로 이글거리는 도로를 계속 달렸다. 늦은 오후에는 옅푸른 하늘을 배경으로 헐벗은 봉우리들이 늘어선 맥도넬 산맥을 향해 달렸다. 날이 저물 무렵 앨리스 스프링스로 천천히 진입한 버스는 탤벗 암스 호텔 앞에 섰다.

진은 호텔로 들어가 발코니 쪽으로 난 방을 잡았다. 앨리스 스프링스의 거의 모든 건물이 그렇듯 이 호텔도 단층 짜리 방갈로 형태였다.

도착하자마자 저녁 식사가 나왔다. 진은 호주의 지방 호텔에서는 식사 시간을 지키지 않으면 아무것도 먹을 수 없다는 사실을 이미 알고 있었다. 식사하고 옷을 갈아입은 뒤 시내를 거닐었다. 넓은 외곽 도로를 따라 아주 천천히 걸으며 마을을 둘러보았다.

조 하먼의 말대로 그곳은 젊은이들이 많은 활기찬 도시였다. 앨리스 스프링스는 열대의 분위기가 풍겼다. 집들이 방 갈로 형태임에도 불구하고, 어렴풋이 영국 교외의 느낌을 주 어서 진은 고향에 온 듯한 편안함이 느껴졌다.

집들은 사생활을 보호하는 울타리가 쳐진 작은 정원에 둘 러싸여 있었다. 도로경계석을 따라 늘어선 나무들이 그늘을 드리우는 거리도 영국 거리와 비슷했다. 맥도넬 산맥만 가리 면 바세트의 어린 시절로 돌아온 기분이 들 것 같았다.

이제 그녀는 만나는 사람마다 왜 앨리스 스프링스가 기가 막히게 좋은 곳이라고 말하는지 이해할 수 있었다. 이 도시 외곽의 이런 집에 살면 아이도 두셋 낳고 행복한 삶을 꾸려 나갈 수 있을 것 같았다.

진은 다시 큰길로 나와 상점들을 구경하며 걸었다. 이 도 시에는 미용실, 멋진 옷가게, 영화관 등 여자들이 좋아할 만 한 것들이 정말 다 있었다. 그녀는 9시쯤 가게로 들어가 아 이스크림을 얹은 소다를 주문했다. 아웃백이 이런 곳이라면 그렇게 형편없는 곳은 아니라고 생각했다.

이튿날 아침 식사 뒤 진은 호텔 관리자인 드라이버 부인을 만나러 사무실로 갔다.

"저는 10년째 집에 소식이 없는 육촌을 찾고 있어요." 언 니 집에서 지내기 위해 런던에서 애들레이드로 가는 중이라 는 이야기도 했다. "제가 낭숙에게 앨리스 스프링스에 들러

조에 관해 뭐든 알아보겠다고 했거든요."

드라이버 부인이 관심을 보였다. "그 사람 이름이 뭐라고
요?"

"조 하먼이에요."

"조 하먼! 월라라에서 일했던 조 하먼 말이에요?"

"맞아요! 혹시 조 하먼이 아직 거기 있나요?"

그녀는 고개를 저었다. "전쟁 직후 여기에 자주 왔었는데,
이곳에 6개월밖에 머무르지 않았어요. 내가 전쟁 중에 이리
로 와서 그 전 일은 전혀 몰라요. 그 사람은 일본군 포로였
다더군요. 그때 아주 끔찍한 일을 당했다고 들었어요. 일본
놈들이 손에 못을 박아 나무에 매달아서…, 그 사람 손에
흉터가 있더라고요."

진의 얼굴에 두렵고 놀라운 기색이 스쳤다. "그 사람 지금
어디에 있는지 아세요?"

"나는 잘 모르지만, 일꾼들 중에 아는 사람이 있을지도
몰라요."

진이 노인과 이야기를 나누었다. 그는 앨리스 스프링스에
서 30년째 살고 있는 잡역부였다.

"조 하먼이요? 그는 고향인 퀸즐랜드로 돌아갔어요. 전쟁
뒤 6개월 정도 월라라에 있다가 걸프 지역 어딘가에서 목장
관리인으로 일자리를 얻었어요."

진이 물었다. "혹시 주소는 모르시나요?"

"난 몰라요. 아마 월라라에 있는 토미가 알 거예요."

"그분은 시내로 자주 나오시나요?"

"그럼요. 금요일에도 여기 왔었어요. 대략 3, 4주에 한 번씩 나옵니다."

진이 시치미를 떼고 물었다. "조 하면이 퀸즐랜드로 갈 때 가족도 데려갔겠네요. 그들이 아직 여기 살지는 않죠?"

노인은 그녀를 빤히 쳐다보았다. "조 하면에게 가족이 있단 소리는 금시초문이에요. 내가 아는 한 그는 미혼이에요."

그녀는 능청스럽게 둘러댔다. "영국에 계시는 당숙은 그가 결혼한 줄 아세요."

"그에게 아내가 있단 소린 들어보지 못했어요."

진은 잠시 그 문제를 생각하다가 드라이버 부인에게 말했다. "월라라에 전화가 있나요? 토미 씨에게 그의 주소를 아는지 여쭤보고 싶어요."

드라이버 부인이 말했다. "거긴 전화가 없어요. 월라라 사람들은 아침저녁 무선 교신 시간에 맞춰 소식을 주고받아요."

병원의 '플라잉 닥터' 서비스는 광범위한 무선통신 네트워크를 운영하고 있었다. 아침저녁으로 병원의 통신 담당자가 약 40에서 50개의 목장에 무선 교신으로 메시지와 지역 소식을 전달하고 그들의 안부를 물었다. 그러면 목장 안주인이 반대편에서 응답하는 식이었다.

"오늘 밤 토미 부인이 틀림없이 교신할 거예요. 그분 동생이 아기를 낳으려고 여기 병원에 입원해 있어서 무사히 출산했는지 알고 싶어 할 테니까요. 전보 내용을 써서 병원에 있는 테일러 씨에게 가져다주면 오늘 밤 그들에게 전해줄 거예요."

진은 방으로 돌아와 전보로 보낼 내용을 써서 병원에 있는 테일러에게 갖다주었다. 그는 월라라에 전달해주겠다고 했다. "8시쯤 다시 오세요. 그들이 주소를 바로 알려준다면 그때 알려드릴 수 있을 겁니다. 만약 주소를 찾아봐야 하는 경우라면 내일 아침 교신 때 전달해줄 거예요."

진은 저녁때까지 할 일이 없어져서 아이스크림을 먹으러 다시 가게로 갔다.

그녀는 가게에서 로즈라는 아가씨와 친구가 되었다. 열아홉쯤 되어 보이는 로즈는 줄을 맨 강아지를 안고 있었다. 오후에는 옷가게에서 일한다고 했다. 진이 영국에서 왔다고 하니 깊은 관심을 보이며 한동안 영국 이야기를 했다.

"앨리스가 맘에 드세요?" 로즈가 물었다. 말투에서 상투적인 권태가 묻어났다.

진이 솔직하게 말했다. "마음에 들어요. 이보다 못한 곳을 많이 봤거든요. 당신은 여기서 꽤 잘 지내고 있는 거 같은데요."

로즈가 말했다. "뭐 저도 그럭저럭 맘에 들긴 해요. 전에 우리 가족은 뉴캐슬(호주 남동부 공업도시-옮긴이)에 살았었는데 아빠가 이곳 은행 지점장으로 발령받았어요. 우린 모두 이곳이 끔찍할 거로 생각했어요. 제 친구들도 하나같이 아웃백 지역이 끔찍할 거라고 말했어요. 저도 여기서 살기 힘들 줄 알았는데 벌써 15개월째 그런대로 잘 지내고 있어요."

"앨리스가 그중 제일 나은 편이죠?"

"사람들이 그렇게 말하더라고요. 전 다른 곳은 안 가봤어요. 물론 이 모든 건 꽤 최근에 생긴 것들이에요. 전쟁 전에는 이런 가게들이 하나도 없었대요."

진은 이 도시의 역사를 조금 알게 되었고, 도시의 급속한 성장이 놀라웠다. 1928년에는 집 세 채 정도와 술집 하나가 전부였다. 그 해 오드나다타에서 이 도시까지 철도가 놓였다.

플라잉 닥터 서비스는 1930년 즈음 시작되었고, 주변 지역에 작은 병원들이 생겨났다. 간호사들은 하나같이 결혼해 가정을 이루었다. 알고 보니 그 지역에서 오래 살고 있는 가족들은 대부분 이 간호사들의 가족이었다.

1939년 무렵 인구가 약 300명으로 늘었다. 전쟁이 일어나자 이 도시는 군 집결지가 되었다. 전쟁이 끝난 뒤 1945년에는 인구가 약 750명으로 늘었고, 진이 방문할 당시에는 약 1,200명이었다.

로즈가 말했다. "새로운 주택과 상점들이 계속 늘어나고 있어요. 사람들이 쉴 새 없이 이곳으로 밀려오고 있나 봐요." 로즈는 진에게 오후 늦게 같이 수영하러 가자고 제안했다. "비행장 바로 옆에 맥클린 부인의 멋진 수영장이 있어요. 그 부인에게 전화해서 당신을 데려가도 되는지 물어볼게요."

오후 5시에 진은 로즈를 따라 수영장 파티에 갔다. 수영장 주변에 앉아 저녁 햇볕을 쬐었다. 에르트와 산의 황량한 능선을 바라보며 앨리스 스프링스의 사교 생활에 빠져들었다.

그곳에 모인 미혼 여성과 결혼한 부인들은 대부분 30세 미만이었다. 그들은 친절하며 호의적이고 교양 있는 사람들이었는데, 영국 소식을 간절히 듣고 싶어 했다.

어떤 사람들은 아주 자연스럽게 영국을 "고국"이라고 불렀지만, 그들 중 누구도 영국에 가본 적은 없었다. 저마다 언젠가는 "고국"으로 여행 갈 수 있으리라는 소망을 품고 있었다.

파티가 끝날 무렵 진은 초라해진 기분이 들었다. 이 유쾌한 사람들은 영국을 너무나 잘 알고 있었지만, 정작 자신은 그들 나라를 너무나 몰랐기 때문이다.

그녀는 저녁 식사 뒤 선선한 밤거리를 걷다가 병원으로 갔다. 토미 부인은 조 하먼의 주소를 바로 알려주지 못했지만, 그가 걸프 지역 어딘가에서 목장 관리인으로 있다고 확인해 주었다. 그녀는 남편에게 물어본 뒤 아침 교신 때 메시지를 보내주기로 했다.

그날 밤 진은 주소를 알게 되면 무엇을 해야 할지 한참 생각했다. 이제 그녀의 첫 번째 걱정은 사라졌다. 조 하먼이 부상에서 잘 회복해 아웃백에서 자기 일을 계속하고 있었기 때문이다. 놀라운 사실이었다. 그는 역시 굳센 남자였다. 그를 빨리 찾아야 한다는 강박감은 사라졌지만, 다시 만나지 않고는 호주를 떠날 수 없을 것 같았다.

두 사람 사이에 너무 많은 일들이 있었다. 다시 만났을 때의 어색함은 걱정되지 않았다. 그가 살아있다는 소식을 듣고 정말 괜찮은지 직접 확인하러 왔다고 솔직하게 말할 수 있을 것 같았다. 그 뒤에 일어나는 일은 흘러가는 대로 맡길 수밖에 없었다.

그녀는 입가에 미소를 머금고 잠들었다.

이튿날 아침 무선 교신 시간 뒤에 병원으로 갔다. 거기서 조 하먼이 윌스타운 인근 미드허스트 목장의 관리인으로 일하고 있다는 사실을 알게 되었다. 윌스타운은 처음 들어보는 지명이었다.

친절하게도 테일러는 아웃백 목장들의 다양한 무선 설비와 주파수가 나와 있는 호주 지도를 펼쳐놓고, 카펀테리아만 연안의 길버트강 어귀에 있는 윌스타운을 보여주었다.

신이 물었나. "거긴 어떤 곳인가요? 이곳과 비슷한가요?"

그가 웃었다. "그 위쪽은 형편없는 곳이에요." 그는 지도를 살펴보며 말했다. "어쨌든 활주로는 있군요. 그밖에 별다른 건 없을 거예요. 난 거기 가본 적도 없고, 가봤다는 사람도 못 봤어요."

"저는 거기로 갈 예정이에요. 그 먼 길을 왔으니 조 하먼을 만나야죠."

"살기 퍽퍽한 곳일 거예요."

"거기에 호텔이 있을까요?"

"아, 호텔은 있을 겁니다. 맥주 파는 곳도 있을걸요."

진은 병원을 나와 곰곰이 생각하며 가게로 갔다. 아이스크림소다를 주문하다가 문득 한참 뒤에나 다시 이것을 먹게 될지 모른다는 생각이 들었다.

소다를 다 마신 뒤 길을 조금 걷다가 책방에서 호주 지도와 버스 시간표, 비행기 시간표를 샀다. 그러고는 다시 가게로 가서 아이스크림소다를 한 잔 더 마시며 그것들을 살펴보았다. 얼마 뒤 로즈가 개를 데리고 가게로 들어왔다.

진이 말했다. "조 하먼이 사는 곳을 알아냈어요. 이제 어떻게 거기로 갈지 알아봐야죠. 그쪽으로 가는 버스가 전혀 없는 거 같아요."

그들은 함께 시간표를 살펴보았다. 로즈가 말했다. "비행기로 가는 게 훨씬 수월하겠어요. 요즘엔 누구나 비행기를 타요. 더 비싸긴 한데 길게 보면 그게 아닐 수도 있어요. 육로로 가면 호텔과 식사 비용이 만만치 않게 들 테니까요. 나라면 다음 주 월요일에 클론커리로 가는 맥클린 항공을 이용하겠어요."

그러면 앨리스 스프링스에 며칠 더 머물러야 했지만, 그게 최선일 것 같았다.

로즈가 말했다. "우리 집에 와서 함께 있어도 돼요. 부모님은 영국에서 온 사람을 반가워하실 거예요. 호텔에서 지내는 건 좀 불편하지 않아요? 물론 저는 가본 적이 없지만요."

"맥주 냄새가 진동하긴 해요." 진이 말했다. 호주의 엄격한 예의범절은 여자가 술집 가까이 가는 것을 허락하지 않았다. "정말 민폐가 되지 않는다면 그러고 싶어요."

"가족들이 좋아할 거예요. 영국에서 온 사람과 대화하는 건 아주 드문 일이거든요."

두 사람은 로즈의 집으로 걸어가다가 맥클린 부인을 만났다. 유모차를 밀고 가던 금발의 젊은 부인이었다.

진이 말했다. "걸프 지역의 윌스타운으로 조 하먼을 만나러 가야 해요. 월요일에 부인의 항공사 비행기가 클론커리까지 간다고 들었는데 좌석을 구할 수 있을까요?"

"가능할 거예요. 지금 사무실로 가는 길인데 직원에게 월요일 예약자 명단에 당신 이름을 올려놓으라고 할게요. 클론커리에서 윌스타운으로 가는 탑승권도 예약해달라고 할까요? 아마도 클론커리에서 바로 가는 세 있을 거예요. 원하시면 직원에게 확인하고 예약해놓으라고 할게요.”

“정말 고맙습니다. 그렇게 해주시면 좋겠어요.” 진이 말했
다.

“오늘 저녁에 수영장에서 볼까요?”

“네, 그럴게요.”

두 사람은 로즈 가족의 집에 도착했다. 쾌적해 보이는 방
갈로가 아담한 정원 한가운데 서 있었다. 덩굴장미가 벽을
덮고 있었다. 정원에는 영국 꽃이 만발했고, 스프링클러가
잔디밭에 물을 흩뿌리고 있었다. 로즈 어머니는 머리가 희끗
희끗한 솜씨 좋은 주부였다.

그녀가 진을 반기며 말했다. “그런 불쾌한 곳에 있는 것보
다 여기서 우리와 지내는 게 훨씬 나을 거예요.” 그녀는 호
주 여성 특유의 호텔에 대한 혐오감을 드러냈다. “패짓 양,
같이 지내게 돼서 기뻐요. 어제 로즈에게 당신 얘길 들었어
요. 고국에서 온 사람을 만나 얼마나 반가운지 몰라요.”

진은 짐을 챙기러 호텔로 돌아가는 길에 우체국에 들렀다.
조 하면을 만나러 간다고 미리 알리는 전보 문구를 고민하
다가 15분 뒤에 이렇게 썼다.

당신이 쿠안탄에서 당한 끔찍한 고문의 부상에서 회복되
었다는 소식을 아주 최근에 듣고 무척 기뻤어요. 나는 지금
호주에 있고, 당신을 만나러 다음 주에 윌스타운으로 갑니

다.

  - 진 패짓

  진은 택시를 타고 로즈 가족 집으로 짐을 옮겼다. 그 집에
서 친절한 사람들과 나흘 동안 함께 지냈다.
  사흘째 되는 날 그들에게 거짓말하는 게 더 이상 견디기
힘들었다. 진은 로즈 모녀에게 말레이에서 있었던 일과 자신
이 조 하먼을 찾는 이유를 털어놓았고, 그 이야기가 신문에
실릴까 봐 두려우니 소문내지 말아 달라고 부탁했다. 그들은
그러겠다고 하면서 로즈 아버지가 퇴근하면 그 이야기를 다
시 들려달라고 부탁했다.
  그날 저녁 로즈 아버지는 진이 관심 가질 만한 이야기를
많이 했다. "조 하먼은 그곳에서 성공할 거예요. 걸프 지역이
지금 당장은 보잘것없어 보이지만, 그는 아직 젊고 호주에서
는 상황이 빠르게 바뀌기도 하니까요. 20년 전만 해도 이 도
시는 아무것도 아니었는데 지금 여길 좀 봐요. 걸프 지역에
한 가지 이점이 있는데 바로 비죠. 여긴 비가 1년에 150에서
180밀리 정도 내리는데, 아마 런던 강수량의 4분의 1쯤 될
겁니다. 조 하먼이 있는 곳은 비가 750밀리쯤 와서 영국보다
강수량이 훨씬 많죠. 장기적으로 보면 영향이 클 수밖에 없
어요."

그가 파이프 담배를 피웠다. "문제는 그 비가 그들에게 큰 도움을 주지는 못한다는 거예요. 두 달 동안 집중적으로 내려서 바다로 흘러가거든요. 영국처럼 1년 내내 골고루 내리는 게 아니에요. 참, 작년에 영국에서 온 사람을 만났는데, 영국도 모든 강에 약 5킬로 간격으로 둑을 쌓지 않았다면 대부분의 물이 바다로 그냥 흘러갔을 거라고 하더군요. 호주의 목장에서는 아직 물을 저장할 방법이 없어요. 조금씩 노력은 하고 있지만 신통치는 않아요."

진은 로즈 가족과 지내는 동안 로즈의 연애사도 듣게 되었다. 아직 그렇게 심각한 관계는 아닌 듯했다. 상대는 도로 건설 일을 하는 빌리였다.

로즈가 말했다. "그는 전쟁에서 아주 용감하게 싸웠대요. 스물네 살에 대위가 됐죠. 하지만 당신의 조 하먼과는 비교도 안 돼요. 저를 위해 십자가에 매달린 적은 없으니까…"

"우린 사귀거나 하는 사이가 아니에요. 난 그저 그가 괜찮은지 알고 싶을 뿐이에요." 진이 정색하며 말했다.

로즈는 자신에게 맞는 일을 찾고 있었다. "나는 상점에서 일하는 게 좋아요. 당신처럼 속기를 배우는 건 도저히 못 할 거 같아요. 상점 일을 좋아하긴 하지만, 그게 가치 있는 일인지는 모르겠어요. 전 누가 입은 것을 보기 전에는 어떤 옷이 그 사람에게 잘 어울리는지 모르겠어요. 그러니까 패션 디자이너가 되긴 아예 글렀어요. 정말 하고 싶은 일은 아이스크림소다 가게를 운영하는 거예요. 그 일은 정말 재미있을 거 같아요."

진은 로즈 아버지가 일하는 은행으로 찾아가 자신이 떠난 뒤 계좌로 들어오는 모든 예금이 윌스타운으로 송금되도록 처리해달라고 부탁했다. 월요일 아침 그녀는 아쉬운 마음으로 앨리스 스프링스를 떠났다. 로즈 가족과 맥클린 가족도 아쉬워하며 그녀를 배웅했다.

진은 종일 비행기를 타고 이동하면서 매우 유익한 하루를 보냈다. 그 비행기는 클론커리로 곧장 가지 않고 호주 중앙의 황무지를 지그재그로 가로질렀다. 그러면서 각 목장에 작은 우편물 보따리를 내려주었고, 목동과 여행객들을 태운 뒤 200킬로를 더 날아가 내려주었다.

그날 하루 동안 열 개 정도의 목장에 들렀다. 조종사들은 목장에 들를 때마다 비행기에서 내려 차를 마시면서 목장 관리인이나 주인과 잡담을 나눈 뒤 다시 비행기에 올라타 다음 목적지로 향했다. 하루가 저물 무렵 진 패짓은 소 목장의 홈스테드가 어떤 모습인지 정확히 알게 되었고, 그곳에서 일어나는 일들도 훤히 알게 되었다.

해 질 녘 비행기는 클론커리에 도착했다. 동쪽 타운즈빌 해안까지 기차가 다니는 꽤 큰 도시였다. 이제 그녀는 퀸즐랜드에 들어와 있었다. 그곳에서 퀸즐랜드 사람들의 느긋하고 침착한 말소리를 처음 들었었다. 이내 조 하먼이 떠올랐다.

그녀는 아주 낡은 오픈카를 타고 시내로 들어가 포스트오피스 호텔 앞에서 내렸다. 방은 잡았지만, 저녁 식사 시간이 이미 끝나있었다. 저녁을 먹으려면 먼지 날리는 넓은 중심가에 있는 카페로 가야 했다.

클론커리에서는 앨리스 스프링스 같은 깔끔한 매력은 찾아볼 수 없었다. 냄새나는 소 떼와 이 소들을 가축 수용소로 몰고 갈 때 이용하는 넓은 길이 있었고, 호텔 여러 곳과 상점 몇 개가 전부인 곳이었다. 주택은 죄다 붉은 칠을 한 함석지붕을 올린 목조 건물이었다. 호텔들은 2층 건물이었지만, 집은 대부분 단층이었다.

진은 여기서 하루를 보내야 했다. 노먼턴과 윌스타운으로 가는 항공편이 매주 수요일에만 있기 때문이다. 그녀는 아침 식사를 한 뒤 날이 더워지기 전에 밖으로 나왔다.

중심가의 대로를 1킬로 정도 걸어가니 시내 끝에 닿았고, 500미터 정도 더 걸으니 주변에 아무것도 없었다. 그 뒤 기차역으로 가서 주변을 둘러보았다. 비행장은 이미 보았기에 클론커리에서는 더 이상 볼 게 없었다.

장난감과 신문 파는 가게를 들여다보았지만, 봉제에 관한 저널 몇 권 빼고는 읽을거리가 다 팔리고 없었다. 날이 더워지기 시작해서 호텔로 돌아온 진은 관리자에게 호주 여성

주간지를 한 권 빌려서 방으로 돌아왔다.

옷을 거의 다 벗고 침대에 누워 더위가 지나가기만 기다렸다. 클론커리의 주민들 대부분 그러고 있을 것 같았다.

진은 저녁 식사 전에 기운을 차리고 샤워를 한 뒤 아이스크림소다를 마시러 카페로 갔다. 구운 쇠고기와 자두 푸딩이 나오는, 퀸즐랜드 사람들이 "차"라고 부르는 부담스러운 식사에 머리가 멍해진 그녀는 해 질 무렵 발코니 접의자에 잠시 앉아 있다가 8시쯤 잠자리에 들었다.

그녀는 동이 트기 전에 나가서 날이 밝기 시작할 때 이미 비행장에 가 있었다. 이번에 탄 비행기는 오래된 드래곤 기종이었고, 전날과 마찬가지로 여러 목장을 돌아다녔다.

네다섯 번 이착륙을 반복한 뒤 정오쯤 황량하고 습한 해안에 들어섰고 얼마 뒤 노먼턴에 착륙했다. 30분 뒤에는 콘스탄스 다운스 목장으로 향했다. 그들은 그곳에서 차를 마시며 목장 관리인의 아내와 이야기를 나눈 뒤 윌스타운으로 가는 마지막 여정에 올랐다.

비행기는 오후 서너 시쯤 윌스타운에 도착했다. 비행기가 착륙하기 위해 선회할 때 진은 그곳의 전경을 볼 수 있었다. 그 지역은 유칼리나무가 무성해서 꽤 푸르렀다.

길버트강은 시내에서 5킬로 떨어진 바다로 흘러 들어갔다. 윌스타운과 그 위로는 깊고 마르지 않는 물줄기가 흐르는 듯했다. 나무로 된 둑이 보였다. 눈에 보이지 않는 내륙에서 흐르는 강물은 수증기를 머금은 아지랑이로 피어올랐다. 그 밖에 다른 물줄기들은 모두 메말라 보였다.

시내에는 건물이 30개 정도 있었다. 그 건물들은 교차하는 넓은 두 도로에 매우 넓게 흩어져 있었다. 포장되어 있지 않아서 도로가 아니라 그냥 넓은 부지로 보이기도 했다. 2층 건물이 딱 하나 보였는데 나중에 알고 보니 호텔이었다.

시내에서 여러 방향으로 흙길이 뻗어 있었다. 윌스타운에서 보이는 것은 그게 다였다. 전쟁 때 방어 목적으로 지어진 웅장한 비행장에는 1.5킬로 길이의 드넓은 아스팔트 활주로가 세 개 있었다.

비행기는 넓은 활주로 중 한 곳에 착륙해 교차로에 주차된 트럭을 향해 천천히 나아갔다. 트럭에는 비행기에 급유하기 위한 가솔린 2배럴과 수동식 펌프가 실려 있었다.

조종실에서 나온 조종사가 진에게 물었다. "패짓 양, 여기서 내리시죠? 마중 나온 사람은 있습니까?"

진은 고개를 저었다. "저는 이 지역 목장에 살고 있는 어떤 사람을 만나러 왔어요. 일단 호텔로 가야 할 거 같아요."

"누구를 만나러 오셨어요? 트럭 안에 있는 정유사 직원은 앨 번스라는 사람인데, 이 지역에 모르는 사람이 없어요."

"그분한테 물어보면 되겠네요. 저는 조 하먼 씨를 만나러 왔어요. 미드허스트 목장의 관리인이에요."

그들은 함께 비행기에서 내렸다. "앨, 반가워요. 40갤런 정도 들어갈 거예요. 바로 기름양도 확인할게요. 그나저나 조 하먼이란 사람이 시내에 있어요?" 조종사가 말했다.

"조 하먼?" 트럭 안에 있는 남자가 말했다. 그는 검은 머리에 마흔 살 정도 되어 보이는 야윈 남자였다. "조 하먼은 영국에 있어. 휴가를 떠났네."

진은 눈을 깜빡이며 생각을 가다듬으려 애썼다. 조 하먼이 목장 부지에서 멀리 나가 있거나 케언즈나 타운즈빌에 갔을 수도 있다고 각오는 하고 왔지만, 영국에 있다는 대답은 너무나 황당했다.

잠시 비틀거렸고 헛웃음이 나왔다. 남자들이 이상하다는 듯 바라보는 게 느껴졌다. 그녀는 바보처럼 중얼거렸다. "제가 올 거라고 전보를 보냈는데 못 받았나 봐요."

앨 번스가 말했다. "그럴 리가 없을 텐데, 언제 보냈어요?"

"4, 5일 전에 앨리스 스프링스에서 보냈어요."

"아이코, 못 받았겠네요. 미드허스트 목장에 있는 짐 레논이 대신 받았을 거예요."

조종사가 물었다. "정말 영국에 갔어요?"

앨 번스가 말했다. "한 달쯤 됐지. 요전 날 밤에 짐 레논한테 들었는데 10월 말경에 돌아온대."

조종사가 진을 돌아보며 말했다. "패짓 양, 어떻게 하시겠어요? 여기 세실 겁니까? 여기선 별로 할 게 없으실 덴데요."

그녀는 생각에 잠겨 입술을 깨물다가 물었다. "언제 떠나세요? 클론커리로 돌아가시나요?"

"네. 오늘 밤 노먼턴으로 돌아가 거기서 하룻밤 묵고 내일 아침 클론커리로 갑니다. 앨이 연료를 채우는 동안 잠깐 시내에 들렀다가 30분쯤 뒤에 출발할 거예요."

진은 클론커리로는 절대 돌아가고 싶지 않았다. "생각해봐야겠어요. 조 하먼을 만날 때까지 호주에 있어야 하거든요. 케언스는 지내기 좋은 곳이죠?"

조종사가 말했다. "케언스는 끝내주는 곳이죠. 타운즈빌도 괜찮아요. 6주에서 8주 정도 기다려야 한다면 여기서 기다리긴 힘들 겁니다."

"케언스에는 어떻게 가야 하나요?"

"저와 같이 클론커리로 가서 기차를 타면 타운즈빌을 거쳐 케언스까지 갈 수 있습니다. 거리는 1,000에서 1,100킬로 정도 될 겁니다. 아니면 다음 주 수요일까지 여기서 일주일 동안 기다렸다가 다코타기를 타고 곧장 케언스로 가는 방법도 있어요. 2시간 반 정도 걸릴 겁니다."

"클론커리에서 케언스까지 기차로는 대략 얼마나 걸릴까요?"

"잘 모르겠어요. 타운즈빌에서 케언스까지 기차가 매일 다니는 것 같지는 않은데 확실치는 않아요. 적어도 사흘은 걸

릴 거 같아요. 물론 가장 좋은 방법은 클론커리에서 타운즈
빌까지 비행기로 가서, 다시 케언스까지 비행기를 타는 겁니
다."

"그렇군요." 진은 그렇게 먼 거리를 비행기로 이동하는 데
드는 비용에 예민해지고 있었다. 하지만 돈을 아끼는 대신
찜통 같은 더위에 아웃백 열차 안에서 사흘을 보낼 자신은
없었다. "여기 있다가 다음 주에 다코타기를 타고 가는 게
훨씬 경제적이겠죠?"

"훨씬 경제적이죠. 여기서 케언스로 가는 비용은 10파운
드예요. 하지만 클론커리로 돌아가서 타운즈빌을 거쳐 케언
스로 가려면 30파운드 정도 들 겁니다."

"여기 호텔은 저렴한가요?"

"하루 묵는 데 12실링 정도 될 겁니다." 그는 연료를 채우
고 있는 앨 번스를 돌아보았다. "앨! 코너 부인네 숙박비가
얼마죠?"

"10실링이라네."

진은 머릿속으로 빠르게 계산했다. 여기에 1주일간 있으면
서 다코타기를 기다리면 16파운드를 절약할 수 있었다. "여
기 있어야겠어요. 당신과 함께 돌아가는 것보다 훨씬 경제적
이에요. 여기 남아서 짐 레논 씨를 만나보고 다음 주까지 다
코타기를 기다릴게요."

"패짓 양, 여기 호텔이 어떤지는 알고 계신 거죠?"

"클론커리의 포스트오피스 호텔 같지 않을까요?"

"그보다 좀 더 원시적이에요. 뒷마당에 알 수 없는 것들이 돌아다녀요."

그녀가 웃었다. "방에 틀어박혀 있고, 잘 때도 권총을 옆에 둬야 하나요?"

그는 조금 당황한 듯했다. "뭐…, 꽤 괜찮은 점도 있을 겁니다. 다만 좀 원시적으로 보일 수 있다는 거죠."

"아무튼 전 잘 버틸 거예요."

그때 두 남자를 태운 또 다른 대형 트럭이 나타났다. 그들은 호기심 어린 눈으로 진을 바라보았다. 조종사가 그녀의 여행 가방을 짐칸에 실어주었다. 트럭 운전사는 그녀가 옆자리로 올라오도록 도와주었다. 그녀는 뙤약볕에서 벗어나 그늘로 들어오니 살 것 같았다.

운전사가 물었다. "윌스타운에 머물 겁니까?"

"조 하먼을 만나러 왔는데 그가 여기 없네요. 코너 부인에게 방을 빌릴 수 있으면 다음 주까지 여기 있다가 비행기를 타고 케언스로 갈 거예요."

그는 신기한 듯 그녀를 쳐다보았다. "조 하먼은 영국에 갔어요. 당신은 영국사람 맞죠?"

트럭은 넓은 활주로를 달리기 시작했다. "맞아요."

그가 활짝 웃으며 말했다. "제 부모님도 두 분 다 영국에서 오셨어요. 아버지는 루이셤에서 태어났는데 런던에 속한 지역 같아요. 어머니는 헐 출신이에요. 제 이름은 샘 스몰입니다."

트럭은 활주로를 벗어나 마을로 통하는 흙길 위를 덜컹거리며 달렸다. 운전석으로 먼지가 피어올랐다. 엔진은 굉음을 냈으며 흰 매연이 그들 주위에 감돌았다. 트럭의 모든 부품이 삐걱거리고 덜컹거리는 듯했다.

"조 하면은 왜 영국에 갔나요? 무슨 일로 간 거예요?" 그녀가 소음을 뚫고 크게 외쳤다.

샘 스몰이 대답했다. "그냥 가고 싶어서 간 거 같아요. 그는 2년 전에 캐스킷에 당첨됐거든요." 진은 그게 무슨 말인지 도통 이해할 수 없었다. "연중 이맘때는 목장에 할 일이 많지 않아요."

그녀가 또 큰소리로 물었다. "호텔에 빈방이 있을까요?"

"그럼요. 당신이 묵을 방은 있을 겁니다. 영국에서 곧장 오는 길입니까?"

"네."

"지금 고국에선 식량 배급을 어떻게 해주나요?"

진은 영국의 상황을 큰소리로 알려주었다. 시내로 들어가는 길이 울퉁불퉁해서 트럭은 계속 덜컹거렸다. 길옆으로 판잣집이 한 채 서 있었고, 약 50미터 앞에 또 한 채가 보였다.

조금 더 가서 또 다른 판잣집을 지나자 중심가가 나타났다. 트럭은 2층 선물 앞에 있다. 건물의 1층 발코니 위에 '오스트레일리안 호텔'이라는 빛바랜 간판이 걸려 있었다.

샘 스몰이 말했다. "다 왔습니다. 들어가시죠. 제가 코너 부인을 찾아볼게요."

오스트레일리안 호텔은 작은 방을 열 개 정도 갖춘 꽤 큰 건물이었다. 방들은 모두 2층 발코니를 향해 문이 나 있었다. 바닥과 출입문은 나무로 되어 있었다. 나머지 부분은 목조 뼈대 위에 함석으로 지어져 있었다. 진은 가는 곳마다 보였던 함석지붕에는 익숙해져 있었지만, 함석으로 된 벽은 신기했다.

샘 스몰이 코너 부인을 찾는 동안 진은 위층 발코니에서 기다렸다. 발코니에는 침대 두 개가 나와 있었다. 그녀 앞에 나타난 호텔 주인은 누가 봐도 금방 잠에서 깬 사람 같았다. 키가 크고 머리가 희끗희끗한 50세 정도의 여성으로 인상이 단호해 보였다.

진이 말문을 열었다. "안녕하세요. 저는 진 패짓이라고 합니다. 다음 주까지 이곳에 있어야 하는데 빈방이 있나요?"

코너 부인은 그녀를 위아래로 훑어보았다. "글쎄요. 혼자 여행하고 있나요?"

"네. 조 하먼이라는 사람을 만나러 왔는데 그가 여기 없다는 걸 알게 됐어요. 케언스로 갈 계획이에요."

"케언스로 가는 비행기는 막 떠났을 텐데요?"

"알고 있어요. 일주일 뒤에나 다음 비행기를 탈 수 있다고 들었어요."

"맞아요." 코너 부인이 주변을 두리번거렸다. "흠, 어쩌죠. 남자들이 종종 이 발코니에 나와 잠을 자거든요. 그러면 아가씨가 불편할 것 같은데요."

샘 스몰이 끼어들었다. "뒤쪽에도 방이 두 개 있지 않아요?"

"아! 거기를 쓰면 되겠네." 그녀가 진을 돌아보며 말했다. "뒤쪽 발코니로 난 방인데 마당이 내려다보여요. 남자들이 화장실에 드나드는 게 보일 텐데 그건 어쩔 수 없어요."

"그 정도는 참을 수 있을 거예요."

"전에 아웃백 지역에 와본 적 있어요?"

진은 고개를 저었다. "저는 영국에서 막 왔어요."

"그렇군요. 지금 영국은 어때요? 식량은 충분한가요?" 진은 다시 영국 상황을 설명했다.

코너 부인이 말했다. "언니가 영국 남자와 결혼해서 요크셔에 살고 있어요. 난 매달 언니 집으로 소포를 보내고 있어요."

코너 부인은 진에게 방을 보여주었다. 방은 깨끗했고 모기장도 있었다. 크기는 작았지만, 문이 발코니로 난 이중창과 마주 보고 있어서 시원한 공기가 잘 통했다.

"애니 말고는 아무도 이쪽 발코니로 나오지 않아요. 애니는 여기서 일하는 아이예요. 그 애는 이쪽 다른 방을 쓰는

데, 혹시 밤에 수상한 소리가 들리면 아가씨가 내게 알려주면 좋겠어요. 요즘 그 애를 주시하고 있거든요." 그녀는 환기 이야기도 했다. "문을 살짝 열어놓고 여행 가방으로 뒤쪽을 받쳐 놓으면 누가 실수로 불쑥 들어오는 일은 없을 거예요. 그리고 창문을 열어두면 바람이 잘 통할 겁니다. 이 방에서 잠자는 데 전혀 문제가 없을 거예요."

그녀는 진의 손을 힐끗 내려다보았다. "미혼인가요?"

"네."

"이 지역 목동이란 목동은 죄 아가씨를 보려고 시내로 몰려들겠네요. 각오하는 게 좋을 거예요."

진이 웃었다. "그럴게요."

"그럼 아가씨는 조 하먼의 친구인가요?"

"전쟁 때 그를 만났어요. 그때 싱가포르에서 우리 둘 다 귀국할 항공편을 기다리고 있었거든요." 이번에 둘러댄 말은 지난번 거짓말보다 더 진실에 가까웠다. "제가 호주에 오게 돼서 그에게 만나러 가겠다고 전보를 쳤어요. 답장이 없어서 어쨌든 여기로 왔는데 그는 '방랑'을 떠나고 없네요."

코너 부인이 웃으며 말했다. "벌써 원주민 풍습을 알고 있군요."

"전쟁 중에 만났을 때 조 하먼이 알려줬어요."

샘 스몰이 진의 가방을 옮겨주었다. 진이 고맙다고 말하자 그는 쑥스러워하며 고개를 돌렸다. 그녀는 방으로 들어가

땀에 젖은 옷을 벗고 샤워를 했다. 6시 30분에 저녁 식사를 알리는 종소리가 함석 건물에 울려 퍼졌을 때 내려갈 채비가 끝나 있었다.

진이 식당으로 내려가니 남자 서너 명이 이미 자리 잡고 앉아 있었다. 그들은 호기심에 찬 눈으로 그녀를 바라보았다.

신체 발육이 남다른 아가씨가 따로 떨어져 있는 1인용 테이블로 그녀를 안내했다. 나중에 알고 보니 그 애가 열일곱 살 난 애니였다. "구운 쇠고기나 양고기, 돼지고기, 칠면조 중 한 가지 고르세요. 커피나 차 중엔 무얼 드릴까요?"

여전히 찌는 듯이 더웠고 파리들이 식당 곳곳에 들끓었다. 진의 얼굴과 입술, 손에도 파리가 올라앉았다. "구운 칠면조와 차 주세요." 식사가 어떻게 나오는지 보고 내일은 가벼운 식사를 달라고 할 생각이었다.

뜨겁고 기름진 고기와 채소가 수북이 담긴 접시가 그녀 앞에 놓이자 어느새 파리떼가 달려들었다. 차와 함께 우유도 나왔다. 감자는 신선해 보였지만, 당근과 순무는 분명 통조림 식품이었다.

이런 음식을 먹으면 파리들도 이질에 걸리겠다고 달관한 듯 생각했다. 하지만 그녀는 이질을 걱정할 필요가 없었다. 그 주 내내 먹고도 남을 만큼 약을 충분히 가져왔기 때문이다. 접시에 가능한 음식을 4분의 1 정도 먹고 차도 두 잔 마셨다. 그러고는 포기했다.

진은 파리를 피해 되도록 빨리 밖으로 나왔다. 땅에서 1미터 정도 떠 있는 1층 발코니에 접의자가 세 개 있었다. 호텔바 입구에서 조금 떨어진 곳이었다. 여자는 술집 근처에 얼씬도 하지 말아야 한다는 호주의 관습을 진도 익히 알고 있었다. 호텔에서 앉아 있을 수 있는 데라고는 거기밖에 없었다. 접의자에 앉으면서 그것이 지역 예의범절에 어긋나는 행동은 아닌지 조금 걱정했다.

그녀는 주변을 둘러보며 담배를 피웠다. 저녁나절이었지만 햇볕이 아직 강렬했다. 도로 역할을 하는 먼지투성이 넓은 공터가 금빛으로 물들었다.

길 건너편에 넓은 단층 건물이 있었다. 거기에는 '백인 전용 던컨 잡화점'이라는 간판이 붙어 있었다. 시내에 다른 가게는 없는 듯 했다. 던컨의 가게 밖에서 원주민 목동 셋이 이야기를 나누고 있었다. 그중 한 명은 말의 고삐를 붙잡고 있었다. 그들은 몸집이 크고 건장한 청년들로 외모는 흑인과 아주 비슷했고 잘 웃었다.

대로 반대편 조금 떨어진 곳에는 직경 15센티쯤 되는 파이프가 땅에서 수직으로 솟아 있었다. 이 파이프 끝에서 물줄기가 솟구쳤고, 물은 펄펄 끓는 듯 뜨거워 보였다. 물줄기 주위에 수증기가 자욱했다. 흘러가는 물줄기를 따라 김이 모락모락 피어올랐기 때문이다.

물이 나오는 곳에서 500미터쯤 떨어진 곳에 작은 오두막이 서 있었다. 물줄기가 오두막으로 흘러 들어가 다시 반대편으로 흘러나왔다. 진은 그 건물의 용도를 알 수 없었다.

바에서 낮은 웅성거림이 들려왔다. 남자들이 드문드문 그녀 앞을 지나 열려 있는 문으로 들어갔다. 그 안에 여자는 보이지 않았다.

얼마 뒤 길을 지나던 청년이 미소 지으며 진에게 인사를 건넸다. "안녕하세요."

그녀도 미소 지으며 대꾸했다. "안녕하세요."

그가 걸음을 멈추고 말했다. "오늘 오후에 샘 스몰과 함께 들어오는 걸 봤어요. 비행기를 타고 왔죠?"

그는 단정해 보이는 시골 청년이었다. 전형적인 목동의 걸음걸이로 좌우로 몸을 흔들며 걸었다. 직업을 말해주듯 초록색 승마바지에 옆면이 늘어나는 부츠를 신고 있었다. 쌀쌀맞게 대해봐야 소용없을 것 같았다.

그녀가 말했다. "맞아요. 클론커리에서 왔어요. 근데 저 물은 원래 저런 건가요?"

그는 진이 가리키는 곳을 보았다. "원래 저러냐고요? 저건 가축용 우물인 보어라는 거예요. 처음 봤어요?"

"네, 저는 이제 막 영국에서 왔거든요."

"영국에서 왔다고요? 영국은 좀 어때요? 식량은 충분해요?" 그는 아웃백 사람들 특유의 느린 말투로 물었나.

진은 같은 대답을 되풀이했다.

그가 말했다. "아버지는 영국 출신이에요. 울버햄프턴이라는 곳에서 오셨어요. 당신이 사는 곳과 가까운가요?"

"300킬로 정도 떨어져 있어요."

"아, 꽤 가깝군요. 그럼 제 친척을 알 수도 있겠네요. 저는 플레처예요, 피트 플레처."

진이 영국에는 아주 많은 사람이 살고 있다고 설명하고는 보어 이야기로 되돌아갔다. "보어에서는 저렇게 뜨거운 물만 올라오나요?"

"맞아요. 물에 광물질도 섞여 있어서 마실 수는 없어요. 천연가스도 함께 올라와요. 원한다면 불을 붙여서 보여줄 수도 있어요." 그는 1.5에서 2미터 높이까지 불길이 솟아오른다고 설명했다. "더 어두워지면 제가 불을 붙여줄게요."

진이 고맙다고 말하자 그는 쑥스러워했다. 정유소 직원이자 트럭 수리공인 앨 번스가 지나가다가 그들에게 다가왔다.

"패짓 양, 원하는 대로 다 해결됐어요?"

"네, 덕분에요. 수요일까지 여기 있다가 케언스로 갈 거예요."

"잘됐군요. 여기 윌스타운에서는 낯선 사람을 볼 일이 별로 없었는데."

"여기 있는 피트에게 보어에 관해 묻고 있었어요. 피트, 소들은 저 물을 마시나요?"

피트가 웃었다. "더 나은 게 없을 때는 저 물이라도 마셔야죠. 소들은 비가 올 땐 저 물을 쳐다보지도 않다가 건기에는 잘 마셔요."

앨 번스가 담배를 말면서 끼어들었다. "소들이 입도 안 대는 보여도 있긴 하죠. 여기서 노먼턴으로 가는 중간에 인버고든이라는 목장이 있는데, 거기 사람들이 보어를 팠어요.

물을 얻기 위해 900미터 가까이 파 내려가야 했고 비용도 엄청나게 들었죠. 그 보어 작업팀은 3개월 정도 그곳에 있었어요. 아무튼 물이 나오긴 했는데 광물질 때문에 악취가 심해서 소들이 건기에도 가까이 가지 않았대요. 엎친 데 덮친 격으로 그 물로는 풀도 키우지 못한대요."

지나가던 남자 둘이 더 합류해서 진의 의자를 둘러싸고 작은 모임이 이루어졌다.

그녀가 말했다. "이곳의 집들은 왜 이렇게 뚝뚝 떨어져 있나요? 왜 서로 가까이 모여 있지 않은 거죠?"

좀 전에 합류한 남자가 말했다. 40세 정도 되어 보이는 그는 팀 월란이라는 목수였다. "한때는 이곳에 집들이 쭉 있었어요. 1905년에 찍은 이곳 사진이 내게 있는데 내일 가져와서 보여주리다."

"그때는 여기에 사람들이 더 많이 살았나요?"

앨 번스가 말했다. "여긴 금광 도시였어요. 당신은 잘 모르겠지만, 한때 여기시 3민 명이 살았이요."

또 다른 사람이 끼어들었다. "8,000명이었어요. 내가 책에서 봤어요."

앨 번스가 고집스럽게 말했다. "우리 아버지가 여기 처음 왔을 때 3만 명이 있었다고 늘 말씀하셨어!"

그것은 사람들 사이에서 해묵은 논쟁 같았다. 진이 물었다. "지금은 몇 명이나 있나요?"

"그건 잘 모르겠어요." 앨이 남자들 쪽으로 몸을 돌리며 물었다. "팀, 얼마나 될 거 같아?" 그러고는 진에게 덧붙여 말했다. "팀은 관 만드는 일을 하니 잘 알 거예요."

팀 월란이 말했다. "150명쯤 될걸?"

샘 스몰이 발코니로 와서 그들 이야기에 끼어들었다. "지금 월스타운에 사는 사람은 150명이 안 돼요. 많아야 120명 정도예요." 그는 잠시 생각하다가 다시 말했다. "물론 목장은 빼고 여기 시내에 사는 사람들만요. 원주민도 포함하지 않았고요."

논쟁이 점점 치열해져서 그들은 주민의 수를 세기 시작했다. 진은 땅거미가 지는 저녁에 이루어진 인구조사 광경을 재미있게 지켜보았다. 결과는 146명이었다. 결과가 나왔을 무렵 진은 시내에 사는 사람들의 이름과 직업을 대부분 들은 셈이었다.

그녀가 물었다. "여기에 금광이 있었다고요?"

샘 스몰이 말했다. "맞아요. 한때 채굴을 신청한 곳이 수

백 곳이 넘었어요. 이 개울들 곳곳에요. 호텔도 열일곱 개나 있었죠."

다른 누군가가 말했다. "그 시절에는 브리즈번에서 이곳으로 오는 증기선도 있었어요. 케이프 요크를 돌아서 강을 따라 바로 선창까지 올라왔대요. 내가 본 건 아니고 아버지께 들었어요."

진이 물었다. "그 뒤 무슨 일이 있었죠? 금이 바닥났나요?"

"맞아요. 사람들은 개울과 바깥쪽 암석에서 금을 캤어요. 그런 것들은 캐기 쉬우니까요. 그러다가 더 깊이 들어가야 하고 많은 기계가 필요해져서 수지가 맞지 않게 됐어요. 모든 금광 도시들이 마찬가지였죠. 크로이던과 노먼턴도 그렇고요."

"크로이던에서 광산을 다시 열 거란 소문이 있던데요?" 누군가가 말했다.

"그런 얘기는 벌써 돌았는데 말뿐이에요."

진이 물었다. "그럼 집들은 어떻게 된 거예요? 사람들이 다 떠났나요?"

"집들은 저절로 허물어지거나, 철거돼서 다른 집들을 수리하는 자재로 쓰였어요. 금이 바닥나자 사람들은 더 이상 여기 머물지 않았어요. 그럴 수 없었죠. 이제 여기엔 소 목장밖에 없어요." 앨 번스가 밀했다.

남자들끼리 대화의 장이 펼쳐져서 진은 드문드문 의견을 말하거나 질문을 던졌다.

누군가가 말했다. "유령 도시예요. 한때 금이 나왔던 도시의 유령이나 다름없잖아요."

내가 전에 읽은 책에서도 걸프 주변 도시들을 그렇게 불렀다. 유령 도시라고.

또 다른 사람이 말했다. "그렇게 오래 지속되지 않았어요. 1893년에 이곳에서 처음 금이 발견됐는데, 1905년까지 여기 남아있던 사람은 많지 않았어요."

남자들이 이야기하는 동안, 진은 버려진 이 작은 도시에 8,000명 또는 3만 명이 살았던 때를 상상해보았다. 호텔이 열일곱 개나 있고 거리마다 집들이 빽빽하게 들어찼던 곳이었으리라.

누가 계획했든 그 설계에는 원대한 꿈이 담겨있었을 것이다. 채굴권을 차지하기 위해 몰려드는 사람들 때문에 하루가 다르게 인구가 증가하는 것을 보면서 설계자는 카펀테리아만의 뉴욕을 꿈꾸었을 수도 있다.

한때 목조 가옥 거리였던 곳에 남아있는 것이라고는 다닥다닥 연결된 직사각형 흔적들뿐이었다. 그 꿈이 무엇이었는지 보여주는 기괴한 건물들만 그 사이사이에 남아있었다.

날이 완전히 어두워지자 피트와 앨은 진에게 보여주기 위해 보어에 불을 붙였다. 그들은 성냥 대여섯 개를 그은 뒤에야 불을 붙이는 데 성공할 수 있었다. 불길이 치솟으니 시내 전체가 밝아진 듯했다. 불은 물과 수증기 사이에서 흔들거리다가 물길이 솟아오르자 꺼졌다.

그들은 다시 불을 붙였고, 진은 매우 흥미롭게 지켜보았다. 이것이 이 도시에서 즐길 수 있는 유일한 오락거리인 게 분명했다. 그들은 최선을 다해 그녀에게 즐거움을 선사하고 있었다.

진이 말했다. "굉장해요. 영국에선 이런 걸 본 적이 없어요."

그들은 겸손하게 대답했다. "이 주변 지역엔 이렇게 불을 붙일 수 있는 보어가 많아요."

온종일 비행기를 타서 피곤했던 진은 9시쯤 자리에서 일어났다. 모두 그녀에게 잘 자라고 인사를 건넸다. 그녀는 앨번스를 한쪽으로 살짝 불러 말했다. "앨, 짐 레논을 만나고 싶어요. 그가 미드허스트에서 일하는 목동 맞죠? 제가 수요일에 떠나는데 그 전에 그를 만났으면 해요. 짐 레논이 시내로 올까요?"

"아마 토요일에 올 거예요. 토요일마다 한잔하러 나오거든요. 누구든 그쪽으로 나가는 사람이 있으면 당신이 시내에서 그를 만나고 싶어 한다고 전해주라고 할게요."

"미드허스트도 무선 교신을 하나요?"

앨이 고개를 저었다. "시내에 가까운 편이어서 그런 게 필요 없어요. 누가 아프거나 사고를 당하더라도 한 시간 정도면 시내로 데려올 수 있고, 수간호사가 병원에서 무전을 칠수도 있으니까요. 내일이나 모레쯤 그쪽으로 나가는 사람이 있을 겁니다. 만일 그게 아니고, 짐 레논도 토요일에 여기 나오지 않으면 내가 일요일에 트럭으로 거기까지 데려다줄게요."

"정말 고맙지만, 너무 폐를 끼치는 거 같아요."

"별거 아니에요. 조금만 돌아가면 되니까."

진은 방에 올라가서 침대에 누웠다. 뒤뜰에서 석유 엔진과 발전기로 만들어내는 전기가 호텔 곳곳을 밝혔다. 그녀 방 바깥쪽에 있는 발전기에서는 10시에 호텔 바가 문을 닫는 소리가 들릴 때까지 끊임없이 웅웅 소리가 났다. 10시 5분에 엔진이 멈추었고 모든 불이 꺼졌다. 윌스타운 전체가 잠들었다.

진은 날이 밝자마자 사람들이 일어나서 씻는 소리에 5시쯤 잠이 깼다. 하지만 바로 일어나지 않고 이른 아침의 부산한 소리를 들으며 잠시 누워있었다. 아침 식사 시간이 7시 반이라 여유 있게 일어나 샤워하고 시간에 맞춰 식사하러 갔다.

윌스타운에서의 기본적인 아침 식사는 200그램짜리 스테이크에 달걀프라이 두 개를 올린 것이었다. 그녀가 스테이크는 빼고 달걀프라이 하나만 달라고 하자 애니는 당황스러워했다. "아침 식사는 스테이크와 달걀이 함께 나와요." 애니는 이 특이한 영국 여자에게 참을성 있게 설명했다.

진이 말했다. "나도 알지만, 스테이크는 필요 없어요."

"뭐, 꼭 전부 다 먹을 필요는 없어요." 애니는 진의 말을 이해하지 못한 듯했다.

"스테이크는 빼고 달걀프라이 하나만 줄래요?"

"접시에 달랑 달걀프라이 하나만 올려달라고요?"

"맞아요."

이제까지 윌스타운에서 음식에 관해 왈가왈부한 사람은 없었던 모양이다.

애니가 말했다. "코너 부인에게 물어볼게요." 애니는 달걀프라이 두 개가 올라간 스테이크를 들고 주방에서 돌아왔다. "우리 호텔 아침 메뉴는 한 가지뿐이에요." 애니가 설명했다. 진은 싸움을 포기했다.

그녀는 아침 식사를 마치고 주방으로 가서 코너 부인을 찾았다. "빨래할 게 몇 가지 있는데 빨래통 좀 쓸 수 있을까요? 혹시 다리미도 있나요?"

코너 부인이 대꾸했다. "애니가 대신해줄 거예요. 그냥 그 애한테 주세요."

진은 애니에게 빨래를 맡기고 싶지 않았다. "애니는 할 일이 많은데 전 한가하잖아요. 빨래통을 빌려주시면 제가 직접 할게요."

"그럼 그렇게 해요."

진은 주방 바로 바깥에 있는 뒤뜰에서 빨래와 다림질을 하며 오전 시간을 보냈다. 건조하고 햇볕이 따가운 곳이어서 빨랫줄에 널어놓은 옷이 10분 만에 말랐다.

주방 내부 온도는 50도 가까이 되었을 것이다. 안으로 뛰어 들어가 재빨리 버너 위의 다리미를 들고나온 진은 그런 환경에서 하루 세 끼 뜨거운 식사를 조리하는 여자들의 강인함이 존경스러웠다. 얼마 뒤 애니가 뒤뜰로 와서 진이 빨래하는 모습을 슬며시 바라보았다.

그녀가 세탁용 세제 상자를 집어 들고 물었다. "이걸 물에 얼마나 넣어요?"

"물 4리터에 30그램 정도 넣으면 될걸요. 나는 조금만 넣었어요. 상자에 자세한 설명이 있어요."

애니는 손에 든 상자를 살펴보기 시작했다.

"'사용법'이라고 나와 있는 곳을 봐요." 진이 말했다.

그녀 뒤에 있는 문에서 코너 부인이 나오며 말했다. "애니는 글을 못 읽어요."

애니가 말했다. "전 읽을 수 있어요."

"오, 그래? 그럼 그 상자에 뭐라고 쓰여 있는지 큰소리로 읽어보렴."

애니는 상자를 내려놓았다. "요즘엔 많이 연습하지 못했어요. 학교에 다닐 땐 잘 읽었어요."

어색한 상황을 달래기 위해 진이 말했다. "물에 비누 거품이 적당히 일 때까지 세제를 계속 넣기만 하면 돼요. 센물일 때는 세제량을 늘려야 해요."

애니가 말했다. "일반 비누를 쓸 때는 이렇게 거품이 잘 생기지 않았어요. 혹시 간호사예요?"

진은 고개를 저었다. "난 속기사예요."

"아, 난 당신이 간호사인 줄 알았어요. 윌스타운으로 오는 여자들은 대부분 간호사예요. 그들은 여기 오래 머물지 않아요. 6개월 정도 있으면 진절머리를 내죠."

잠시 침묵이 흐른 뒤 애니가 다시 입을 열었다. "당신이 간호사면 약을 좀 얻으려고 했어요. 요즘엔 아침에 일어나면 속이 너무 안 좋거든요. 오늘 아침에도 토할 거 같았어요."

"안됐군요." 진이 조심스럽게 말했다. 달리해줄 말이 없을 것 같았다.

"병원에 가서 더글러스 수간호사에게 약을 좀 달라고 해야겠어요."

"그게 좋겠네요."

그날 진은 윌스타운의 주요 인물을 거의 다 만났다. 담배를 사려고 길 건너 던컨의 가게에 갔더니 잎담배 한 통과 종이 한 뭉치만 내주었다. 가게에서 빌 던컨과 이야기를 나누다가 그가 보여준 금이 박힌 석영 조각을 살펴보고 있을 때 교사인 켄로이 양이 들어왔다.

30분 뒤 다시 길 건너 호텔로 돌아가다가 앨 번스를 만났는데 그가 지방의회 서기인 카터를 소개해주었다.

진은 여느 월스타운 사람들처럼 오후 내내 침대에서 낮잠을 잤다. 더위가 좀 가신 뒤에는 전날 저녁처럼 아래층 발코니로 내려가 접의자에 앉아 있었다.

곧 목동들이 그녀 주위로 몰려들었다. 그들은 하나둘씩 소심하게 다가와 영국 아가씨 앞에서 쭈뼛거렸고, 그러면서 멀찍이 떨어지지도 않았다. 그녀 주위에 모여든 사람들 때문에 발코니가 북적거렸다.

진은 그들에게 이런저런 질문을 하며 이야기를 유도했다. 그들의 긴장을 풀어주기 위해서였다.

그중 한 명이 말했다. "여기도 살긴 괜찮아요. 소 키우기 좋은 곳이죠. 남쪽보다 비가 많이 오거든요. 하지만 전 내년에 여길 떠나요. 형이 록햄프턴 철도 공사장에서 일하고 있는데, 내가 가면 거기 끼워주겠대요."

진이 물었다. "거기 가면 벌이가 더 좋나요?"

"그렇진 않아요. 썩 좋은 편은 아니죠. 여기선 다들 5파운드 17실링을 받아요. 물론 침식도 제공되고요. 일반 목동이 받는 게 그 정도예요."

그녀는 놀랐다. "독신 남자에게 그렇게 나쁜 편은 아닌 거죠?"

피트 플레처가 말했다. "벌이는 괜찮아요. 장소가 문제죠. 여기선 할 일이 없잖아요."

"여기 영화관은 있나요?"

"2주마다 의회 회관에 와서 영화를 틀어주던 사람이 있었어요. 바로 저 건물이에요." 그가 낮은 헛간 같은 목조 건물을 가리켰다. "최근엔 한 달째 오지 않았지만, 다음 주에는 올 거라고 카터 씨가 말했어요."

"댄스홀은요?" 진이 물었다.

냉소적인 웃음소리가 들렸다. "더러 누군가 시도하는데 여기는 춤추기엔 형편없는 곳이에요. 아가씨들이 별로 없어서요."

피트 플레처가 말했다. "윌스타운에 와서 자리 잡은 목동이 50명 정도 되는데, 같이 춤출 미혼 아가씨는 도리스 내시와 수지 앤더슨 이렇게 둘뿐이에요. 열여덟에서 스물세 살 사이 아가씨들 말이에요. 애들과 유부녀는 빼고요."

한 목동이 짓궂게 웃으며 말했다. "수지는 스물세 살보다 더 먹었을걸?"

진이 물었다. "그럼 아가씨들은 다 어디로 갔어요? 이 주변에 그보다 많았을 텐데요."

누군가가 대꾸했다. "모두 일자리를 찾아 도시로 나갔어요. 월스타운에는 아가씨들이 할 만한 일이 없거든요. 보통 타운즈빌과 록햄프턴, 브리즈번으로 나가요."

피트 플레처가 말했다. "저도 브리즈번으로 가요."

진이 말했다. "그럼 소 목장에서 일하는 게 싫은 거예요?"

그녀는 조 하먼과 아웃백에 대한 그의 애정을 떠올렸다.

"아, 목장 때문이 아니에요." 피트가 말했다. 그는 이 영국 아가씨에게 경솔하고 무례한 말을 쓰지 않으면서 어떻게 자신의 생각을 전할지 몰라 머뭇거렸다. "그러니까 제 말은…, 남자라면 누구나 여자를 만나 결혼할 자격이 있잖아요."

진이 그를 쳐다보았다. "정말 그것 때문이에요?"

누군가가 말했다. "여긴 정말 형편없는 곳이에요. 아가씨, 농담이 아니에요. 월스타운에 총각은 쉰 명인데 미혼 아가씨는 둘뿐이에요. 여기선 누구도 결혼할 가망이 없어요."

또 다른 사람이 진에게 설명했다. "패짓 양, 분별력 있는 평범한 아가씨라면 누구도, 아마 당신이라고 해도 여기 머물진 않을 겁니다. 앞가림할 만큼 나이가 차면 바로 일자리를 찾아 떠나요. 마냥 부모에게 기대지 않고 스스로 생계를 꾸립니다. 월스타운에 남아있는 아가씨들은 좀 아둔해서 다른 곳으로 가지 못하거나 여기 남아서 나이 든 부모를 돌봐야 한다고 생각하는 부류들뿐이에요."

다른 누군가가 말했다. "그런 부류들은 부모를 모시고 도시로 가기도 하죠. 엘지 프리먼처럼요."

진이 웃었다. "그러니까 월스타운에 남아있다간 결국 매력 없는 아가씨와 결혼하게 될 거란 뜻이군요."

그들은 당황한 듯 어깨너머를 힐끔거렸다. "뭐, 남자라면 좀 둘러보고 싶어 하는 게…"

"당신들이 좀 둘러보고 싶어서 다 도시로 가버리면 목장은 누가 운영하나요?"

피트가 말했다. "그래서 목장 관리인들이 골치가 아프죠. 저도 마찬가지고요."

그날 저녁 식사 시간 직전에 픽업트럭 한 대가 호텔 앞에 섰다. 운전석 뒤에 트럭처럼 지붕 없는 짐칸이 달린 낡을 대로 낡은 쉐보레였다.

마르고 예민해 보이는 50세 정도의 남자가 운전석에 앉아 있었다. 남자 옆에는 스물에서 스물다섯 정도 되어 보이는 매끄러운 갈색 피부의 여자가 평온한 얼굴로 앉아 있었다.

그녀는 순수한 원주민이 아니라 백인 혼혈 같았다. 선홍색 원피스를 입었고, 안고 있는 새끼 고양이에게 무한한 관심과 애정을 쏟고 있었다. 짐 가방을 챙겨 든 남자는 여자를 데리고 호텔로 들어갔다. 그날 밤 호텔에서 묵으려는 것 같았다.

식사 시간에 진은 식당에서 테이블에 앉아 있는 그들을 보았다. 그들은 사람들과 어울리지는 않았다.

식사 뒤 진은 코니 부인에게 그들이 누구냐고 물었다.

"에디예요. 150킬로쯤 떨어져 있는 칼라일 목장의 관리인이죠. 그 원주민 여자는 아내고요. 그들은 비축할 물품을 사러 나온 거예요."

"진짜 아내요?" 진이 물었다.

"그럼요. 그들은 정식으로 결혼했어요. 순회 다니는 목사가 작년에 거기 있다가 주례를 서줬어요. 그 부부는 가끔 이곳에 오는데 저 여자가 말썽을 일으키는 일은 없어요. 물론 읽고 쓰는 건 못하고 말수도 별로 없어요. 늘 새끼 고양이나 강아지를 안고 다녀요. 그런 것들을 좋아해요."

이상하게도 남자의 예민하고 이지적인 얼굴에 진은 마음이 쓰였다. "그는 왜 그런 결혼을 했을까요?"

코너 부인이 어깨를 으쓱했다. "외로웠겠죠."

그날 밤 진이 방으로 올라가니 누군가가 발코니 난간 앞에서 뒤뜰을 내려다보며 서 있었다. 그 발코니에 드나들 수 있는 사람은 진과 애니뿐이었다. 진은 어슴푸레한 어둠 속에서 방으로 걸음을 옮기며 말했다. "잘 자요, 애니."

"몸이 정말 안 좋아요." 애니가 다가와 중얼거렸다. "패짓 양, 뭐 좀 물어봐도 될까요?"

진은 걸음을 멈추었다. "그럼요, 애니. 무슨 일인데요?"

"배 속의 애를 없애는 방법을 아세요?"

진은 아침에 애니와 나눈 대화를 통해 어렴풋이 그런 일을 예감하고 있었다. 그 아이에게 깊은 연민이 느껴졌다. "애니,

정말 미안하지만 난 몰라요. 더구나 그건 별로 좋은 생각이 아닌 거 같아요."

"더글러스 수간호사에게 갔다가 어떻게 된 일인지 들었어요. 아빠가 알게 되면 전 맞아 죽을 거예요."

진은 그녀의 손을 잡고 방으로 이끌었다. "이리 들어와서 어찌 된 일인지 말해 봐요."

"뭔가를 먹거나 말에서 떨어지거나 하는 방법이 있다는 건 알아요. 어쩌면 당신도 경험이 있을 거 같아서 알 줄 알았어요."

"난 그런 경험이 없어서 몰라요, 애니. 아이 아빠에게 결혼해서 정상적으로 아기를 낳자고 하는 건 어때요?"

"누가 애 아빠인지 모르겠어요. 다들 자기 애가 아니라고 하지 않을까요?"

그것은 애초에 진이 관여하지 말았어야 할 문제였다. "그렇군요."

"베시 언니한테 물어봐야겠어요. 우리 언니는 알지도 몰라요. 결혼하기 전에 애를 둘이나 낳았거든요."

베시의 지식이 애니에게 큰 도움이 될 것 같지는 않았다.

진이 물었다. "수간호사는 어떻게든 애니에게 도움을 주지 않을까요?"

"그 간호사가 한 일이라곤 저를 못된 계집애라고 부른 것뿐이에요. 그건 별로 도움이 안 돼요. 전 못된 계집애가 맞

는 거 같아요. 이렇게 형편없는 곳에선 달리 할 일이 없잖아
요."

진은 애니를 위로하려 애썼지만 별로 소용없었다. 그녀에
게는 도덕적인 조언이 아니라 현실적인 대책이 필요했다.

"아빠가 이 사실을 알게 되면 몹시 화낼 거예요. 저는 맞
아 죽을지도 몰라요." 그녀가 걱정하며 말했다.

진이 애니를 도울 방법은 아무것도 없었다. 그들은 곧 잠
자리에 들었다. 진은 안타까운 마음이 들어 한참 동안 뒤척
였다.

이틀 동안 진은 발코니에 앉아 계속 목동들과 이야기를
나누었고, 윌스타운의 여러 시설을 방문했다.

교사인 켄로이 양은 학교를 구경시켜주었고, 더글러스 수
간호사는 병원을 보여주었다. 카터는 딱할 정도로 책이 적은
공립도서관과 지방의회 회관을 보여주었다. 왓킨스는 파리
가 가득한 은행을 보여주었고, 헤인즈 경사는 경찰서를 보여
주었다. 그녀는 일주일 만에 윌스타운을 속속들이 알게 되
었다.

토요일에 짐 레논은 예상대로 술을 마시러 시내로 나왔다.
그가 몰고 온 트럭은 나중에 알고 보니 조 하먼의 것이었다.
운전석 뒤에 트럭 차체가 달려있고, 엔진이 대형이어서 연료
탱크에 휘발유가 260리터나 들어갔다. 레논은 구릿빛 피부

의 마르고 과묵한 남자였다.

그는 퀸즐랜드 사람답게 느릿느릿 이야기했다. "어제 항공우편을 받았어요. 조는 영국에서 배를 타고 곧 출발한답니다. 10월 중순쯤 돌아올 거 같아요."

진이 말했다. "그렇군요. 영국으로 돌아가기 전에 그를 만나고 싶어요. 전 수요일 비행기로 케언스에 갈 예정인데, 그곳에서 조를 기다릴 거예요."

"네, 여기서 기다리기엔 할 일이 너무 없죠. 미드허스트에 와 계시라고 하고 싶지만, 거긴 할 일이 더 없어서요."

"레논 씨, 조는 영국에서 무엇을 한 거예요? 영국에 왜 가는지 말했나요?"

짐 레논이 웃었다. "전 조가 영국에 가는 줄도 몰랐습니다. 브리즈번으로 가는 줄로만 알았어요. 그런데 영국에 있다는 편지가 왔더라고요. 왜 갔는지는 모르겠어요. 어제 받은 편지에는 데니스 프램프턴 경의 끝내주는 헤리퍼드종 소를 봤다고 쓰여 있었어요. 어쩌면 품종개량용 소를 보냈을지도 모르겠어요. 그 외에 다른 말은 없었습니다."

진은 케언스에 있는 스트랜드 호텔 주소를 짐 레논에게 알려주고, 조가 언제 도착할지 정확히 알게 되면 소식을 달라고 부탁했다.

그날 저녁 진이 발코니 접의자에 앉아 있는데 앨 번스가 자루를 하나 들고 수염 난 노인을 데려왔다. 비에서 앨 번스에게 억지로 끌려온 노인은 숫기가 없어 보였다.

앨이 말했다. "패짓 양, 제프를 소개할게요." 진은 일어서
서 그와 악수했다. 앨이 쾌활하게 말했다. "제프를 만나면
좋아할 거 같아서요. 제프는 퀸즐랜드 최고의 악어 사냥꾼
이에요. 안 그래요, 제프?"

노인은 고개를 끄덕였다. "난 어려서부터 악어 사냥을 했
어요. 이만하면 악어를 좀 안다고 말할 수 있겠죠."

앨이 말했다. "패짓 양에게 악어가죽을 보여주려고 갖고
왔어요." 그러고는 노인에게 말했다. "제프, 어서 가죽을 보
여주세요. 영국에서 그런 가죽은 구경도 못 해봤을 거예요."

제프가 자루를 열고 돌돌 말린 악어가죽을 꺼내며 말했
다. "이건 내가 직접 깨끗이 세척하고 손질해서 무두질까지
했죠. 대개는 염장해서 가죽공장에 팔아요." 그는 발코니
바닥에 가죽을 펼쳐놓았다. "무늬가 예쁘죠? 영국에서 이런
가죽은 못 봤을 거예요."

가죽을 바라보던 진은 페리베일의 그레이트 웨스트 로드
를 오가는 빨간 버스와 팩&레비, 작업대에 나란히 앉아 악
어가죽으로 구두와 핸드백, 화장품 가방을 만들던 직공들
이 떠올라 향수에 젖었다.

그녀가 웃으며 말했다. "영국에서 이런 가죽을 수도 없이
봤어요. 가죽은 제가 유일하게 잘 아는 분야예요. 전 이런
가죽으로 핸드백과 화장품 가방을 만드는 공장에서 일했거

든요." 그녀는 가죽을 집어 들고 만져보았다. "우리 가죽은 이것보다 뻣뻣했던 거 같아요. 무두질을 아주 잘하셨네요, 제프."

남자 두세 명이 더 모여들어서 진에게 들은 이야기를 웅성웅성 떠들어댔다. 그녀가 팩&레비 이야기를 하자 그들은 거기에 푹 빠져들었다. 그들 중 누구도 걸프 지역을 떠난 악어 가죽이 어떻게 되는지 몰랐기 때문이다.

제프가 말했다. "그 가죽으로 신발을 만드는 건 알고 있었어요. 한 번도 보지는 못했지만."

진의 머릿속에서 어렴풋이 어떤 아이디어가 번뜩였다. "이런 걸 1년에 몇 마리나 잡으세요?" 진이 물었다.

"작년에 여든두 마리 잡았어요. 이 가죽은 작은 축에 들어요. 대개 가죽 폭이 75에서 90센티 정도 되는데, 그 경우 악어 크기는 3.5미터 정도 돼요."

"제프, 이걸 제게 파시겠어요?"

"그걸로 뭘 하려고요?"

진이 웃었다. "이걸로 신발을 만들어보고 싶어요." 그녀는 잠시 생각하다가 말했다. "팀 월란 씨가 제게 구두 골을 만들어줄 수 있다면요."

제프는 난처한 표정을 짓다가 무뚝뚝하게 말했다. "대가는 필요 없어요. 그냥 줄게요."

진은 한동안 제프와 입씨름을 벌이다가 정중하게 호의를

64

받아들였다. 그녀가 말했다. "밑창에 쓸 송아지 가죽이 조금 필요해요. 굽을 만들 두꺼운 재료도 필요하고요."

진은 손으로 가죽을 쓰다듬으며 말했다. "정말 부드러워요. 이걸로 뭘 할 수 있는지 보여드릴게요."

7 장

진은 호텔 방 화장대에서 구두 한 켤레를 완성했다. 정확히 말하면 세 번의 시도 끝에 신을 수 있는 구두 한 켤레를 만들어낼 수 있었다.

그녀의 작업은 팀 월란을 찾아가는 것으로 시작되었다. 목수인 팀은 틈틈이 여러 제화공에게 구두 골을 만들어주는 일도 하고 있었다. 아웃백의 목수는 뭐든 잘해야 했다.

진은 그의 목공소에서 신발 한 짝과 발의 치수를 쟀다. 팀은 이틀 만에 아카시아나무로 구두 골 한 쌍을 만들어주었다.

피트 플레처에게 밑창과 굽에 쓸 가죽을 구할 수 있는지 묻자, 그는 암소와 황소 가죽을 무두질해서 두께가 적당한 밑창용 가죽과 굽에 쓸 가죽을 몇 조각씩 만들어주었다.

처음에는 안감을 대는 게 가장 큰 문제였지만, 누군가 어린 왈라비(몸집이 작은 캥거루과의 동물-옮긴이) 가죽을 써보라고

66

귀뜀해주었다. 피트 플레처가 왈라비를 잡아서 가죽을 벗겨주었다. 피트 플레처와 앨 번스는 빌 던컨의 가게 뒤꼍에서 무두질을 도맡아 해주었다.

신발 한 켤레를 만드는 일이 윌스타운 사람들에게 아주 중요한 일이 되어버려서 진은 케언스로 가는 일정을 한 주 미루었고, 나중에 한 주 더 미루게 되었다.

첫 번째 구두를 만들 때는 안감용 왈라비 가죽이 아직 준비되지 않아서 가게에서 산 하얀 새틴 천으로 안감을 댔다. 진은 구경꾼이나 사무직원 입장에서 구두 제작 공정은 잘 알고 있었지만, 직접 만들어본 적은 없었기에 첫 번째 결과는 엉망이었다.

구두처럼 보이기는 했어도 앞코가 꽉 죄었고, 뒤꿈치는 1센티가 남아 헐렁했으며 발등도 편하지 않았다. 새틴 안감도 실패의 원인이 되었고, 손에 흐른 땀 때문에 전체적으로 지저분해 보였다. 그렇더라도 신발의 모양은 갖추고 있어서 우연히도 그런 모양의 발을 가진 사람이 있다면 신을 수 있을 정도였다.

진은 사람들에게 그런 신발을 보여줄 수 없어서 한 켤레를 다시 만들기로 했다. 팀에게 가서 구두 골을 고친 뒤, 가게에서 칼과 작은 숫돌을 새로 사서 다시 시작했다. 작은 튜브에 든 접착제도 구입했다.

애니는 그 일에 큰 관심을 보였다. 옆에 앉아서 진이 가죽을 손질하고, 밑창을 매끈하게 다듬고, 구두 골 위에 젖은 악어가죽을 대고 조심스럽게 당기며 작업하는 모습을 지켜보곤 했다.

"이런 일을 할 수 있다니 정말 똑똑한 사람 같아요. 상점에서 사는 것만큼 멋져 보여요." 애니가 감탄하듯 말했다.

두 번째 결과는 좀 더 나았다. 진에게 잘 맞기는 했지만, 이것 역시 왈라비 가죽 안감이 고르지 않고 울퉁불퉁했다. 여전히 전체적으로 지저분했고 땀 때문에 손자국도 남아 있었다.

진은 기죽지 않고 세 번째 시도를 했다. 이번에는 가죽을 다듬을 도구가 없어서 두께가 고른 왈라비 가죽 조각을 이용했다. 구두를 마무리할 때는 손에 땀이 가장 적게 나는 이른 아침에 작업했다. 최종 결과는 안감의 색은 흉할지언정 어디서든 신을 수 있는 꽤 훌륭한 구두가 되었다.

진은 구두 세 켤레를 아래층 발코니로 가지고 내려가서 앨번스에게 보여주었다. 그는 다른 남자 두세 명을 더 불렀다. 코너 부인도 구경하러 왔다.

진이 말했다. "영국에서 악어가죽은 이렇게 변신해요. 멋진 구두를 만드는 재료로 쓰이죠. 예쁜가요?"

한 남자가 물었다. "패짓 양이 이걸 직접 만들었다고요?"

진이 웃으며 대답했다. "못 믿겠으면 코너 부인에게 물어보세요. 제가 방을 얼마나 어질렀는지 다 아시니까요."

남자는 구두를 들고 이리저리 살펴보더니 천천히 말했다. "세상에, 상점에서 파는 거랑 똑같은데요."

진은 고개를 저었다. "그 정도는 아니에요. 정말 아니에요." 그녀는 부족한 부분을 짚어주었다. "알맞은 못과 접착제가 없었어요. 전체적으로 지저분하기도 하고요. 제프가 가져온 이 가죽이 어떻게 쓰이는지 보여주고 싶어서 만들어본 것뿐이에요."

그 남자는 고집스럽게 말했다. "이 정도면 케언스에서 팔 수 있을걸요. 정말이에요."

샘 스몰이 물었다. "영국에서 그런 구두라면 한 켤레에 얼마쯤 해요?"

"상점에서요?" 진이 잠시 생각했다. "4파운드 정도 할 거예요. 제가 알기로 제조업자가 45실링 정도 가져가고, 구매세와 소매상 수수료도 포함돼 있어요. 물론 아주 좋은 신발이라면 그보다 훨씬 더 비싼 것도 있겠죠. 사람들은 어떤 상점에서는 10파운드를 내고 사기도 해요."

"신발 한 켤레가 10파운드나 한다고요? 세상에."

그날 제프가 강 위쪽에 설치한 올가미를 보러 가고 없어서 그에게는 신발을 보여줄 수 없었다. 남자들이 술집에 가져가서 이야기할 수 있도록 신발은 그들에게 맡기고, 진은 목욕을 하러 갔다.

애니가 윌스타운에서 목욕하는 법을 알려주어서 진은 톡

톡히 덕을 보고 있었다. 오스트레일리안 호텔에는 찬물로 샤워할 수 있는 시설이 갖추어져 있었지만, 물탱크가 햇빛에 노출되어 있어서 대체로 미지근한 물이 나왔다. 뜨거운 물에 몸을 담그고 싶을 때는 완전히 다른 방법을 써야 했다.

보어에서 솟은 뜨거운 물줄기가 흐르는 중간에 나무 오두막이 있었다. 오두막이 보어에서 적당히 떨어져 있어서 그곳을 지나가는 물의 온도는 목욕하기에 적당했다.

안에는 거칠거칠한 콘크리트 수조가 있었고, 두 명 정도가 나란히 몸을 눕힐 수 있는 크기였다. 수건과 비누를 가지고 오두막으로 들어가 문을 걸어 잠근 뒤 따뜻한 물에 몸을 담그면 물에 함유된 소금 덕분에 피로가 풀렸다.

진은 오두막으로 들어가 문을 잠그고 따뜻한 물속에 누웠다. 나무판자 틈으로 햇빛이 새어 들어와 그녀가 누워있는 물 위에 일렁거렸다. 제프의 악어가죽을 본 뒤로 진은 신발 만드는 일에 대한 생각이 떠나지 않았다.

진은 유산의 존재를 알게 된 뒤로 갈피를 잡지 못했고 어떤 삶을 살아야 할지 자주 고민했다. 안락한 삶을 우아하게 받아들일 수 있을 만큼 교육받지 못했고 그런 환경 속에서 살지도 않았다. 직장 생활을 해서 그 분야에는 익숙했다.

상속 덕분에 매년 900파운드 수입이 생겨서 자연스럽게 팩&레비를 그만뒀지만, 자신의 삶에 생긴 공백을 메울 만한 일을 아직 찾지 못했다.

그녀는 지난 6개월 동안 잠재의식 속에서 자신이 할 수 있는 일을 탐색하고 있었다. 그녀가 잘 알고 있는 유일한 일은 악어가죽 구두와 핸드백, 서류 가방 등 화려한 가죽제품을 만드는 일이었다. 그것들을 만들고 파는 일에는 어느 정도 자신이 있었다.

진은 약효가 있는 따뜻한 물에 누워 깊은 생각에 빠졌다. 직공이 다섯 명 정도 있는 작은 공방과 거기에 딸린 가죽공장을 그려보았다. 가죽에 구멍 뚫는 기계 두 대와 광택기 한 대가 필요했고, 전기 공급도 필요했다.

호텔에서 전기를 끌어다 쓸 수 없다면 소형 발전기를 마련해야 했다. 작업장을 시원하게 유지하고, 일하는 동안 직공들의 손에서 땀이 나는 것을 막아줄 에어컨도 필요했다. 완성된 구두는 완전무결해야 했다.

그런 시설을 갖추면 수익을 얻을 수 있을까? 진은 수조에 누워 계산해보았다. 제프는 무두질하지 않은 보통 사이즈 악어가죽에 70실링을 받는다고 했다. 팩&레비가 무두질한 가죽을 약 180실링에 구입하는 것을 진은 알고 있었다.

악어가죽을 다듬고 무두질하는 데 20실링 이상은 들지 않을 테고, 물론 그것은 호주 달러로 계산했을 때 얘기였다. 가죽은 영국보다 훨씬 저렴했다. 노동력도 마찬가지였다. 윌스타운의 여직공은 프리베일의 여직공보다 임금이 낮았다. 구두를 영국으로 운송하는 비용과 중개상 수수료도 계산해야 했다.

진은 팩&레비가 자신의 물건을 팔아줄지 고민했다. 팩 씨가 오래전부터 제품을 직접 생산하는 데 미온적이었던 것은 알고 있었다. 팩&레비는 기꺼이 다른 회사의 제품도 판매했다. 프랑스의 유명 회사가 만든 핸드백이었다. 자체적으로 핸드백을 만들면서도 그 제품들을 팔았다는 뜻이다.

가장 큰 문제는 비즈니스 자체가 아니라는 생각이 들었다. 윌스타운에서는 노동력과 자재가 모두 저렴했기에 당연히 수익성은 괜찮을 것이다. 하지만 윌스타운에서 채용한 직원들을 훈련시켜서, 고급 상점가인 본드가에서 팔 수 있을 만큼 최고 수준의 제품을 만들도록 할 수 있을까? 이게 진짜 문제였다.

진은 따뜻한 수조에 누워 오랫동안 골똘히 생각했다.

그날 저녁 진이 발코니에 있는 접의자에 앉아 있을 때 샘 스몰이 다가왔다. "패짓 양, 얘기 좀 할 수 있을까요?"

"물론이죠, 샘."

"당신이 만든 신발에 관해 생각해봤어요. 혹시 우리 쥬디에게 그 일을 가르쳐줄 수 있을까 싶어서요."

"쥬디가 몇 살이죠, 샘?"

"열여섯 살이에요. 오는 11월에 열일곱이 돼요."

"그 애가 신발 민드는 일을 배우길 바라세요?"

"진짜 여자 구두를 만들 수 있다면 케언스의 상점에 내다 팔 수 있겠다는 생각이 들었어요. 쥬디는 일을 해야 할 나이에 접어들었는데 이곳엔 여자가 돈벌이로 할 수 있는 일이 전혀 없어요. 다른 여자애들처럼 도시로 가야 할 텐데 그건 애 엄마가 끔찍이 싫어할 거예요. 우린 딸이 하나뿐이거든요. 아들 셋에 딸이 하나에요. 쥬디가 다른 여자애들처럼 브리즈번으로 가야 한다면 애 엄마가 정말 슬퍼할 거예요. 이런 구두 만드는 일을 배우면 집을 떠나지 않아도 될 거 같아요. 당신이 구두 만드는 데 필요한 것들이 여기 월스타운에 다 있는 거 같던데요."

진이 잠시 생각하다가 혼잣말처럼 중얼거렸다. "버클은 못 구했어요. 그걸 어디서 구할지 알아봐야겠어요."

그녀는 한동안 생각하다가 말했다. "샘, 그러기는 힘들 거 같아요. 당신은 그 신발이 멋지다고 생각하지만, 사실은 그렇지 않아요. 그건 형편없어요. 영국에서 고급 신발을 사는 사람들에게 그런 신발은 못 팔아요. 아마 케언스에서도 고급상점에서는 그런 구두를 취급하지 않을 거예요."

"내가 보기엔 괜찮던데요." 그가 고집스레 말했다.

진은 고개를 저었다. "그렇지 않아요. 전 그 업계에서 일했어요. 구두가 어떻게 생겨야 하는지 잘 알아요. 월스타운에서 괜찮은 구두를 만들 수 없다고 말하는 건 아니에요. 저도 시도해보고 싶긴 해요. 하지만 일을 제대로 하려면 기계와 알맞은 작업대와 공구, 자재가 필요해요. 제게 쥬디 이야기를 하시는 이유를 알겠고, 저도 쥬디가 월스타운에서 일하는 모습을 보고 싶어요. 그래도 쥬디 혼자 감당하기엔 벅찬 일이에요."

그가 예리한 시선으로 진을 바라보았다. "공장 같은 걸 생각한 건가요?"

"잘 모르겠어요. 여기서 누군가가 그런 일을 시작했다고 생각해 봐요. 아침부터 오후까지 정상 근무시간에 일할 수 있는 아가씨들을 몇 명이나 구할 수 있을까요? 일주일에 5파운드 정도 받으면서요."

"여기 월스타운에서요?"

"그래요."

"몇 살부터 일을 시킬 거죠?"

그녀는 잠시 생각했다. "학교를 졸업한 뒤면 열다섯 살쯤 되겠죠?"

"열다섯 살 여자애들에게 일주일에 5파운드씩 주겠다는 건 아니죠?"

"왜 아니겠어요? 숙련되면 그렇게 받을 수 있어요."

그는 그 문제를 곰곰이 생각했다. "열일곱에서 열여덟 살쯤 되는 아가씨들을 예닐곱 명 구할 수 있을 거예요. 그 뒤 학교를 졸업하고 합류할 만한 애들이 더 있을 겁니다."

진은 문제의 다른 부분도 이야기했다. "셈, 작업장으로 쓸

74

오두막을 짓는 데 비용이 얼마나 들까요?"

"얼마나 큰 오두막이요?"

그녀는 주위를 둘러보았다. "길이는 여기서부터 발코니 끝까지고, 넓이는 이거 반 정도 되는 거요."

"그럼 10미터, 5미터쯤 될 거예요. 군 막사처럼 함석지붕에 창문이 여러 개 뚫린 나무 오두막을 말하는 거죠?"

"네, 그런 종류요."

그는 머릿속으로 천천히 계산했다. "200파운드 정도 들겠네요."

"헤인즈 경사가 살고 있는 저 집처럼 이중 지붕에 발코니가 있으면 좋겠어요. 그럼 좀 더 시원할 거예요."

"아, 그럼 비용이 올라가요. 전체에 발코니를 두른 집은 400파운드 가까이 들 거예요."

"공사 기간은 얼마나 걸릴까요?"

"잘 모르겠어요. 목재를 노먼턴에서 구해 와야 하거든요. 팀 월란과 그의 아들들에게 일을 맡기면 두 달이면 지을 수 있을 거 같아요."

가죽을 무두질하고 염색하는 데 쓸 부속건물도 필요했다.

"샘, 여기 사람들은 그런 종류의 사업장이 생기는 걸 좋아할까요? 아니면 말도 안 된다고 생각할까요?"

"그러니까 여자애들이 돈벌이하면서 계속 집에 머물 수 있도록 해주는 거 말인가요?"

"그래요."

"맙소사, 좋아하다마다요. 애들이 집을 떠나지 않고 이곳에서 행복하게 일할 수 있는 곳을 만들어주기만 한다면 사람들은 뭐가 됐든 반길 겁니다." 그는 잠시 멈추고 무언가 생각하다가 느릿느릿 말했다. "여자애들이 집에서 1,500킬로 넘게 떨어진 곳으로 떠나는 건 자연스러운 일이 아니죠. 전날 밤에 애 엄마와 제가 나눈 얘기도 바로 그거예요."

그들은 한동안 말없이 앉아 있었다.

이윽고 진이 말했다. "좀 생각해 보기로 해요, 샘."

다음 주 수요일 진은 다코타기를 타고 케언스로 향했다. 곧장 가는 비행기가 아니어서 케언스까지 이틀이 걸렸다.

비행기는 오후에 윌스타운을 떠나 여러 목장에 들러 우편물을 내려주고, 아이들에게 보내는 통신교육 자료도 전해주었다. 해 질 무렵 노먼턴에 착륙한 그들은 하룻밤 묵기 위해 트럭을 타고 시내로 들어갔다.

노먼턴의 호텔은 윌스타운에 있는 호텔과 비슷했지만, 규모가 조금 더 컸다. 진은 맥켄지라는 조종사와 저녁을 먹고 함께 베란다에 앉아 있었다.

그에게 노먼턴에 제화공이 있는지 물었다. "없을걸요." 그는 그렇게 대답하고는 주위에 있던 지인을 큰소리로 물었다. "데드! 혹시 이 주변에 신발 만드는 사람 있어요?"

테드는 고개를 저었다. "대부분 필프 상점에서 구입하죠. 수선할 신발이라도 있어요?"

진이 말했다. "아니에요. 궁금해서 여쭤봤어요. 신발은 다 도시에서 사오나요?"

테드가 담배를 말면서 대답했다. "그렇죠. 처제가 록햄프턴에 있는 신발 공장에서 일하는데, 거기서 신발을 대량으로 생산해요. 록햄프턴에 있는 매닝 쿠퍼라는 곳이죠. 필프도 거기서 신발을 떼어 와요."

진이 물었다. "처제분도 이 지역 출신인가요?"

"크로이던 사람이에요. 장인이 전에 크로이던에서 호텔을 운영하다가 접으셨어요. 그곳에 호텔이 두 개나 있을 필요가 없었거든요. 지금은 부리슨 부인 호텔만 남아 있어요."

"그분은 결혼했나요?"

"누구요? 엘지 피터스요?"

"네, 방금 말씀하신 그 처제분 맞죠?"

"네, 아직 미혼이에요. 이제 많은 직공을 거느린 조장이 됐을 거예요."

그가 떠난 뒤 진은 조종사에게 물었다. "방금 그분은 누구예요?"

"테드 호너란 사람이에요. 여기서 정비소를 운영해요."

진은 나중에 필요할지 몰라 그의 이름을 적어두었다.

이튿날 아침 일찍 그들은 케언스로 날아갔다. 진은 차를 타고 시내에 있는 스트랜드 호텔로 갔다. 케언스는 주민이 2만 명 정도 살고 있는 번화한 곳으로, 포구에 자리 잡은 멋진 도시였다. 거리마다 상점들이 즐비했다. 대로 한가운데에는 넓은 화단이 가꾸어져 있었다. 건물들은 대부분 목조 건물에 철제 지붕이 덮여 있었다. 상점이 늘어선 넓은 인도에 차양이 그늘을 만들어주어서 그 아래에서 상점 안을 들여다볼 수 있었다. 영화에서 보았던 미국 남부의 모습과 비슷해 보였다. 또 한편으로는 아주 영국적이었다. 진은 케언스가 마음에 들었다.

그녀는 그곳에서 내게 편지를 보냈다. 윌스타운에서도 이미 두 통이나 보낸 뒤였다. 스트랜드 호텔에서는 내가 보낸 편지가 기다리고 있었다. 그녀가 늦게 도착한 탓에 그 편지는 며칠 동안 호텔에 보관되어 있었다. 그녀는 이렇게 썼다.

노스퀸즐랜드, 케언스, 스트랜드 호텔,

친애하는 노엘.

어제 여기 도착해서 보내주신 24일자 편지를 받았어요.
노엘도 제가 윌스타운에서 보내드린 두 통의 편지를 지금쯤 받으셨을 거예요. 긴 편지가 될 것 같아 타자기가 있었으면 좋겠다는 생각이 드네요. 제 편지 사본을 보관하기 위해서라도 조만간 휴대용 타자기를 장만해야겠어요. 노엘에게 보내는 편지를 말하는 게 아니라, 제가 여기서 사업을 구상하고 있어서요.

우선 조 하먼을 위해 해주신 일에 정말 감사드려요. 노엘은 그에게 큰 친절을 베풀어주셨고, 아시다시피 그건 저에게 친절을 베푸신 것과 같아요.

그가 오로지 저를 보러 영국으로 달려가 그 많은 돈을 써버렸다는 사실은 이해가 되지 않아요. 여기 사람들이 대체로 그런가 봐요.

이제 저는 몇 시간이고 앉아서 호주 사람 흉을 볼 수 있지만, 이 말씀도 드리고 싶어요. 제가 아웃백에서 만난 사람들은 하나같이 조 하먼처럼 아주 소박하고 진실한 사람들이었어요.

조 하먼이 저를 만난 뒤에도 저와 결혼하고 싶어 할지 모르겠어요. 6년은 긴 시간이고 사람은 변하기 마련이잖아요. 반대로 제가 그 사람과 결혼하고 싶을지도 잘 모르겠어요. 다만 우리가 결혼한다 치더라도 윌스타운에 관해서는 그가 노엘에게 한 말이 다 옳았어요.

노엘, 거기는 끔찍한 곳이에요. 아웃백에도 부족함 없이 행복한 삶을 살 수 있는 곳이 여러 군데 있어요. 앨리스 스프링스 같은 도시는 정말 멋져요. 하지만 윌스타운은 그런 곳이 아니에요. 정말 최악이죠. 그곳에는 빨래통 말고는 여자들을 위한 게 아무것도 없어요.

라디오나 립스틱, 아이스크림, 예쁜 옷 같은 것들 없이도 잘 지낼 수 있어야 한다는 건 저도 알아요. 저도 그런 것들 없이 잘 지낼 수 있을 것 같아요. 말레이에서 이미 경험했고요.

하지만 신선한 우유와 채소, 과일이 없다는 건 견디기 힘들어요. 조가 노엘에게 드린 말씀은 다 사실이에요. 어떤 영국 여자도 윌스타운에 와서 행복하게 살 수 없을 거예요. 저도 힘들 것 같아요.

노엘, 저는 조에게 사는 방식을 바꾸라고 하고 싶지는 않아요. 그는 유능한 목장 관리인이고 자기 역할을 아주 잘해낼 거예요. 많은 사람에게 미드허스트 목장이 어떻게 관리되고 있는지 물었는데 평이 아주 좋았어요.

그가 다른 소 사육자들이 일하는 방식을 좀 더 폭넓게 배우면 더할 나위 없겠지만, 미드허스트는 걸프 지역의 다른 목장들에 비해 꽤 상황이 좋고 매년 더 나아지고 있어요. 전임 관리인은 목장이 황폐해지도록 내버려 두었다고 들었는데, 조는 지난 2년 동안 아주 잘 관리해왔어요.

조가 재산 있는 여자와 결혼한 뒤, 아내가 남편의 일터가 있는 윌스타운에서 못 살겠다고 난리 치는 바람에 삶의 터전을 옮기려 애쓰는 모습은 보고 싶지 않아요.

어쩌면 그가 앨리스 같은 도시 근교에 있는 더 좋은 목장에서 일을 구할 수 있을 거로 생각하실 수도 있어요. 저도 그 문제를 깊이 생각해봤는데 그게 쉬운 일인지는 잘 모르겠어요. 혹여 가능하더라도 썩 내키지는 않아요. 미드허스트는 영국보다 비가 많이 내려서 소 키우기 좋은 지역에 있거든요. 제가 보기에 걸프 지역은 앨리스 주변의 어떤 지역보다 앞날이 밝은 거 같아요.

조가 오로지 저 때문에 비옥한 땅을 떠나 척박한 땅으로 가는 건 생각하고 싶지 않은 일이에요. 그건 목장 관리인의 아내로서 그리 좋은 시작은 아닐 거예요.

노엘, 제 유산 가운데 5,000파운드를 미리 받을 수 있을까요? 저는 노엘이 누구이 말씀하신 대로 어떤 일도 서두르지 않을 거예요.

만일 조 하먼이 저를 만난 뒤에도 저와 결혼하고 싶어 하고, 저도 같은 생각이라면 그의 동의를 구하고 결혼은 조금 미룰 거예요.

저는 윌스타운에서 영원히 살 수 있다고 약속하기 전에 1년 정도 그곳에서 일해보고 싶어요. 제가 그곳에서 잘 적응할 수 있는지, 아니면 가망이 없는지 확인하고 싶어서요. 물론 가망 없다는 생각은 하고 싶지 않지만요.

저는 영국에서 자랐지만, 걸프 지역에서도 잘 지낼 수 있다는 걸 증명하고 싶어요. 그곳 사람들이 너무나 좋아졌기 때문이에요.

일단 악어가죽으로 신발과 핸드백을 만드는 작은 공방을 시작하고 싶어요. 지난번 편지에서 말씀드렸다시피 저는 그 분야를 잘 알고 있어요. 금속 부속품을 제외한 모든 자재를 걸프 지역에서 구할 수도 있어요.

오늘 아침에 팩 씨에게 장문의 편지를 썼어요. 제품이 괜찮다면 영국에서 팔아줄 수 있는지 물었죠. 페리베일로 배송되는 신발에 가격을 얼마나 쳐줄 수 있는지 알려달라고 했어요.

또 직공을 최대 열 명 정도 고용하는 공방에 필요한 물품 목록과 비용도 알려달라고 요청했고요. 가죽에 구멍 뚫는 기계나 광택기, 재봉틀 같은 것들 말이에요.

재봉틀은 가죽 제품 제작에서 가장 중요하고 비싼 물품이에요. 공방 건축비용 400파운드를 포함해 총 1,000파운드 정도 들어갈 것 같아요. 하지만 그게 끝이 아니에요. 직공들을 고용해 공방을 시작하면 그들이 월급을 소비할 수 있는 곳이 있어야 해요. 저는 여자들이 원하는 걸 파는 가게도 차리고 싶어요.

크지 않은 아담한 가게 말이에요. 크롬으로 도금한 의자 몇 개와 유리를 깐 테이블들이 있는 아이스크림 가게 같은 게 좋을 것 같아요.

거기서 과일과 신선한 채소도 팔고 싶어요. 날리 방법이 없으면 재료를 케언스에서 공수할 거예요. 아웃백에는 그런데 쓸 돈이 넘쳐나거든요.

신선한 우유도 팔고 싶어요. 조는 젖소를 몇 마리 키워야 할지도 몰라요. 저는 달콤한 간식과 립스틱, 파우더, 영양 크림, 잡지 같은 소소한 물건들도 팔고 싶어요.

여기서 큰 비용이 들어가는 건 당연히 냉장고와 냉동고예요. 거기에 500파운드 정도 예산을 잡아야 할 것 같고, 건물과 가구에 총 1,200파운드가 필요할 것 같아요. 그러면 총지출 금액이 약 2,500파운드가 될 거예요.

자본금 5,000파운드가 있으면 1년 동안 아무것도 팔지 못해도 가게와 공방에 필요한 물품을 갖추고 직공 대여섯 명을 고용할 수 있을 거예요. 어느 정도 지나면 수입이 생기기 시작할 거로 생각해요. 만일 그렇지 않다면 너무 유감스러운 일이지만, 저는 큰돈을 잃게 되겠죠.

노엘, 저는 이 일을 하고 싶어요. 조 하먼과 저의 관계와는 별개로, 윌스타운 사람들처럼 정말 좋은 사람들이 누릴 수 있는 게 거의 없다는 사실이 안타까워요.

저는 일종의 자기 수양처럼 그곳에서 1년 동안 일하고 싶어요. 이 돈 때문에 한창때를 그냥 보내긴 싫어요. 꼭 조 하먼이 아니더라도 이 일을 하고 싶지만, 그와 이야기하기 전에는 마음을 정하거나 어떤 확고한 걸음도 내딛지 않을 겁니다.

노엘, 그런 이유로 5,000파운드가 필요해요. 제가 이 일을 추진하게 된다면 그 돈을 받을 수 있을까요?

- 진 드림

이 편지는 5일 뒤 항공우편으로 왔다. 나는 진이 돈에 관해 언급한 부분을 빨간 펜으로 표시하고, 맨 위에 메모를 첨부해서 레스터에게 읽어보라고 보냈다.

그날 늦게 그의 사무실로 갔다. "패짓 양이 보낸 편지는 읽어봤나?" 내가 물었다.

그는 책상 위에 있는 편지를 집어 들었다. "네. 막 유언장을 살펴보고 있었어요. 자유 재량권에 관한 조항은 직접 작성하셨습니까?"

"그랬지."

레스터가 미소 지었다. "정말 명문입니다. 그녀에게 돈을 보내기로 하셔도 그 조항 덕분에 문제없어 보입니다."

"이건 그녀 유산의 약 9퍼센트에 해당하는 금액이야. 그녀가 전업으로 뛰어들고 싶어 하는 사업에 들어갈 비용이지."

"유언자는 그녀를 몰랐죠?"

나는 고개를 끄덕였다.

"그녀가 이제 스물여덟 살인가요?"

"맞네."

"그녀에게 돈을 내줘야 할 거 같아요. 그렇지 않으면 너무 인정머리 없는 결정이 될 거예요. 우린 노엘 씨가 작성한 조항 덕분에 그녀에게 돈을 내줄 수 있는 충분한 재량권이 있어요. 제 생각에 그녀는 책임감 있는 사람 같아요."

"난 하루 정도 이 문제를 곰곰이 생각해 보고 싶네. 내 추측으로는 그녀가 하고 싶어 하는 일이 규모에 비해 예산을 너무 적게 잡은 거 같아."

이틀 동안 그녀의 편지를 한쪽으로 치워 두었다. 어떤 결정도 서두르고 싶지 않았기 때문이다. 한동안 심사숙고 끝에 진 패짓이 이 사업에서 돈을 잃지 않도록 내가 도와준다면, 결국 돌아가신 더글러스 맥파든의 소망이 이루어지는 것으로 판단했다.

나는 수화기를 들고 팩&레비의 팩 씨에게 전화를 걸었다. "팩 씨, 저는 댈하우지&피터스 법률사무소의 노엘 스트래천입니다. 제 의뢰인 진 패짓 양으로부터 편지를 받으셨을 줄로 압니다."

그가 말했다. "네, 맞습니다. 진의 신탁 관리를 맡고 계신 변호사 되시죠?"

"그렇습니다. 저도 그녀에게서 편지를 한 통 받았습니다. 만나서 그 이야기를 좀 나누었으면 합니다."

"그러죠. 그녀가 제게 소규모로 사업을 시작하는 데 필요한 물품 목록을 요청했습니다. 제게 목록은 다 있는데, 선적

운임이 반영된 금액이 아직 나오지 않았습니다."

그가 다음 주 금요일에 다른 볼일로 런던에 올 계획이라고 해서 그날 만나기로 약속했다.

그는 약속한 날짜에 내 사무실로 찾아왔다. 키가 땅딸막하고 쾌활한 남자였으며 공장 지배인 같은 분위기를 풍겼다. 그는 갈색 포장지에 싸인 소포를 가지고 왔다.

그가 말했다. "우선 이것 좀 보시죠. 오늘 아침에 받았습니다." 그는 내 책상 위에 꾸러미를 풀더니 악어가죽 구두 한 켤레를 꺼내놓았다. 나는 호기심에 하나 집어 들었다.

"이게 뭐죠?"

"진이 월스타운이라는 데서 직접 만든 겁니다. 그녀에게 이것에 관해 들으셨습니까?"

나는 고개를 젓고는 흥미롭게 구두를 살펴보았다. "그녀가 직접 만든 건가요? 손으로요?"

"호텔 방에서 직접 손으로 만들었다고 하더군요."

나는 구두 한 짝을 들고 이리저리 살펴보았다. "쓸 만한가요?"

"어떤 관점으로 보느냐에 따라 다릅니다. 돈을 받고 파는 물건으로는 아주 형편없습니다. 여기랑 여기 좀 보세요." 그는 울퉁불퉁하고 조잡한 부분을 여러 군데 지적했다. "구두 양쪽이 똑같지도 않습니다. 그녀도 그긴 알고 있어요. 다만 신발을 만들어본 경험이 없는 속기사가 장비도 없이 침대 위에서 만든 구두로는 기막히게 훌륭합니다."

나는 구두를 내려놓고 그에게 담배를 권했다. "그녀가 무엇을 하고 싶어 하는지 말했나요?"

그는 진이 전한 소식을 들려주었다. 나는 그녀가 편지에 쓴 내용 일부를 그에게 알려주었다. 그렇게 15분 정도 이야기 나눈 뒤 내가 물었다. "팩 씨, 그녀의 제안을 솔직히 어떻게 생각하십니까?"

그가 딱 잘라 말했다. "불가능하다고 생각합니다. 그녀가 생각하는 방식으론 안 돼요. 또 그녀가 제화사업에 성공할 만큼 충분한 지식이 있다고 생각하지 않습니다."

실망스러웠지만 사실을 알게 된 것은 다행이었다. "그렇군요." 나는 나직이 대꾸했다.

그가 설명했다. "스트래천 씨, 그녀는 경험이 부족해요. 좋은 사람이고 사업적 감각도 있지만, 판매용 신발을 만들어본 경험이 없어요. 여직공들의 질서를 바로잡아 본 적도 없고, 그들이 돈 받는 만큼 열심히 일하도록 감독한 적도 없습니다. 심지어 이 나라에서 사업을 하겠다는 것도 아니죠. 그녀가 편지에 쓴 호주의 시골 아가씨들은 다 외국인에 불과해요. 그녀들은 기꺼이 일하고 싶어 할 수도 있지만, 한 번도 공장을 본 적이 없어서 어떤 곳인지 짐작도 못 할 거예요. 진은 자기 일을 배우는 동시에 그들을 가르쳐야 해요. 글쎄요…, 아마 힘들 겁니다."

"그렇군요."

"저는 그녀를 돕고 싶지만, 그러려면 그녀가 생각을 조금 바꿔야 할 겁니다. 잘 되면 그녀에게 좋은 방편이 생길 수도 있어요. 그녀가 가공하지 않은 악어가죽에 70실링을 지불한다고 쓴 부분을 읽고는 깜짝 놀랐습니다. 호주 실링은 우리 돈으로 56실링입니다. 여기선 이제까지 무두질한 가죽에 170에서 180실링을 지불하면서 그 정도면 싸게 사는 거라고 생각했어요. 레비 씨에게 우리가 얼마나 바보 같았는지 얘기했죠."

"어떻게 하면 그녀를 도울 수 있을까요?"

"제 생각은 이렇습니다. 만일 진이 왕복 뱃삯을 지불할 의향이 있다면, 우리 회사에서 일하는 작업감독을 첫해 동안 데리고 있도록 보내고 싶어요. 우리 회사에 심리적으로 불안정한 여직원이 하나 있습니다. 서른다섯 살쯤 됐죠. 결혼은 했지만, 남편과 함께 살지는 않아요. 별거한 지 오래됐어요. 전쟁 때 여성 국방군 중사였고, 이집트에 얼마간 나가 있어서 더운 나라도 잘 알아요. 그녀의 이름은 애기 토프예요. 애기 토프가 관리하는 곳에서는 직원들이 노닥거릴 틈이 없을 거예요."

"패짓 양이 아는 사람인가요?"

"그럼요. 진도 압니다. 애기 토프도 진을 알고요. 사실 그녀가 어제 사직서를 제출했어요. 저는 사직서를 반려하고 비위를 맞춰주려 애썼어요. 말씀드렸다시피 그녀는 2, 3개월에 한 번씩 그렇게 불안정해집니다. 제가 1년 동안 호주로 나가 패짓 양과 일하는 건 어떻겠느냐고 물었습니다. 그녀는 빌어먹을 배급을 위해 줄 서는 것에서 벗어날 수만 있다면 어디든 가겠다고 했어요. 진만 좋다면 그녀는 1년 동안 나가 있을 겁니다. 사실 진은 모두가 좋아합니다."

내가 말했다. "그녀를 보내도 괜찮겠어요?"

"어쨌든 오래 나가 있는 건 아니니까요. 전 그녀를 잃고 싶지 않아요. 그렇게 될 일은 없을 겁니다. 호주로 나갔다가 다른 곳들도 영국만큼 상황이 좋지 않다는 걸 알게 되면, 애기 토프는 돌아와서 다시 우리와 일할 수 있을 거예요. 불안감도 다 털어버리고요."

우리는 한동안 그 문제를 논의했다. 애기 토프가 이동하는 동안의 경비와 급여는 총 300파운드 정도 될 듯했지만, 그녀가 사업 초기 단계부터 도움을 줄 수 있다면 그 비용은 비싼 게 아니었다.

팩 씨는 나머지 부분에 대해 진이 예산을 낮게 잡기는 했지만, 지나치게 낮지는 않다고 했다. "고급 제화 시장에서는 많은 걸 기계화하기 힘들어요. 늘 스타일을 바꿔야 하거든요."

그는 진의 직원들이 스타일을 참고할 수 있도록 이따금 항공편으로 월스타운에 견본을 보내주겠다고 했다. 그는 진이 만든 제품을 기꺼이 팔아주고 싶어 했다.

그가 말했다. "우리가 팔 수 있는 가격에 맞춰 진이 구두를 잘 만들 수 있을지 모르겠어요. 곧 그녀에게 우리가 살 수 있는 가격을 제시할 거예요. 모든 건 그녀에게 달렸어요. 전 이 일을 꼭 해보고 싶습니다. 이 나라에선 규제 때문에 제조업이 점점 힘들어지고 있어서 사람들은 뭔가 다른 시도를 하고 싶어 하죠."

나는 그를 배웅하며 진심으로 고맙다고 인사했다. 그와 논의한 내용을 모두 편지에 써서 진에게 보냈다. 아마 팩 씨도 그녀에게 편지했을 것이다.

진은 이 편지들이 도착한 뒤에도 며칠 동안 받아보지 못했다. 록햄프턴의 신발 공장에서 일하는 엘지 피터스를 찾아갔기 때문이다. 그녀는 돈을 아끼느라 기차를 탔다. 1,100킬로가 넘는 더디고 무더운 여정이었다.

그때까지 그녀는 퀸즐랜드가 얼마나 넓고 인구가 희박한지 몰랐다. 비행기에서 보았을 때는 작게만 보였던 땅덩이가 기차를 타고 록햄프턴으로 가는 51시간 동안 그렇게 넓어 보일 수 없었다.

엘지 피터스를 찾아갔지만, 그 만남은 완전히 낭패를 보았고 10분 만에 끝나버렸다. 그들은 작업장 가까이 있는 카페에서 만났다. 진이 걸프 지역의 일자리 이야기를 꺼내자마자 엘지는 쓸데없는 논쟁은 피하고 싶다고 했다. 걸프 지역에서 무언가를 시작하는 게 좋은 일이라 인정하면서도 자신은 관여하고 싶지 않다고 거절했다. 본인이 원치 않는다면 어쩔 수 없는 일이었다.

진은 한편으로는 다행으로 여기면서도 우울한 기분으로 카페에서 나왔다. 누가 됐든 그런 생각을 지닌 사람과는 일하고 싶지 않았다. 잘 알지 못하는 이 여자에게 크게 의지하고 있었던 모양이다.

진은 관리 경험이 부족하다는 사실을 잘 알고 있었다. 사업이 점점 현실화하면서 처음 구상할 때 명확하지 않았던 문제점들이 속속 나타나기 시작했다.

그녀는 호텔에서 우울한 밤을 보낸 뒤 다음 날 케언스로 돌아올 때는 비행기를 탔다. 긴 기차 여행이 몸서리나게 지겨웠기 때문이다. 알고 보니 항공 요금은 기차보다 조금 더 비쌌을 뿐이었다.

진은 스트랜드 호텔로 돌아와서 우리가 보낸 편지를 받고 활기를 되찾았다. 수척하고 근엄한 인상의 애기 토프를 또렷이 기억했다. 만일 애기 토프가 퀸즐랜드로 와서 1년 동안 지낼 준비가 돼 있다면 정말 반가운 일이었다.

그녀는 케언스에서 조 하먼을 기다리는 동안 낯선 사람들 사이에서 외로움을 타기 시작했던 것 같다.

조 하먼을 만나기 전에는 어떤 결정도 내리지 않겠다고 생각한 진은 우리에게 결정을 보류하겠다고 편지로 알렸다. 나중에 들은 바에 따르면 록햄프턴에서 케언스로 돌아와 스트랜드 호텔에서 보낸 3주일은 그녀 인생에서 최악의 시간이었다.

그녀는 날마다 서늘한 새벽녘에 깨어 자신이 엄청난 바보짓을 하고 있고, 이국땅에서 결코 정착하지 못할 것이며, 공통점이 전혀 없는 조 하먼은 아예 만나지 말았어야 했다고 한탄했다. 비행기를 타고 시드니로 가서 영국으로 가는 싼 배편을 알아보는 게 현명한 행동이리라 여겼다.

그러다 정오쯤에는 호텔의 웨이트리스나 관리인이 보여주는 호주식 투박한 친절이 그녀의 단단한 결의에 의심의 씨앗을 뿌렸고, 그것은 오후 내내 잡초처럼 무성하게 자랐다.

저녁 무렵에는 그곳을 그냥 떠나는 것은, 평생 두 번 다시 얻지 못할 가치 있는 기회를 저버리는 꼴이라는 생각이 들었다. 그렇게 마음을 다잡고 잠자리에 들면 아침에 모든 과정이 다시 되풀이되었다.

조 하먼이 타고 가는 배편을 내가 편지로 알려주어서 진은 배가 브리즈번에 도착하는 시간을 쉽게 알아냈다. 몇 가지 조사 끝에 그가 윌스타운으로 가려면 케언스를 거쳐야 한다는 사실을 알았고, 그곳에서 며칠 동안 체류해야 할거로 확신했다.

배는 월요일에 브리즈번에 도착하고, 케언스에서 걸프 지역으로 가는 비행기는 매주 화요일 새벽에 출발하므로 아무래도 갈아탈 시간이 부족했다. 조 하먼은 케언스에 올 때마다 스트랜드 호텔에 묵는다고 월스타운 사람들에게 들었기에 진은 그곳에서 기다렸다.

그녀는 조 하먼이 나중에 받아볼 수 있도록 브리즈번에 있는 선박회사로 편지를 보냈다. 편지에 쓸 내용을 고민하다가 마침내 이렇게 썼다.

친애하는 조.

스트래천 씨로부터 당신이 영국에서 그분을 찾아갔었다는 소식을 들었어요. 나를 만나지 못해 아쉬워했다면서요? 우습게도 나는 몇 주 동안 호주에 있었어요. 당신이 월스타운으로 가기 전에 만날 수 있도록 여기 케언스에서 기다리고 있을게요.

말레이에서 우리가 만났던 이야기는 하지 않았으면 해요. 우리 둘 다 무슨 일이 있었는지 잘 알고 있으니 그 일은 잊기로 해요.

언제 케언스에 도착할 예정인지 알려주겠어요? 얼른 당신을 만나고 싶어요.

– 진 패짓

화요일 아침에 조에게 전보가 왔다. 미드허스트의 주인인 스피어스 부인을 만난 뒤 목요일 비행기로 케언스에 도착한다는 내용이었다.

진은 마치 첫 데이트를 나가는 열여덟 살 아가씨처럼 설레는 기분으로 그를 만나러 비행장으로 갔다.

조 하먼은 비행기가 케언스에 가까워질수록 점점 난처해졌다. 6년 동안 진의 이미지를 가슴에 품고 있었지만, 냉정히 말하면 그녀가 어떤 모습인지 전혀 알지 못했다.

기억 속의 그녀는 검고 긴 머리카락을 하나로 땋아 등에 늘어뜨리고 있었다. 피부는 햇볕에 심하게 그을려서 거의 말레이 사람처럼 갈색이었다. 낡고 빛바랜 블라우스 같은 상의와 값싼 면 사롱을 걸치고, 갈색으로 탄 꼬질꼬질한 맨발로 늘 아기를 안고 걸어 다녔다.

그녀가 케언스에서도 그러한 모습일 리는 없었기에 그녀를 알아보지 못할까 봐 조마조마했다. 그녀의 됨됨이를 가늠할 수 있는 내면의 빛은 안타깝게도 겉으로 드러나지 않는 자질이었다.

진에게도 걱정은 있었다. 호텔에서 나오기 전에 조에게 예쁘게 보이려 치장하면서도 그가 알아볼 수 있을지 걱정스러웠고, 알아보지 못하리라는 쪽으로 점점 마음이 기울었다.

그는 자신보다 덜 변했을 터이므로 그를 알아보지 못할 염려는 적었다. 만일 확실치 않더라도 어쨌든 그의 손에는 못자국이 남긴 흉터가 있을 터였다. 뙤약볕 아래 착륙한 비행기가 천천히 다가오자 진은 활주로 경계에 있는 하얀 난간 앞에 서서 그를 기다렸다.

진은 그가 비행기에서 나오자마자 알아보았다. 금발 머리에 파란 눈, 넓은 어깨, 영락없이 조 하먼이었다. 그는 불안한 얼굴로 주위를 두리번거렸다. 그의 시선이 그녀에게 잠시 머물렀다가 그대로 지나쳤다.

그녀는 자신이 너무 나이 들어 보이는 것은 아닌지 걱정하면서 그를 지켜보았다. 그는 어색하고 뻣뻣한 걸음걸이로 항공사 사무실을 향해 걷기 시작했다. 찌르르한 고통이 그녀를 스치고 지나갔다. 쿠안탄의 비극이 조를 그렇게 만들었고, 그는 영원히 그렇게 살아야 했다. 당연히 그럴 줄 알고 있었지만, 막상 그의 모습을 보니 예전과 다름없이 고통스러웠다.

진은 재빨리 활주로를 건너가 그를 불렀다. "조!"

그는 걸음을 멈추고 믿을 수 없다는 표정으로 그녀를 바라보았다. 진이 많이 변했으리라 예상은 했지만, 말레이 길거리에서 마지막으로 보았던 딱하고 남루한 차림의 여자가 이렇게 원피스를 말쑥하게 차려입은 예쁜 아가씨가 되었다는 게 믿기지 않았다.

말레이에서 그녀는 햇볕에 심하게 탔고 지저분했으며, 일본 병사에게 맞아 얼굴과 발이 피투성이였다. 특유의 동작으로 고개를 돌리는 진을 보자 그는 모든 기억이 되살아났다. 오랫동안 떠올렸던 붕여사가 맞았다.

그는 감정을 표현하는 게 서툴러서 수줍게 웃으며 말했다. "반가워요, 패짓 양."

진은 얼떨결에 그의 손을 잡았다. "조!"

그는 진의 손을 꼭 쥐고 눈을 바라보며 말했다. "어디서 묵고 있어요? 여기 얼마나 오래 있었던 거예요?"

"스트랜드 호텔에 묵고 있어요."

"내가 묵는 곳이잖아요. 난 늘 거기로 가요."

"알아요. 사람들에게 들었어요."

그는 그 말뜻을 제대로 이해하지 못했지만, 우선 급한 일부터 처리해야 했다.

"짐 가져올 동안 기다려줘요. 함께 버스 타고 가요."

"택시를 불러놨어요. 버스 타지 말고 택시로 가요."

택시를 타고 시내로 들어가는 동안 진이 물었다. "조, 스트래천 씨는 어땠어요?"

"좋은 분이셨어요. 그분 집에서 꽤 오랫동안 신세 졌어요."

"그랬어요?"

내가 말하지 않아서 진은 그 사실을 모르고 있었다. 어차피 그들은 만날 것이었기에 나는 그녀에게 최소한의 사실만 알려주었다.

"조, 영국에 얼마나 있었어요?"

"3주 정도 있었죠."

그녀는 이미 대답을 알고 있던 터라 왜 갔는지는 묻지 않았다. 게다가 택시 뒷좌석에서 꺼낼 만한 이야기도 아니었다. 그는 진이 다른 질문을 하기 전에 선수를 쳤다. "패짓 양은 호주에서 뭘 하고 있었어요?"

그녀는 뜸 들이다 대답했다. "제가 여기 있는 줄 몰랐나요?"

그는 고개를 끄덕였다. "스트래천 씨에게 들은 건 당신이 동양을 여행하고 있다는 게 다였어요. 당신이 브리즈번으로 보낸 편지를 받고 기절하는 줄 알았어요. 케언스에서 무얼 하고 있었는지 말해줘요."

그녀의 입가에 미소가 감돌았다. "당신은 영국에서 무얼 하고 있었어요?"

그는 무슨 대답을 해야 할지 알면서도 잠시 침묵을 지켰다. 둘러댈 말이 떠오르지 않았기 때문이다. 그들은 교회를 지나 시내 외곽을 달리고 있었다.

그녀가 말했다. "조, 우린 해야 할 얘기가 많아요. 일단 호텔에 체크인하고 나서 어디 얘기할 만한 곳을 찾아봐요."

그들은 호텔에 도착할 때까지 말없이 앉아 있었다. 진이 묵고 있는 방 앞 발코니에서는 바다 멀리 그래프턴곶 너머

울창한 야생 밀림 언덕이 내려다보였다.

조가 샤워를 마친 뒤 두 사람은 발코니에서 만나기로 했다. 호주 사람들의 습관을 잘 알게 된 진이 미리 물었다. "맥주 한 잔 어때요?"

그가 활짝 웃었다. "좋죠."

진은 웨이트리스에게 맥주 네 병을 가져다 달라고 했다. 세 병은 조가 마실 것이었고, 한 병은 자기 것이었다. 무더운 곳에서는 시원한 음료가 많이 필요했다. 호주 사람들은 적어도 맥주 네 병은 있어야 마음을 터놓고 대화를 시작할 수 있는 것처럼 보였다.

진은 베란다 그늘진 곳에 접의자 두 개를 끌어다 놓았다.

조와 맥주가 거의 동시에 도착했다. 웨이트리스가 가고 단둘이 남게 되자 그녀가 나직이 말했다. "어디 좀 봐요, 조."

그도 진 앞에 서서 그녀를 찬찬히 바라보았다. 말레이에서 만났을 때 그녀가 이런 아가씨인 줄은 상상도 못 했었다.

그녀가 말했다. "당신은 하나도 안 변했네요. 등은 괜찮아요?"

"나쁘지 않아요. 말 타는 데는 지장이 없는데 무거운 건 못 들어요. 병원에서 다시는 무거운 물건을 들 수 없으니 시도조차 하지 말라더군요."

그녀가 고개를 끄덕이고는 그의 한쪽 손을 끌어당겼다. 그녀가 손을 이리저리 살펴보고 손등과 바닥에 난 커다란 흉터를 바라보는 동안 그는 가만히 서 있었다.

"이 상처들은 어때요?"

"괜찮아요. 어떤 물건이든 잡을 수 있고 트럭 운전도 할 수 있어요."

진은 테이블을 가리키며 말했다. "목마르죠? 맥주 마셔요. 세 병은 당신 거예요." 그러고는 맥주를 따라 잔을 건넸다.

그가 잔을 받아들고 반 정도 들이켰다. 그들은 접의자에 나란히 앉았다. 그가 말했다. "당신에게 무슨 일이 있었는지 말해 봐요. 말레이 얘기를 하기 싫어하는 건 알아요. 그곳은 정말 끔찍했어요. 나도 더 이상 그곳을 떠올리고 싶진 않아요. 그래도 쿠안탄을 떠난 뒤 당신에게 무슨 일이 있었는지 알고 싶어요."

그녀는 맥주를 조금 마셨다. "우리는 그곳을 떠나야 했어요. 스가모 대위가 그 일이 있던 날 우리를 몰아냈어요. 우리는 담당 중사 한 명만 동반하고 동해안을 따라 걸었어요. 그 중사에게는 무척이나 미안했죠. 앞서 일어난 일 때문에 그가 큰 불명예를 떠안았거든요. 그는 그 일을 극복하지 못하고 열병에 걸려 그만 삶을 포기하고 말았어요. 한 달쯤 뒤에 쿠안탄과 코타바루 중간에 있는 쿠알라텔랑이라는 데서 죽었어요."

"일본군 감시병은 그 사람뿐이었어요?"

그녀는 고개를 끄덕였다.

"그럼 그 뒤 어떻게 했어요?"

그녀가 고개를 들고 말했다. "그 마을 사람들이 전쟁 내내 우리를 그곳에 머물게 해줬어요. 우리는 전쟁 끝날 때까지 벼농사를 지으며 그 마을에서 쭉 살았어요."

"그러니까 말레이 사람들처럼 논에서 발 담그고 벼를 심었다고요?"

"그래요…"

"맙소사." 그가 중얼거렸다.

"힘든 생활은 아니었어요. 일단 정착하고 나니 수용소보다 그곳에 있는 편이 낫다는 생각이 들었어요. 작은 학교를 열어 아이들을 가르칠 수도 있었어요. 우리는 일부 말레이 아이들도 가르쳤어요. 전쟁이 끝났을 때 우린 모두 꽤 건강했죠."

"나도 그 얘긴 조금 들었어요. 줄리아크리크에서 만난 비행기 조종사가 얘기하더라고요."

그녀가 그를 빤히 쳐다보았다. "그가 우리를 어떻게 알았을까요?"

"그는 1945년에 당신들을 태운 비행기를 조종했대요. 당신들이 트럭에 실려 코타바루로 왔다고 했어요. 그는 당신들을 태우고 코타바루에서 싱가포르까지 비행했어요. 지금은 TAA 항공에서 일해요. 타운즈빌에서 마운트 아이자로 가는 노선을 비행하는데 그 노선이 줄리아크리크를 경유해요.

지난 5월에 소 떼를 기차에 실어 보내려고 내려갔다가 그곳에서 우연히 그를 만났어요."

"기억나요. 우리가 탔던 비행기가 호주 다코타 수송기였어요. 마른 금발 머리 남자 맞죠?"

"맞는 거 같아요."

그녀는 잠시 생각하다가 물었다. "그가 무슨 말을 했나요?"

"내가 말한 그대로예요. 당신들을 태우고 싱가포르로 갔었다고 했어요."

"그가 나에 대해 무슨 얘기를 했나요?" 그녀가 웃음기 가득한 눈으로 그를 바라보았다.

그는 겸연쩍은 듯 씩 웃으며 아무 말도 하지 않았다.

"이봐요, 조. 맥주 한 잔 더 마시고 얘기해줘요."

"알았어요, 붕여사." 그는 잔을 받아들기는 했지만, 마시지 않고 그냥 들고 있었다. "그가 당신이 미혼이었다고 말했어요. 난 줄곧 당신들이 다 결혼한 사람들인 줄 알고 있었어요."

"나 빼고 다 결혼한 사람들 맞아요. 그래서 영국으로 달려갔던 거예요?"

그가 진의 눈을 바라보았다. "그래요."

"조, 여기 케언스에서 이렇게 만날 수 있었는데 그게 무슨 돈 낭비예요!"

그는 그 말에 웃음을 터트리고는 맥주를 쭉 들이켰다. "당신이 케언스에 나타날 줄 내가 어떻게 알았겠어요?" 그가 잠시 생각하다가 물었다. "그건 그렇고, 여기서 뭐 하고 있었어요? 아직 그 얘긴 안 했잖아요."

이번에는 진이 난처해질 차례였다. "제가 유산을 좀 물려받았어요. 아마 스트래천 씨가 그 얘기를 하셨을 거예요."

"맞아요." 그가 다정하게 말했다.

"난 무엇을 해야 할지 갈피를 잡지 못했어요. 더 이상 런던 교외에서 속기사로 일하고 싶진 않았죠. 그러던 중 우리가 3년 동안 지냈던 쿠알라텔랑에 무언가 해주고 싶다는 생각이 문득 들었어요. 그들에게 우물을 만들어주고 싶었어요."

"우물이요?"

그녀는 맥주잔을 손에 들고 앉아서 쿠알라텔랑과 그곳에 있는 친구들, 공동 세탁장, 우물 이야기를 들려주었다. 어느덧 이야기가 곤란한 지점에 이르렀다.

"그 우물 파는 기술자들이 쿠안탄에서 온 사람들이었죠. 조, 난 당신이 죽은 줄 알고 있었어요. 우린 다 그렇게 알고 있었어요."

그가 씩 웃었다. "정말 그럴 뻔했죠."

"그 기술자들이 당신은 죽지 않았다고 했어요. 병원으로 보내졌고, 건강을 되찾았다고 하더군요."

"그랬죠. 나도 당신이 어떻게 됐는지 알아내려 애썼는데 다들 모른다고 했어요. 알았더라도 말해주지 않았을 거예요. 모두 스가모를 두려워했거든요."

그녀는 고개를 끄덕였다. "그래서 쿠안탄에 갔었어요. 지금 그곳은 무척 평화로워요. 사람들이 테니스 코트에서 테니스를 치고, 그 섬뜩한 나무 아래 앉아 수다를 떨고 있었어요. 당신이 우리 행방을 묻고 다녔다고 병원 사람들이 말하더군요. 붕여사라니…" 그녀가 웃었다.

그가 빙그레 웃었다. "거기서 곧장 호주로 온 거예요?"

"그래요."

"무엇 때문에요?"

그녀가 멋쩍어하며 대답했다. "그러니까, 난 당신이 괜찮은지 확인하고 싶었어요. 당신이 아직 병원에 있을지도 모른다고 생각했거든요."

"그럼 정말 나 때문에 호주에 왔다는 거예요?"

"어찌 보면 그렇죠. 그렇다고 엉뚱한 생각은 하지 마세요."

그가 미소 지었다. "흠, 누가 누구한테 돈을 낭비했다고 나무라는 거예요. 당신이 영국에 있었다면 우리는 쉽게 만났을 텐데."

그녀가 따지듯 물었다. "당신이 영국에 나타날지 내가 어떻게 알았겠어요? 그것도 이렇게 팔팔한 모습으로요."

그들은 한동안 맥주를 마시며 앉아 있었다.

그가 물었다. "여기까지 어떻게 왔어요? 먼저 어디 어디 갔던 거예요?"

"당신이 전에 윌라라에서 일했다고 한 게 기억나서 그곳 사람들은 당신을 알 거로 생각했어요. 그래서 싱가포르에서 비행기를 타고 다윈으로 갔다가 버스 타고 앨리스로 갔었어요."

"세상에. 앨리스 스프링스에 갔었다고요? 윌라라에 가서 토미 씨를 만났어요?"

그녀는 고개를 저었다. "앨리스에서 1주일 정도 있으면서 병원 무선 교신을 통해 토미 씨에게 미드허스트 주소를 받았어요. 그 뒤 윌스타운으로 날아가 내가 미드허스트로 간다고 알리는 전보를 보냈는데, 그곳 사람들이 당신은 영국에 있다고 알려주더군요."

그가 진을 지그시 바라보았다. "정말 윌스타운에 갔었어요?"

그녀는 고개를 끄덕였다. "그곳에서 3주 동안 있었어요."

"3주라고요?" 그가 그녀를 빤히 바라보았다. "어디서 묵었어요?"

"코너 부인의 호텔요."

"어떻게 3주나 있었어요? 대다수 사람에게는 세 시간도 길었을 텐데…"

"난 어디는 머물러야 했어요. 당신이 영국으로 가버린 이상 당신을 만나려면 기다릴 수밖에 없잖아요. 돌아가면 오스트레일리안 호텔에 그렇게 누군가를 기다리는 사람들이 수두룩하다는 걸 알게 될 거예요."

그가 웃었다. "그렇군요. 그동안 무엇을 하며 지냈어요?"

"앨 번스, 피트 플레처, 샘 스몰 같은 사람들과 둘러앉아 수다 떨었어요."

"모임을 하나 만들고도 남았겠네요." 그는 잠시 말을 멈추고 이 문제의 새로운 국면을 곰곰이 생각했다. "미드허스트에도 갔었어요?"

진이 고개를 저었다. "줄곧 윌스타운에 있었고, 짐 레논만 잠깐 만났어요."

아래층에서 저녁 식사를 알리는 종이 울렸다. "조, 그만 내려가는 게 좋겠어요. 늦으면 싫어할 거예요."

"그러죠." 그는 마시려고 들었던 잔을 그대로 들고 잠시 앉아 있었다. 이윽고 그가 물었다. "패짓 양, 윌스타운을 어떻게 생각해요?"

진이 웃었다. "이봐요, 조. 패짓 양이라고 그만 불러요. 붕여사나 진이라고 부르는 건 괜찮지만, 한 번만 더 패짓 양이라고 부르면 내일 당장 짐 싸서 가버릴 거예요."

그가 살짝 웃었다. "알았어요, 붕여사. 윌스타운을 어떻게 생각해요?"

"조, 지금 그 얘기를 시작하면 저녁 식사에 늦을 거예요."

"대답해줘요."

그녀가 웃음기 어린 눈으로 그를 바라보며 차분히 말했다. "난 그곳이 끔찍한 곳이라고 생각했어요. 사람들이 거기서 어떻게 살 수 있는지 모르겠어요." 그녀가 그의 팔에 손을 얹고 말했다. "그 얘기를 좀 더 하고 싶지만, 우선 저녁 먹으러 가요."

그가 일어서서 잔을 내려놓으며 침울하게 말했다. "맞는 말이에요. 여자들이 살기엔 형편없는 곳이죠."

그들은 아래층으로 내려가서 함께 테이블에 앉았다. 조는 무척 침울해 보였다. 주문을 마친 뒤 진이 말했다. "조, 시간이 얼마나 있죠? 언제 미드허스트로 돌아가요?"

그가 고개를 들고 살짝 웃으며 말했다. "내가 돌아가고 싶을 때 가면 돼요. 아주 오래 집을 비워서 며칠 더 늦는다고 달라지는 건 없어요. 당신은요?"

"난 당신이 괜찮은지 보러왔을 뿐이에요. 다음 주에 브리즈번으로 가서 영국으로 가는 배편을 알아볼 거예요."

곧 음식이 나왔다. 조에게는 구운 쇠고기가, 진에게는 차가운 햄과 샐러드가 나왔다.

조가 물었다. "케언스에 와선 뭘 했어요? 그레이트 배리어 리프(호주 북동부 해안에 있는 산호초 군락지-옮긴이)는 가봤어요?"

그녀는 고개를 저었다. "록햄프턴에 한 번 다녀왔고, 딘체

106

관광으로 애서턴 고원에 가서 하룻밤 묵고 온 게 다예요."

"저런, 그레이트 배리어 리프를 보지 않고 집에 보낼 수는 없죠." 그가 잠시 생각하더니 물었다. "주말에 그린아일랜드에 가지 않을래요?"

그녀가 눈을 동그랗게 뜨고 물었다. "그린아일랜드는 어떤 곳인데요?"

"산호섬이에요. 직경이 800미터 정도 되는 둥근 섬이죠. 그곳엔 식당이 하나 있고, 나무로 둘러싸인 작은 오두막 숙소 같은 게 있어서 거기 묵을 수도 있어요. 물놀이를 좋아하면 끝내주는 곳이죠. 하루 종일 수영복만 입고 있어야 할걸요?"

진은 나무로 둘러싸인 작은 오두막 숙소에 가보고 싶었지만, 그 제안에는 특별한 의미가 있었다. 그들은 서로를 잘 알지 못했기에 많은 것을 알아가야 했고 많은 이야기를 나누어야 했다. 두 사람이 산호섬에서 수영복 차림으로 주말을 보내면 무슨 일이 일어날지 예측할 수 없었다. 그 섬을 떠날 때는 케언스의 제약적인 분위기 아래 있을 때보다 서로에 대해 더 많은 것을 알게 될 터였다.

"좋아요. 거긴 어떻게 가죠?"

조가 기쁜 얼굴로 환하게 웃어서 그녀도 기뻤다.

"식사 뒤에 살짝 나가서 어니를 찾아봐야겠어요. 아마 하이즈 근처 술집에 있을 거예요. 그의 배가 내일 우리를 섬까지 데려다줄 수 있을 겁니다. 세 시간가량 걸리니까 날이 뜨거워지기 전에 8시쯤 출발하는 게 좋겠어요. 월요일에 데리러 와달라고 할게요."

"좋아요. 그런데 비용은 각자 내기로 해요. 갈 때는 당신이 뱃삯을 내고 올 때는 내가 낼게요. 다른 비용은 각자 지불하기로 해요." 그가 단호하게 거절하자 그녀가 말했다. "그러지 않으면 난 안 갈 거예요. 당신에게 무슨 꿍꿍이가 있다고 생각할지도 몰라요."

그가 웃었다. "좋아요. 각자 자기 몫을 내기로 하죠."

그는 저녁 식사를 마친 뒤 나갔다가 30분 뒤 그녀가 있는 발코니로 돌아왔다. 어니를 찾아서 보트를 예약했고, 다음 날 가져갈 커다란 과일 바구니도 사놓았다고 했다.

곧 어둠이 내렸다. 둘은 몇 시간 동안 윌스타운을 제외한 모든 것에 관해 이야기했다. 진은 여러 목장에서 보냈던 조의 어린 시절과 클론커리 주변 사람들과의 관계, 전쟁 당시 군에서의 생활, 미드허스트 등에 관해 많은 것을 알게 되었다.

그가 말했다. "미드허스트는 비가 정말 많이 와요. 지난번 우기에는 비가 860밀리나 왔어요. 앨리스에서는 강수량이 250밀리만 돼도 운이 좋은 거예요. 스피어스 부인에게 개울 상류에 물을 가둘 댐을 두 개 정도 만들지고 요청했어요. 하나는 캥거루크리크 상류에, 또 하나는 드라이검크리크 위쪽에 짓는 거예요."

"그분이 동의했어요?"

"비용을 대겠다고 했죠. 그런데 일할 사람을 구하는 게 문제예요. 아웃백에 와서 일하겠다는 사람이 없어요. 정말 큰일이죠."

"왜 그럴까요?" 그녀가 물었다. 기발한 생각이 떠올랐지만, 먼저 그의 생각을 듣고 싶었다.

"모르겠어요. 다들 도시로 가서 일하고 싶은 거겠죠."

진은 그 문제를 더 따지지 않았다. 앞으로 얘기할 시간은 충분히 있었다. 그들은 유쾌하고 사소한 일들에 관해 이야기했다.

조는 미드허스트로 돌아가서 말들과 개들을 보고 싶어 하는 것 같았다. 그가 말했다. "릴리라는 암캐가 있어요. 녀석의 어미는 털에 푸른빛이 도는 목축견이었는데, 딩고(호주의 들개-옮긴이)와 짝짓기를 시켜서 릴리도 반은 딩고예요. 릴리는 끝내주는 개예요. 내가 떠나기 전에 녀석을 다른 목축견과 짝짓기시켰으니 지금쯤 새끼를 낳았을 거예요. 릴리가 낳은 새끼들은 4분의 1이 딩고인 셈이죠. 딩고와 목축견을 교배시키면 대개 뛰어난 새끼가 나오지만, 때로는 딩고의 약한 변종이 나오거나 건강하지 않은 녀석이 태어나기도 해요. 전쟁 전에 월라라에 있을 때 혈통 4분의 1이 딩고인 개가 있었는데 그 녀석은 대단했어요."

목장에 승용마와 짐말이 60마리 정도 있다고 했지만, 개들만큼 애틋하지는 않은 듯했다.

그가 말했다. "저녁이면 개 한 마리가 홈스테드로 들어와 사람 곁에 앉아 있어요."

진은 그가 일상에서 얼마나 길고 외로운 밤을 보냈는지 상상할 수 있었다. "개 없이 아웃백에서 지내기 힘들겠어요."

그들은 10시쯤 일어섰다. 이튿날 일찍 출발하려면 어서 잠자리에 들어야 했다. 두 사람은 진의 방문 앞에서 잠시 어둠 속에 서 있었다.

그녀가 물었다 "조, 내가 많이 변한 거 같아요?"

그가 웃었다. "몰라볼 뻔했어요."

"나도 당신이 알아볼 거라고 기대하지 않았어요. 6년은 긴 시간이잖아요."

"당신은 하나도 안 변했어요. 내면은 예전과 똑같아요."

"그랬으면 좋겠네요. 전쟁이 끝난 뒤 난 폭삭 늙은 기분이었어요. 쿠안탄에서 그 일을 겪은 뒤 다시는 어떤 즐거움도 느끼지 못할 줄 알았어요. 그린아일랜드에서 주말을 보내거나 하는 건 상상도 못 할 일이었죠." 그녀가 웃었다.

"그 섬에선 별로 할 게 없어요. 수영하고, 바닥이 유리로 된 배를 타고, 산호와 물고기를 보러 나가는 게 다예요."

"무척 재미있을 거 같은데요?"

이튿날 아침 그들은 캐노피가 달린 대형 모터보트를 타고 출발했다. 두 시간 동안 잔잔한 바다 위를 항해하면서 배 후미에 앉아 낚싯줄을 이용해 크고 반짝거리는 다랑어를 두 마리 낚았다.

한 시간 뒤 수평선 너머로 코코넛 야자나무 꼭대기가 보이기 시작하더니 그린아일랜드가 멀찍이 나타났다. 가까이 다가가자 하얀 산호 해변으로 빙 둘러싸인 작고 둥근 섬이 모습을 드러냈다.

산호섬의 얕은 물 위로 다리처럼 긴 선창이 놓여있었다. 그들은 이 선창을 따라 걷다가 잠시 멈추고 산호초 주위에서 헤엄치고 있는 형형색색의 물고기들을 구경했다.

섬에 머무는 다른 방문객은 없었다. 그들은 나무로 둘러싸인 오두막 숙소를 두 개 잡았다. 이 오두막은 바람이 통하도록 트여있는 구조였고, 프라이버시를 위해 곳곳에 커튼이 설치되어 있었다. 그들은 바로 수영복으로 갈아입고 해변에서 만났다.

"이야, 그림처럼 근사하네요." 새로 산 투피스 수영복을 입은 진은 그의 찬사에 우쭐해졌다.

그녀가 웃었다. "그림이라니, 말도 안 돼요."

"그렇게 말해도 여기선 뭐라 할 사람도 없잖아요."

그녀가 말했다. "화상을 입지 않도록 조심해야겠어요. 여기서 수영한 백인 여자는 별로 많지 않을 거 같아요."

"아마 그럴 거예요." 그는 진의 우아한 자태에서 눈을 떼지 못했다. "상체는 벌써 햇볕에 탔군요."

그녀의 어깨와 팔이 햇볕에 그을려 있었다. 가슴 위의 뚜렷한 경계를 기준으로 위쪽은 갈색, 아래쪽은 흰색이었다.

"말레이에서 우물이 지어지는 동안 사롱을 입고 있어서 그래요. 우린 그 마을에 살 때 사롱을 가슴 위로 올려서 원피스처럼 입었어요. 그러면 정말 시원하고 햇볕에 타는 것도 대부분 막아주거든요. 꽤 멋지기도 하고요."

"여기 올 때도 가져왔어요?"

그녀는 고개를 끄덕였다. "조만간 입을 거예요."

바다로 들어가려고 돌아서다가 진은 처음으로 그의 등을 보았다. 커다란 상처로 주름지고 일그러져 있었다. 진의 마음속에 깊은 연민이 차올랐다. 조가 자신을 위해 이미 상처를 입을 만큼 입었다고 생각했다. 그에게 더 이상 상처 주지 말아야 했다.

그가 그녀를 돌아보며 말했다. "무릎 깊이 이상 들어가지 않도록 해요. 근처에 상어가 많거든요." 그러고는 그녀를 유심히 바라보며 물었다. "무슨 일이예요?"

그녀는 얼른 웃음을 보였다. "햇빛 때문에요. 눈이 시어서 눈물이 나요. 선글라스를 가져올 걸 그랬어요."

"내가 가서 가져올게요. 어디에 뒀어요?"

"아니, 괜찮아요." 진은 모래 위로 몸을 날려 50센티쯤 되는 얕은 바닷물 속으로 뛰어들고는 상체를 비스듬히 세우고 앉아 얼굴의 물기를 털어냈다. "정말 멋져요." 그녀가 말했다.

조도 물로 뛰어들더니 진 옆으로 다가와 따뜻한 바닷물 속 산호모래 위에 앉았다.

그녀가 물었다. "상어가 정말 이렇게 얕은 곳까지 오나요?"

"그것들은 허리까지밖에 안 되는 얕은 물 속에서도 당신을 잡아갈걸요. 정말이에요. 지금 여기 상어가 있는지는 확실치 않지만, 문제는 그걸 아무도 알 수 없다는 거예요. 말레이에도 상어가 있지 않았어요?"

"아마 있었을 거예요. 마을 사람들이 절대 무릎 깊이 이상은 들어가지 않아서 우리도 조심했어요. 강에 악어도 있었어요." 그녀가 웃으며 말했다.

그들은 투명하고 푸른 물속에서 돌아누웠다. 햇빛이 잔물결 사이에서 반짝였고 그들 주위의 산호모래 위로 은빛 띠를 둘렀다.

그가 말했다. "난 수영장에서 수영해본 적이 없어요. 거긴 가장자리가 얕게 돼 있죠? 이렇게 앉을 수 있게요?"

"맞아요. 얕은 쪽과 깊은 쪽이 있는데 깊은 쪽에는 다이빙대가 있어요. 호주에도 수영장이 있지 않아요?"

"시드니나 멜버른 같은 곳에는 있어요. 목장 주인들이 자기들 땅에 수영장을 만들었다는 얘길 들었죠. 하지만 케언스나 타운즈빌, 맥케이 같은 곳은 바다가 가까워서 수영장이 필요 없어요."

"앨리스 스프링스에 있는 맥클린 부인에게 수영장이 있었어요." 그녀가 말했다.

"알아요. 아마 1, 2년 전쯤 만들었다는데 본 적은 없어요."

진은 다시 등 쪽으로 돌아누워 상승기류를 타고 날아오르는 갈매기를 바라보았다.

그녀가 말했다. "윌스타운에도 수영장을 만들 수 있겠던데요. 보어에서 나오는 물이 남아도는데 그냥 시내 한가운데로 흘러가 허비되잖아요. 호텔 바로 맞은편에 멋진 수영장을 만들면 좋을 거 같아요."

"그 물은 그냥 허비되는 게 아니에요. 건기에 소들이 그물을 마시니까요."

"먼저 그 물을 끌어다 수영장에 써도 소들에게 피해가 가진 않을 텐데요. 물이 더 달아질 수도 있잖아요?."

"당신이 거기서 수영하면 물에서 더 단맛이 날지도 모르죠. 내가 들어가면 어떻게 될지 모르겠지만." 그가 맞장구쳤다.

그는 물속에 15분 이상 있지 못 하게 했다. "화상을 입을 거예요. 이런 한낮에는 물속에서도 밖에 있을 때처럼 쉽게 살갗이 타니까요. 흰 피부는 더 조심해야 해요."

그들은 해변으로 올라가 나무 그늘에서 잠시 담배를 피우며 앉아 있었다. 그 뒤 오두막으로 돌아가 점심 식사 전에 옷을 좀 더 걸치기로 했다. 호주의 호텔들은 식사 때의 옷차림 규정이 매우 까다로웠다. 케언스에서는 무더운 여름에도 넥타이와 재킷이 없는 남자는 식당에서 식사할 수 없었고, 바지를 입은 여자도 마찬가지였다.

조 하면은 그녀를 위해 식힌 고기와 과일 등 가벼운 점심 식사를 주문해두었다. 진은 행복한 주말을 만들어주려 애쓰는 조의 배려에 감동했다.

망고를 흘리지 않게 조심조심 먹으면서 그녀가 물었다. "조, 윌스타운 같은 곳에는 왜 신선한 과일이 많지 않은 거죠? 잘 자라지 않아서 그런가요?"

"망고는 잘 자라는 편이에요. 미드허스트에도 망고나무가 서너 그루 있어요. 시내에는 없었나요? 거긴 있는 줄 알았는데요."

"없는 거 같아요. 호텔에서도 과일을 본 적이 없고 어디서도 파는 걸 못 봤어요."

"그럼 없는 거네요. 사람들이 과일에 별로 관심이 없나 봐요. 가로수가 모두 망고나무인 곳들도 있긴 해요. 초여름에 쿡타운에 가면 도로 곳곳에 망고가 떨어져서 바퀴에 깔려있어요."

"사람들은 대개 신선한 과일과 채소를 좋아하지 않나요? 그런 걸 먹지 않는 사람들은 온갖 피부병에 걸리기 쉬워요."

"여긴 너무 더워서 다른 곳처럼 노인들이 정원 일을 할 수가 없어요. 이 지역엔 그런 일을 할 사람이 부족해요. 목장에서 목동으로 일할 사람 구하기도 힘든걸요. 우린 목동 3분의 2 이상을 원주민을 써야 하죠. 정말 사람이 부족해요. 아웃백으로 오려는 사람이 없으니까요."

"앨리스 스프링스에는 신선한 채소가 풍성했어요."

"그렇겠죠. 앨리스는 달라요. 멋진 도시잖아요."

점심 식사 뒤에는 한낮의 뜨거운 열기를 피해 낮잠을 잤고, 저녁 식사 전에 다시 바다에 들어갔다. 선선한 바람이 부는 저녁에는 부두 끝으로 나가 낚시를 했다.

도미 비슷한 물고기 몇 마리와 선명하게 빨강과 파랑 빛을 띤 물고기도 서너 마리 잡았다. 그것들은 독이 있어서 손질하려면 장갑이 필요했다. 둘은 소득 없는 활동에 싫증 나서 낚싯줄을 거두고, 수평선 너머로 보이는 애서턴 고원에 물든 노을을 감상했다.

진이 말했다. "낯선 나라에 가면 모든 게 다를 거라고 예상했는데, 똑같은 게 아주 많다는 걸 알아가는 건 재미있는 일이에요. 저 노을은 화창한 여름날 저녁 영국에서 보던 것과 똑같아요."

"영국과 비슷한 것들을 여기서 많이 봤어요?"

그녀가 미소 지었다. "그린아일랜드나 윌스타운에선 못 봤고, 케언스에선 많이 봤어요. 복스홀과 오스틴 같은 회사들이 만든 자동차가 거리에 주차돼 있고, 정치인들이 사람들에게 영국 보험회사를 인수해야 한다고 홍보하고, 태터솔(영국의 경주마 경매 회사—옮긴이)도 있고, 호텔에 출장 나온 은행 출납직원들은 BBC 라디오 쇼를 듣고 있었어요. 길에서 신문 파는 아이들이 신문을 사라고 외치는 소리도 눈을 감고 들으면 똑같이 들려요. 일링에 살 때 아이들이 외쳤던 것과 똑같았어요."

"일링은 당신이 직장 다닐 때 살았던 런던 근교 지역 맞죠?"

"맞아요. 런던에 속하는 교외 지역이에요."

"집에 돌아가면 다시 거기서 살 건가요?"

"아직 몰라요. 어떻게 해야 할지 모르겠어요." 그녀가 천천히 말했다.

어스름한 저녁 부두에 앉아 잔잔한 물결 위로 지는 석양을 보며 마음을 터놓고 이야기하면 조가 더 깊은 질문을 하리라 기대했던 진은 실망했다. 그에게 더 많은 것을 기대했기에 원하는 반응을 얻지 못하자 심란해지기 시작했다.

주말 내내 유혹을 물리치는 기숙사 여학생처럼 그를 밀어

내며 시간을 보내게 되리라 예상했지만, 이제까지 상황은 매우 다르게 펼쳐졌다.

그녀를 대하는 조 하먼의 태도는 전혀 비난의 여지가 없었다. 그는 진에게 키스조차 시도하지 않았고, 심지어 몸이 닿는 것도 조심스러워했다. 진은 그가 오로지 자신을 찾으러 영국에 다녀왔다는 사실만 아니었으면 자신에게 전혀 무관심하다고 생각했을지도 몰랐다.

하루가 끝나갈 무렵 그의 절제된 태도가 심각하게 걱정되기 시작했다. 자신이 그에게 또 다른 고통을 안겨주고 있는 느낌이었다.

잠자리에 들 때까지 나아진 것은 없었다. 어둡고 고요한 종려나무 아래에서 조가 입맞춤해 주었으면 했지만, 그런 일은 일어나지 않았다. 그들은 악수조차 하지 않고 아주 예의 바르게 잘 자라고 인사하고는 각자의 오두막으로 들어갔다.

진은 초조하고 심란해서 잠이 오지 않았다. 그린아일랜드에서 당연히 조와 어떤 감정적인 합의에 도달하리라고 기대했었다. 만일 지금 같은 상황이 이어진다면 아무런 교감도 없이 월요일에 떠나야 했다.

그렇게 되면 진은 달리 머물 구실이 없어지고, 브리즈번으로 가서 영국으로 가는 배를 타야 했다. 그런 생각을 하니 견디기 힘들었다.

진은 소가 사신의 영국직인 분위기를 낯설어한다는 것을

알고 있었다. 반대로 조는 그녀가 얼마나 적극적으로 퀸즐랜드의 삶에 적응하려 애쓰고 있는지 알지 못했다. 어쩌면 그녀의 유산도 둘의 관계에 걸림돌이 되었을 것이다.

조 하먼처럼 진실하고 순수한 남자가 재산 있는 여자와의 결혼을 자존심 상하는 일로 생각했을 것 같지는 않지만, 그녀 앞에서 초라하게 느껴졌을 수도 있다.

진은 영국에서 온 낯설고 부유한 자신과 케언스 출신 아가씨 사이에는 많은 차이점이 있을 거로 생각했다. 만일 조 하먼이 케언스 출신 아가씨에게 그토록 깊은 관심을 가졌다면 그 둘은 이미 저 방에 함께 있었을 것이다. 반면 자신은 아직 그와 키스도 나누지 못했다.

그녀는 한동안 뜬눈으로 누워있었다.

다음 날도 사정은 전혀 나아지지 않았다. 그들은 기막히게 멋진 투명한 바다에서 시원한 아침 바람을 맞으며 물놀이를 했다. 썰물 때는 섬을 걸어 다니며 색색의 산호를 구경했다.

바닥이 유리로 된 보트를 타고 돌아다니며 화려한 물고기도 감상했다. 그러면서도 줄곧 15센티 정도는 떨어져 있었다.

저녁 식사 무렵 두 사람은 가벼운 대화만 나누는 데 지쳐버렸다. 둘 다 조심스럽게 행동하는 데 지쳤고, 무슨 말을 해야 할지 모를 때는 길고 어색한 침묵이 흘렀다.

초저녁에 그들은 해변을 한 바퀴 돌기로 했다. 진은 그를 오두막 앞에 세워두고 말했다. "조, 몇 분만 기다려줘요. 이 원피스 차림으로 해변을 걷고 싶진 않아요."

그녀는 밖에서 보이지 않게 커튼을 쳤다. 옷을 갈아입으며 이제 자신들에게 하루밖에 남지 않았다고 생각했다. 그와 상의할 문제들이 많았지만, 아직 말도 꺼내지 못한 상태였다. 그녀는 위험을 조금 감수하지 않으면 아무 성과도 얻지 못하리라 생각했다. 조를 위해서는 그만한 가치가 있는 일이었다.

저녁 어스름 속에 진이 오두막에서 나오자 조는 6년 전 말레이로 돌아가 있었다. 그녀는 예전 기억과 비슷한 빛바랜 사롱을 가슴 위로 올려 입고 있었다. 갈색으로 탄 어깨와 팔의 맨살이 그대로 드러났고, 맨발이었다. 말레이에서처럼 길게 땋아 늘어뜨린 머리를 끈으로 묶고 있었다.

그녀는 더 이상 낯설고 돈 많은 영국 아가씨가 아니었다. 지난 몇 년 동안 그의 기억 속에 남아 있던 붕여사로 돌아와 있었다. 그녀가 수줍게 다가와 그의 어깨에 두 손을 얹었다.

"이게 더 나은가요, 조?"

진은 그 뒤 5분 동안 일어난 일이 또렷이 기억나지 않았다. 그의 품에 안겨 얼굴과 목과 어깨에 격정적인 키스 세례를 받았고, 온몸에 그의 손길이 닿았다. 감정의 소용돌이 속에서 이 남자가 그 누구보다 간절히 사신을 원했다는 사실을 깨달았다.

그녀는 저항하지 않고 그의 품에 안겨 있었다. 몸부림치거나 도망쳐야 한다는 생각은 들지 않았다. 얼마 뒤 한숨 돌릴 수 있게 되자 그녀가 말했다. "조! 저기 식당에서 사람들이 볼 거 같아요."

어느덧 두 사람은 진의 오두막 안에 들어와 있었다. 어떻게 안으로 들어갔는지 생각나지 않았지만, 나중에 추측하건대 그가 번쩍 안고 들어간 게 틀림없었다.

이제 그녀에게 새로운 혼란이 찾아왔다. 가슴 위에서 꽉 묶은 사롱은 여느 때라면 그대로 있을 테지만, 남자의 억센 손아귀에서 오래 버틸 리가 없었다. 사롱이 풀려서 흘러내리는 게 느껴졌고, 그 아래 아무것도 걸치지 않았다는 게 퍼뜩 떠올랐다.

그의 품 안에서 키스 세례를 받던 진은 생각했다. 언젠가 일어나야 할 일이었고, 상대가 조 하먼인 게 다행이었다. 이것은 조의 잘못이 아니라 자신이 자초한 일이었다.

그때 어디든 앉아야 한다는 생각이 들었다. 그렇지 않으면 사롱이 완전히 흘러내려 이내 알몸이 될 터였다. 진은 그의 품에서 벗어나 얼른 침대에 앉았다.

조가 웃으며 그녀를 쫓아와 앉았다. 그녀는 웃음기 어린 눈으로 그를 보며 가슴을 가리기 위해 사롱을 끌어올렸다. 그가 그녀를 다시 끌어안으며 그녀의 행동을 만류했다. 그리고 짧게 물었다. "괜찮아요?"

그녀는 그의 어깨에 한쪽 팔을 두르고 차분히 말했다. "조, 당신이 원한다면 난 괜찮아요. 우리가 결혼할 때까지 기다려줄 수 있다면 훨씬 좋겠지만, 지금 어떤 결정을 내리든 난 당신을 똑같이 사랑할 거예요."

그가 그녀의 눈을 보며 말했다. "다시 말해 봐요."

진은 그의 얼굴을 끌어당겨 입맞춤했다. "조, 사랑해요. 내가 호주에 왜 왔겠어요?"

"나와 결혼해주겠어요?"

"당연히 당신과 결혼하고 싶어요." 그녀는 애정이 듬뿍 담긴 눈으로 조를 바라보았다. "누가 지금 우릴 봤다면 이미 결혼한 커플인 줄 알 거예요."

그가 빙그레 웃고는 그녀를 좀 더 부드럽게 안았다. "당신이 날 어떻게 생각하는지 궁금해요."

"말해줄까요?" 진은 그의 상처 입은 손을 끌어당겨 커다란 흉터를 어루만졌다. "당신은 내가 결혼해서 아이도 낳고 가정을 이루고 싶은 남자예요."

사롱이 허리까지 흘러내렸지만, 이제 그런 것은 상관없었다. "난 몇 달 정도 우리 삶을 정리할 시간을 가지면 좋겠어요. 결혼은 중요한 일이기도 하고, 결혼 전에 해야 할 일들이 있어요. 하지만 당신이 기다릴 수 없다고 하면 내일, 아니 당장 오늘 밤에라도 당신과 결혼힐 거예요."

그는 그녀를 살며시 끌어당겨 손가락에 입을 맞추었다. "기다릴게요. 이제까지 6년을 기다렸는데 조금 더 기다리는 건 얼마든지 할 수 있어요."

그녀가 다정하게 말했다. "조, 일이 잘 풀리게 해서 당신을 애태우지 않도록 할게요." 그의 품에서 벗어난 진은 사롱을 끌어올려 묶었다. "잠깐만 밖에서 기다려줘요. 옷 좀 더 걸쳐 입고 나갈게요."

"그럴 필요 없어요. 아무 짓도 안 할게요. 이따금 키스하는 것 말고는…. 오늘 밤은 말레이에서처럼 그렇게 있어 줘요."

"그럼 오늘 밤만이에요." 진이 말했다.

그들은 해변으로 나가 밝은 달빛 아래 서로를 품에 안고 서 있었다. "이렇게 행복한 날이 올 줄 몰랐어요." 조가 말했다.

30분쯤 지나고 진이 말했다. "조, 둘 다 피곤하니 이제 들어가서 쉬는 게 좋겠어요. 할 얘기는 정말 많지만, 아침에 하도록 해요. 오늘 밤 당신에게 하고 싶은 말은 딱 한 가지예요. 더는 기다릴 수 없다고 느끼면 내게 말해줄래요? 당신이 그렇게 말하면 그땐 당장 결혼하겠다고 약속할게요."

그가 다정하게 말했다. "당신을 위해서라면 얼마든지 기다릴 수 있어요."

"필요 이상으로 기다리게 하진 않을게요."

오두막 숙소로 들어온 진은 너무 피곤한 나머지 촛불도 켜지 않은 채 침대 위에 쓰러졌다. 말레이식으로 사롱을 느슨하게 풀고는 바로 잠들었다.

동이 틀 무렵 잠이 깬 그녀는 간밤에 일어난 일을 떠올리자 이상하리만치 행복감이 느껴졌다. 그들의 관계가 마침내 옳은 방향으로 흘러가고 있었다.

해가 떠오른 뒤 자리에서 일어나 조의 오두막과 식당 건물을 조심스럽게 엿보았다. 어디서도 움직이는 기척이 없었다.

그녀는 수영복으로 갈아입고 바다로 나갔다. 날이 점점 환해지자 얕은 바닷물 속에 누워있다가 몸에서 멍든 자국을 여러 개 발견하고는 그의 손길을 피하지 않았던 간밤의 기억을 떠올렸다.

살금살금 오두막으로 돌아가 원피스로 갈아입고 식당으로 갔다. 식당은 열려 있었고 인기척은 없었다. 물을 끓여 차를 우린 뒤 조의 오두막으로 한 잔 들고 가서 조심스럽게 안을 들여다보았다.

그는 반바지 차림으로 침대 위에 잠들어 있었다. 몇 분 동안 그가 자는 모습을 바라보며 서 있었다. 고민하느라 생겼던 얼굴의 주름들이 사라졌다. 그는 어린아이처럼 편안하고 고요하게 잠들어 있었다.

그의 등에 난 흉터가 더욱 두드러져 보였다. 한동안 그를 애틋하게 지켜보았다. 남은 삶에서 대부분의 이침을 이렇게 맞을 수 있으리라 생각하며 잔잔한 기쁨을 느꼈다.

조금 떨어진 곳에 찻잔을 내려놓고 돌아보니 어느새 눈을 뜬 그가 진을 바라보고 있었다.

"조, 좋은 아침이에요. 차를 가져왔어요." 그녀는 부끄러워서 어디론가 달아나고 싶다는 생각이 들었다.

그가 한쪽 팔로 머리를 받치며 말했다. "내가 생각하는 그 일이 정말 어젯밤에 일어난 거 맞아요?"

"그럴걸요. 분명 그랬을 거예요. 온몸에 멍이 들었거든요."

그가 한 손을 내밀었다. "이리 와서 키스하게 해줘요."

그녀는 뒤로 물러섰다. "어림없어요. 일어나서 바닷물에 들어갔다가 옷 갈아입으면 그때 키스해줄게요."

그가 웃었다. "당신은 안 가요?"

"난 벌써 갔다 왔어요. 당신이 자는 동안 일어나서 한 시간 정도 빈둥거렸어요. 같이 가서 물 밖에 앉아 있을게요."

"잠은 잘 잤어요?"

"푹 잤어요."

"나도 그랬어요." 그들은 다 이해한다는 듯 마주 보며 웃었다. "잠깐만 기다려줘요. 금방 해변으로 갈게요."

그가 바다에 몸을 담그는 동안 진은 모래 위에 앉아 그와 수다를 떨었다. 그는 바다에서 나와 면도하러 갔다가 이내 깨끗한 셔츠와 카키색 군복 바지를 입고 나타났다. 그녀는 그의 품에 안겨 입 맞췄다.

아침 식사가 차려질 기미가 보이지 않자, 둘은 해변 가까이 붙어 앉아 시원한 아침 바람을 맞으며 끝도 없이 이야기를 나누었다. 이제 그들 사이에는 할 이야기가 끊이지 않았다. 침묵마저 친밀하게 느껴졌다.

아침 식사 뒤 마지막 커피잔을 앞에 두고 앉아 담배를 피우며 그가 말했다. "여러 가지 생각을 했어요. 난 스피어스 부인이 다른 관리인을 찾는 대로 미드허스트를 그만둘 생각이에요."

그녀는 그 말을 듣고 조금 당황했다. 지금 그가 무슨 말을 하려는 것인지 알 수 없었다.

"애들레이드 근처 말랄라나 햄리 브리지, 발라클라바 같은 곳에서 비육용 소를 키우는 방목 목장을 구하려고요. 그런 데는 앨리스 스프링스에서 내려오는 기차가 다니고 도살장에서도 그리 멀지 않아요. 난 그런 데로 가고 싶어요. 도시에서 불과 80킬로 떨어진 데서 그런 농장을 찾을 수 있고, 우린 언제든 그리로 옮길 수 있어요."

그녀는 잠시 말없이 앉아 있었다. 이 문제는 신중하게 다루어야 했다. "조, 왜 그렇게 하고 싶은 거예요? 미드허스트에 무슨 문제가 있어요?"

"미드허스트는 너무 외진 곳에 있어요. 독신 남자에게는 괜찮을지 몰라도 결혼한 부부에게는 그렇지 않아요. 애들레이드는 멋진 도시고, 난 퀸즐랜드 사람이지만, 브리즈번보다 애들레이드를 더 좋아해요. 시드니나 멜버른은 안 가봐서 잘 모르겠어요. 애들레이드는 살기 좋은 도시 같아요. 거리마다 상점이 즐비하고 트램과 영화관이 있고, 댄스홀도 있어요. 언덕 너머로는 와인용 포도를 재배하는 포도밭이 여러 곳 있어서 아름다운 곳이기도 해요. 애들레이드 근처에 농장이 있다면 우린 끝내주는 시간을 보낼 수 있을 거예요."

"조, 그게 당신이 하고 싶은 일이에요? 아웃백에서 소를 사서 식용으로 살찌우는 거요? 내겐 굉장히 따분한 일처럼 들려요. 아웃백 생활에 싫증 났어요?"

그는 신발 뒤꿈치로 담배를 비벼 껐다. "독신 남자에게 어울리는 곳과 결혼한 부부에게 어울리는 곳은 따로 있어요. 결혼하면 한두 가지 변화는 감수해야죠."

둘 사이에 놓인 식탁이 며칠 새 한결 가까워진 두 사람을 멀리 떨어뜨려 놓은 듯했다. 그녀는 문제의 심각성을 고민하며 그의 팔을 붙잡고 말했다. "밖으로 나가요."

둘은 해변 가장자리에서 발견한 그늘진 풀밭에 나란히 앉았다. 그녀가 말했다. "조, 당신 생각은 잘못된 거 같아요. 우리가 결혼한다고 해서 당신이 아웃백을 떠나야 한다고 생각하지 않아요."

그가 미소 지으며 말했다. "걸프 지역은 여자가 있을 곳이 못 돼요. 아웃백에서 자란 여자라면 모를까. 또 그런 여자들도 아웃백을 떠나는 경우가 허다하고요. 영국 출신 부부 몇 쌍이 이곳에 와서 정착하려 애쓰는 걸 봤는데 잘 되는 걸 본 적이 없어요. 삶 자체가 너무 다르고 힘들어요."

"다르고 힘들다는 건 나도 알아요. 월스타운에서 3주 정도 지내고 나니 조금 알겠어요." 진은 그의 손을 잡고 흉터를 어루만졌다. "당신이 무얼 두려워하는지 알겠어요. 영국에서 온 나 같은 여자는 아웃백에서 행복하지 못할까 봐 겁나는 거죠? 내가 그곳에 마음을 못 붙이고 치과 진료나 쇼핑 같은 걸 핑계 삼아 도시에 나가 머물고 싶어 할까 봐 두렵겠죠. 우리가 미드허스트에서 새 삶을 시작하면 내가 너무 힘들어서 결혼생활이 잘못될까 봐 두려운 거잖아요."

진이 그의 눈을 똑바로 보며 물었다. "조, 그게 두려운 거죠?"

조도 그녀를 바라보았다. "그래요. 월스타운처럼 형편없는 곳에서 영국 아가씨를 고생시킬 자격이 내겐 없어요."

그녀가 미소 지었다. "영국 여자만 그런 게 아니에요. 월스타운에서 나고 자란 호주 여자들조차 수천 킬로 떨어진 도시로 도망가잖아요."

그가 씩 웃었다. "맞는 말이에요. 그런 여자들도 못 견디는데 당신이 어떻게 견딜 수 있겠어요?"

"나도 장담은 못 해요…" 적어도 한 사람은 솔직해야 했다. "걸프 지역 도시들은 다 똑같나요?"

그가 고개를 끄덕였다. "노먼턴이 좀 크긴 하죠. 거기엔 술집이 세 개나 있고 교회도 있어요."

긴 침묵 뒤에 진이 입을 열었다. "나도 두렵긴 해요."

그가 진의 손을 잡았다. 그들 앞에 놓인 새로운 삶을 그녀가 두려워하고 있다는 게 참기 힘들었다. 어젯밤 그토록 용감했던 그녀였다. "어떤 게 두려워요?" 그가 다정하게 물었다.

"당신이 삶의 터전을 옮길까 봐 두려워요. 일이 과연 제대로 풀릴까요? 아내가 견디지 못할까 봐 남편이 일터를 바꾸는 게 말이 돼요? 당신은 광활한 목장에서 일하는 데 익숙한 사람이에요. 가도 가도 끝없는 넓은 목장 말이죠. 당신 같은 남자가 겨우 손바닥만 한 땅에서 무얼 할 수 있겠어요?"

그녀가 손가락으로 흉터를 만지작거리자 그가 힘없이 웃으며 말했다. "금방 익숙해지겠죠…"

"물론 당신은 그럴 수 있다는 거 알아요. 심지어 일도 아주 잘할 거예요. 하지만 걸프 지역을 떠나면 결코 그 공허함을 채우지 못하겠죠. 영화관이나 상점가, 댄스홀이 그 공백을 메워주진 못해요. 어쩌다 여느 부부처럼 말다툼이라도 하게 되면 당신은 예전 걸프 지역에서의 삶을 떠올릴 테고, 나 때문에 그걸 포기했다고 원망하게 될 거예요. 그럼 난 당신이 그런 생각을 하면서 나를 탓하는 걸 알게 되겠죠. 그런 문제가 항상 우리 사이에 걸림돌이 될 거예요. 조, 난 그런 것들이 두려워요. 우린 당신 일이 있는 걸프 지역에 머물러야 해요."

"당신은 조금 전만 해도 윌스타운에서 견딜 자신이 없다고 했잖아요. 버크타운과 크로이딘도 다 똑같아요." 그가 반박했다.

그녀가 잠시 생각하다가 말했다. "알아요. 내 말이 앞뒤가 안 맞죠? 처음엔 그런 데서 살 수 없다고 해놓고선 다른 데로 옮기는 건 생각하지 말라고 하고 있으니까요."

"그래요." 그가 이해할 수 없다는 듯 괴로워하며 말했다. "우리 둘에게 맞는 걸 찾으려면 어떤 노력이든 해야 해요."

"조, 그럴 방법은 한 가지뿐이에요."

"그게 뭐죠?"

진이 웃으며 말했다. "우리가 윌스타운에서 무언가를 시작하는 거예요."

8 장

    그들은 연애와 경제 토론이 기이하게 뒤섞인 대화를 나누며 하루를 보냈다.

    진이 말했다. "노던준주보다 강수량이 세 배나 더 많은 도시가 앨리스만큼 발달할 수 없다고 말하긴 힘들 거예요. 앨리스에 철도가 지나는 건 알아요. 윌스타운에는 비가 충분히 오잖아요. 소를 키우는데 어디가 더 좋은지는 나도 알아요. 조, 계속 이러면 난 떨어져서 혼자 앉을 거예요. 우린 아직 결혼하지 않았다고요."

    진은 그의 손을 움직이지 못하도록 붙잡고 손등에 입을 맞추었다.

    "소를 키우는 데 중요한 건 비뿐만이 아니에요. 물론 먹이가 좋을수록 건기에 송아지들이 잘 버틸 수 있죠. 그럼 더 많은 송아지를 팔 수 있긴 해요. 하지만 그게 다는 아니에요."

"조, 마저 설명해줘요." 진이 그의 손을 꽉 붙잡고 말했다.

"우선 물이 충분히 있을 때 그 물을 저장하는 게 문제예요. 미드허스트에 강수량이 많은 건 사실이지만, 그건 순식간에 사라져버려요. 12월 중순부터 2월 말까지 비가 오는데 그때는 개울들이 모두 범람해서 흘러넘쳐요. 하지만 3주 뒤인 3월 말쯤에는 다시 말라붙어 평소처럼 건조한 지역이 돼요."

"그래서 캥거루크리크과 드라이검크리크에 댐을 짓고 싶어 하는 거예요?"

"맞아요. 물을 저장하기 위해 우선 작은 댐부터 짓고 싶어요. 각 개울의 상류부터 시작해 매년 아래로 내려가면서 조금씩 작업하는 거예요. 개울물이 길버트강으로 흘러가는 경로를 따라 3, 4킬로마다 물을 가두는 웅덩이를 만드는 거죠. 물론 햇볕이 너무 강렬해서 건기 내내 물이 남아 있진 않을 거예요. 하지만 그런 작은 댐들이 여러 개 있다면 미드허스트는 먹이의 양을 늘릴 수 있어요."

진은 그의 손을 놓아주었다. "미드허스트는 얼마나 넓어요?"

"1,800제곱킬로 정도 될 거예요."

"소를 얼마나 많이 키울 수 있나요?"

"9,000마리 정도요. 그보다 더 늘릴 수도 있지만, 건기가 끝나갈 무렵에는 땅이 말라붙어서 무척 선조해요."

"당신이 생각하는 작은 댐들을 모두 만든다고 가정하면 소를 얼마나 늘릴 수 있을까요?"

그가 잠시 생각했다. "지금의 두 배로 늘릴 수 있을걸요. 그러면 1.5킬로 당 열여섯 마리 정도 될 거예요. 그곳처럼 비가 많이 내리는 곳에선 그 정도는 할 수 있어야 해요."

"당신이 올해 1,400마리 팔았다고 했죠?"

"그래요."

"마리 당 얼마예요?"

"4파운드 16실링이에요."

진은 다시 그의 손을 붙잡았다. "조, 난 지금 열심히 생각하고 있어요. 목장의 소를 두 배로 늘리면 매년 1,400마리를 더 팔 수 있는 거죠. 다시 말해 연간 6,000에서 7,000파운드어치를 더 팔 수 있는 거라고요. 그러면 당신은 매년 1만 2,000에서 1만 3,000파운드를 손에 쥐는 거예요. 그 정도 매출을 늘리기 위해 댐에 돈을 쓰는 건 가치 있는 일 아닐까요?"

조는 새삼스럽게 그녀가 대단해 보였다. "나도 그렇게 생각하고 있었어요. 전에 말했듯이 스피어스 부인에게 남자 셋과 원주민 몇 명으로 팀을 꾸려 이 일을 고정적으로 맡기고 싶다고 했어요. 매년 위에서 아래로 조금씩 작업하면 일 년에 1,500파운드 정도 들 거예요. 첫해에는 수익이 줄겠지만, 그 뒤로는 꾸준히 올라 두 배 가까이 오를 거예요. 스피어스 부인에게 그렇게 말했어요."

"그분이 동의했죠?"

"비용을 대는 데는 동의했어요. 부인을 설득하는 건 시작에 불과하고 힘든 일도 아니에요. 문제는 일할 사람을 구하는 데 몇 년이 걸릴지 모른다는 거예요."

진이 믿기지 않는다는 듯 그를 바라보았다. "몇 년이라고요?"

그가 가라앉은 목소리로 말했다. "그래요. 생각은 얼마든지 할 수 있지만, 그걸 실행에 옮기는 건 또 다른 문제예요. 그 일을 착수하는 데만 5년이 걸릴 수도 있어요. 미드허스트에 있는 백인 목동은 짐 레논과 데이브, 나 이렇게 셋뿐이에요. 우리는 홈스테드에서 60킬로 넘게 떨어진 오지에서 일주일 내내 곡괭이와 삽을 들고 일할 사람을 세 명 더 찾아야 해요. 1, 2주에 한 번만 점검하더라도 알아서 잘 꾸려나갈 수 있을 만큼 책임감 있는 사람이어야 하죠. 그런 사람들을 구하기란 쉽지 않아요. 걸프 지역은 매년 인구가 줄고 있어요. 원주민 목동들이 없다면 우린 어떻게 해야 할지 막막할 거예요."

"미드허스트에 백인이 정말 셋밖에 없어요?"

그가 진의 어깨를 팔로 감싸며 말했다. "당신이 오면 넷이 되는 거죠."

그녀는 곧 다섯이나 여섯으로 늘어나리라 생각했지만, 그 말을 입 밖에 내지는 않았다. "몇 명이 있었으면 하는 거예요?"

"앞으로 소를 1만 8,000마리 정도 키우게 될 경우 말이죠?" 그녀가 고개를 끄덕이자 조가 말했다. "그 정도 목장이라면 적어도 스무 명은 있어야 할 거예요. 품종개량용으로 방목장에서 길들인 황소를 키운다면 모를까, 그것도 별로 많은 숫자는 아니에요. 울타리와 가축 사육장 등 만들어야 하는 게 한둘이 아니거든요. 백인 목동 스무 명에 다른 일손이 추가로 필요할 거예요."

"피트 플레처 말이 윌스타운으로 들어와 자리 잡은 목동들이 50명은 된다던데요."

"맞아요."

"목장들이 당신 말대로 발전한다면 목동이 지금보다 일곱 배나 더 많아야 한다는 뜻이네요. 당신들은 지금 셋밖에 없잖아요. 그 지역 목동이 300이나 400명 정도로 늘어나고 그들 모두 아내와 아이들이 있다고 치면 그들을 위한 상점, 술집, 정비소, 무전 시설, 영화관도 있어야 할 거예요. 이 도시에는 인구 2,000에서 3,000명 정도가 살 수 있는 공간이 있어요."

그가 미소 지었다. "다음번에는 브리즈번만큼 크다고 말해야겠네요."

그녀가 진지하게 말했다. "말레이에 있던 우리 일행 가운데 프릿 부인이 있었어요. 그분은 당신이 분명 또 다른 예수일 거라고 믿었어요. 우릴 위해 십자가에 매달렸으니까요."

그들은 한동안 프릿 부인 이야기를 하다가 현실적인 이야기로 되돌아왔다.

"조, 내 말 좀 들어봐요. 내가 윌스타운에서 사업을 시작하고 싶다면 말도 안 되는 생각이라고 할 거예요?"

그가 진을 빤히 쳐다보았다. "사업이라고요? 윌스타운에서 어떤 사업을 할 수 있겠어요?"

"내가 영국에서 무슨 일을 했는지 알아요?"

"속기사 일을 하지 않았나요?"

진은 조의 손을 두 손으로 감쌌다. "당신은 나에 관해 모르는 게 너무 많아요. 다 얘기해줄게요." 그녀는 팩&레비와 팩 씨, 악어가죽 구두, 애기 토프에 관해 이야기하기 시작했다. 30분쯤 지나서 그녀가 물었다. "이게 내가 하고 싶은 일들이에요. 정신 나간 짓이라고 생각해요?"

"모르겠어요." 그러다가 그가 불쑥 말했다. "참, 영국에서 본드가에 있는 상점들을 구경했었어요."

그녀가 놀라서 물었다. "거기에 가 봤어요?"

그가 고개를 끄덕였다. "스트래천 씨에게 런던에서 어디를 가봐야 하냐고 했더니 그분이 역사를 얼마나 아는지 물었어요. 내가 제대로 학교 다닌 적이 없다고 말했더니 세인트폴 대성당과 웨스트민스터 사원을 가보라고 했어요. 버스로 피커딜리 광장까지 가서 리젠트가와 옥스퍼드가, 본드가를 따라 쭉 걸어갔다가 다시 피커딜리로 걸어 내려오라고 했어요. 그러면 최고급 상점들을 다 볼 수 있을 거라고요."

그녀는 고개를 끄덕였다. 그린아일랜드가 아득히 멀어진 느낌이었고, 바닷바람 속에서 코코넛 야자나무의 속삭임이 들려왔다.

그가 말했다. "다양한 악어가죽 구두를 봤어요. 화장품 가방 같은 것도요. 구경하는 건 흥미로웠죠. 제프 영감이 잡는 것과 같은 가죽인지도 궁금했어요. 낯익은 것을 보니 집에 온 것처럼 반갑더군요. 그것들은 근사하게 포장돼 있었어요. 하지만 가격을 보고 눈이 휘둥그레졌죠. 대부분 라벨이 붙어 있지 않았어요. 한 가지만 빼고요. 은빛 장식이 붙어 있는 여성용 작은 악어가죽 케이스였는데 가격이 어마어마 했어요."

그녀가 들뜬 목소리로 말했다. "조, 그건 분명 팩&레비 제품이었을 거예요. 우린 그런 것들을 다양하게 만들었거든요."

"설마 윌스타운에서 그런 물건을 만들 수 있다고 생각하는 건 아니죠?"

"가방은 아니고 신발만요. 우선 신발만 만들 생각이에요. 여직공 예닐곱 명이 악어가죽으로 구두를 만드는 공방을 만들 거예요. 거기에 비용이 많이 들진 않아요. 혹여 일이 잘

못돼 돈을 날리더라도 내가 감당할 수 있는 한도 내에서 쓸 거예요. 장담은 못 하겠지만 일이 잘될 수도 있잖아요. 일이 잘돼서 수익이 나면 윌스타운에도 좋은 일이 될 거예요."

"윌스타운에서 여직공 예닐곱 명이 일하며 돈을 번다고 요?" 그가 생각에 잠겨 말했다. "그들은 두 달도 못 버틸 거예요. 보나 마나 모두 결혼해서 떠날 테니까요."

그녀가 웃으며 일어섰다. "그럼 예닐곱 명을 더 찾아야죠. 이제 바닷물에 담그러 가요. 얼른 가지 않으면 곧 너무 뜨거워질 거예요."

그들은 수영복으로 갈아입고 산호모래가 깔린 은빛 바다에 누웠다.

진이 말했다. "이 멍들 좀 봐요. 악당 같으니라고. 다음엔 당신이랑 같은 체급과 붙어요." 그녀가 잠시 뜸 들이다가 말했다. "놀라운 소식이 하나 더 있어요. 너무 놀라서 바닷물에 빠지면 안 돼요. 난 아이스크림 가게도 차리고 싶어요."

"맙소사."

그녀가 진지하게 말했다. "조, 난 공방에서 일할 직원들에게 월급을 후하게 줄 거예요. 그 일부는 내게 다시 돌아와야 해요."

그는 진을 바라보았지만, 농담인지 진담인지 분간할 수 없었다. "윌스타운에 아이스크림 가게라뇨? 본전도 못 찾을 거예요."

"내가 아이스크림을 얼마에 팔지 보고 말해요. 아이스크림뿐만이 아니에요. 과일과 채소, 냉동식품, 여성 잡지, 화장품 등 여자들이 원하는 소소한 것들도 팔 거예요. 나 대신그 가게를 운영해줄 예쁜 아가씨도 알고 있어요. 앨리스 스프링스에 사는 로즈라는 아가씨예요."

그가 천천히 말했다. "그런 아가씨가 가게를 운영하면 여자들은 가게에 발도 못 들일 거예요. 목동들로 가득 찰 테니까."

"그들이 아이스크림을 사기만 한다면 문제없어요. 조, 일요일에 앨리스 스프링스에 가본 적 있어요?"

그가 고개를 저었다. "한 번도 없는 거 같아요. 전쟁 전에도 없었어요."

"난 왜 그런지 알아요. 술집이 문을 닫으니까요."

그가 씩 웃었다. "맞아요."

"윌스타운에 있는 술집도 일요일엔 문을 닫아요."

"술집이 문을 닫아도 대개 코너 부인에게 뒤로 슬쩍 구할수 있어요."

진이 물속에서 웃으며 말했다. "술을 몰래 팔다니 헤인즈경사에게 제보해야겠네요. 그건 그렇고 일요일은 앨리스의아이스크림 가게가 가장 붐비는 날이에요. 일주일 내내 술집에 드나들던 남자들이 일요일엔 하나같이 아내와 아이들을가게로 데려와 소다와 콜라를 사주더군요. 그곳은 일요일마다 호황이에요."

"그렇겠죠. 그것 말고는 할 일이 없으니까요."

조가 15분 이상 물속에 못 있게 해서 그들은 바다에서 나와 그늘로 가서 앉았다. 나무 그늘에서 담배를 피우며 조가 말했다. "당신이 하고 싶은 일을 다 하려면 정말 엄청난 돈이 들어갈 거예요. 3,000이나 4,000파운드, 아니 그 이상 필요 할걸요."

"내게 충분히 있어요."

조가 그녀를 바라보며 차분히 말했다. "당신이 부자가 됐다고 스트래천 씨에게 들었어요. 사실 그걸 받아들기가 힘들었어요… 물려받은 유산이 얼마나 되는지 물어도 돼요? 말하고 싶지 않으면 안 해도 되지만, 당신에게 돈이 얼마나 있는지 알면 내가 좀 더 효율적으로 도울 수 있을 거예요."

"당연히 그렇겠죠." 진이 말했다. 어젯밤 이후로 이제 둘 사이를 갈라놓을 것은 아무것도 없었다. "노엘 말씀으론 5만 3,000파운드 정도 된대요. 내가 만 35세가 될 때까진 모두 신탁에 맡겨져 있지만요. 그 전에 자금을 쓸 일이 생기면 그분에게 여쭤봐야 해요."

"맙소사."

그녀가 말했다. "큰돈이죠? 어찌 보면 신탁에 맡겨진 게 다행이었어요. 그 돈으로 무엇을 할지 막막했을 테니까요. 노엘은 성말 고마운 분이에요." 그녀가 잠시 멈추었다 다시 말했다. "그 돈으로 뭔가 쓸모 있는 일을 하고 싶어요. 사실 사업에 관해서는 아무것도 몰라요. 내가 아는 분야는 팩&레비가 만드는 제품들뿐이에요. 그런 걸 만드는 작은 공방과 여자들이 좋아하는 것들을 파는 가게를 열 수 있다면, 비록 수익성이 좋지 않더라도 월스타운처럼 돈이 마땅히 쓰여야 하는 곳에 제대로 쓰이는 거라 생각했어요."

조는 몸을 숙여 그녀에게 키스했다.

그녀가 말했다. "조, 할 얘기가 더 있어요. 잘은 모르겠지만 이 일을 시작하면 단지 아가씨들을 몇 명 고용하는 것 이상의 의미가 있을 거 같아요. 목동들은 하나같이 걸프 지역을 떠나고, 남자들은 아웃백에 오려 하지 않는다고 당신이 말했잖아요. 아가씨들이 없으면 당연히 그들은 오지 않을 거예요. 아가씨들이 떠나는 이유는 일자리가 없기 때문이죠. 내가 아가씨들에게 일자리를 만들어주면 당신은 미드허스트에서 일할 남자들을 구할 수 있을 거예요. 일리 있는 말 같지 않아요?"

"잘 모르겠어요…" 그는 바다 너머 희미하게 보이는 애서턴 고원의 푸른 윤곽을 물끄러미 바라보았다. "여자들이 주위에 많아지면 분명 도움이 되겠죠. 아웃백에서는 쉽게 외로워지거든요."

진은 그 고독의 의미를 이해했기에 마음이 아팠다. 개 없이 아웃백에서 잘 지낼 수 없었을 것이라고 말했던 그가 홈스테드에서 보냈을 기나긴 밤을 생각했다. 읽고 쓰지도 못하고, 말도 서투른 원주민 여자와 결혼한 칼라일 목장 관리인 에디의 이지적인 얼굴도 떠올랐다.

그런 깨달음에서 비롯된 연민을 느끼며 그에게 말했다. "내 생각만 하면서 당신에게 기다려달라고 하는 못된 욕심꾸러기가 된 기분이에요."

조는 그녀의 손을 꼭 쥐었다.

그녀가 미소 지으며 말했다. "난 결혼하기 전에 이 사업을 시작하고 싶어요. 결혼하면 금세 우리의 첫 아이가 생길 테니까요."

그가 웃으며 말했다. "당신이 원치 않으면 서두르지 않을 거예요."

진은 그의 얼굴을 당겨 입 맞추었다. "나도 아기를 갖고 싶어요. 하지만 그렇게 되면 결혼한 뒤 내가 사업에 집중할 수 있는 기간은 6개월밖에 안 될 테고, 그땐 다른 것들도 준비해야 할 거예요. 조, 소몰이는 언제 시작해요?"

"우기 끝나고요. 올해는 시즌이 늦어져서 3월에 시작했지만, 보통 2월 중순부터 흩어진 소 떼를 모으기 시작해요."

"기간은 얼마나 걸려요?"

"3주에서 한 달 정도 걸려요. 다 모아들인 뒤에는 송아지에 낙인을 찍고, 소 떼를 줄리아크리크로 몰고 가요."

"소몰이가 다 끝나고 결혼해도 될까요? 4월 초쯤에요."

"물론이죠."

"그럼 지금부터 1년 정도의 시간이 생기네요. 그쯤이면 사업이 안정 단계에 접어들어 내가 아이 낳느라 한두 달 떠나 있어도 문제없을 거예요. 그 정도면 될 거 같아요. 그때까지도 나 없이 사업이 한 달도 돌아가지 않는다면 전반적으로 별로 좋지 않다는 뜻이겠죠. 그럼 사업을 접는 편이 나아요."

"내가 옆에서 도울게요."

진이 웃었다. "젊은 아가씨들에게 아이스크림을 퍼주고 립스틱을 팔면서요? 당신에게 그런 일을 맡기진 않을 거예요."

그는 자신의 생각을 말했다. "우리가 결혼할 때 짐 레논이 줄리아크리크로 소 떼를 몰고 갈 수 있을 거예요. 본빌과 다른 원주민 목동들을 함께 보내면 돼요. 짐 레논이 도착할 때쯤 우리가 픽업트럭을 타고 가서 따라잡으면 소 떼를 기차에 태우는 걸 볼 수 있을 거예요. 그렇게 신혼여행을 보내는 거죠."

그녀가 미소 지었다. "당신의 신혼여행 계획이 맘에 들어요. 줄리아크리크에서 맥주 마시는 거 말고 다른 할 일이 있어요?"

조가 웃으며 말했다. "줄리아크리크에는 할 일이 엄청 많아요."

"거기서 뭘 할 수 있는데요?"

"소 1,500마리를 기차 화물칸에 실어야 해요. 그렇게 신혼 여행을 보내는 영국 여자는 흔치 않을걸요?" 그가 장난스럽게 말했다.

그들은 옷을 갈아입고 점심을 먹으러 갔다. 식사 중에 그가 말했다. "악어가죽을 무두질하고 손질하는 거 말인데, 나라면 그 일은 포기하겠어요."

그는 윌스타운에서 그 일을 시도하는 데 반대했다. 힘든 일이어서 여직공들이 하기에 적절하지 않으며, 그런 일을 할 수 있는 남자도 없었다. 그는 가죽을 보내면 손질해주는 가죽공장이 케언스에 있다고 했다.

"고든이라는 녀석이 운영하는 곳이에요. 작년에 그가 걸프 지역에 왔을 때 만났었죠. 당신이 원한다면 내일 오후에 그를 만나러 갈 수도 있어요."

"혹시 그 사람에게 흰 양가죽이 있을까요?"

"있을걸요. 없으면 구해주기라도 할 거예요."

조는 목장 운영 경험을 바탕으로 공방 짓는 데 도움이 되는 조언을 해주었다. "이왕 할 거면 크고 근사하게 만들면 좋겠어요. 윌스타운으로 목재를 운반하는 데 꽤 큰 돈이 들어갈 거예요." 그가 잠시 생각하더니 말했다. "모든 게 계획대로 되면 당신과 로즈, 애기 토프 이렇게 세 명 더 늘어서 윌스타운의 아가씨가 모두 다섯이 되겠네요. 공방 건물을 좀 더 크게 만들어서 한쪽 끝에 거실 겸용 침실을 세 개 만들고, 벽으로 다른 공간과 분리한 뒤 별도의 출입구를 만드는 건 어때요? 그러면 호텔에서 지낼 필요도 없고 당신들끼리 편하게 지낼 수 있을 텐데요. 나중에 사업이 커지면 벽을 허물고 하나의 공간으로 합칠 수도 있어요."

그녀가 보기에 정말 좋은 생각이었다. 식사가 끝나고 둘은 연필과 종이를 구해 케언스로 돌아가서 해야 할 몇 가지 중요한 일과 주문해야 할 물품 목록을 적어두었다. 그러고는 각자 오두막으로 돌아가 한낮의 더위를 피해 낮잠을 잤다.

진은 오두막 밖에서 조가 부르는 소리에 깼다. "얼른 바닷물에 들어갔다 올까요? 5시가 다 됐어요."

진은 재빨리 시트를 끌어당기며 말했다. "곧 나갈게요. 몰래 들여다본 건 아니죠?"

"난 그런 짓은 안 해요."

"당신 말을 믿을게요." 그녀는 커튼을 치고 수영복으로 갈아입은 뒤 해변으로 갔다. 푸르고 따뜻한 바다에 누워 그녀가 말했다. "조, 반지 같은 걸 나누면서 약혼하길 원해요?"

"당신은 그러고 싶은 거죠?"

진은 고개를 저었다. "당신이 불안해하지 않는다면 난 그런 거 바라지 않아요. 약속대로 4월 초에 당신과 결혼할 거예요. 하지만 지금 상황에서는 우리가 공식적으로 약혼하지 않는 게 더 나을 거 같아요. 윌스타운으로 돌아가면 난 꽤 이상한 일들을 벌이게 될 거예요. 사람들이 정신 나간 짓이라고 할 만한 일들이요. 그중 일부는 정말 그럴지도 몰라요. 무언가 실수 할 수도 있으니까요. 우리가 약혼했다는 이유로 당신이 그런 일에 휘말리게 하고 싶지는 않아요. 당신은 제자리를 지켜야 해요."

"당신이 무엇을 하든 나와 함께 한다고 사람들이 생각하면 아무래도 도움이 되지 않을까요?"

그녀가 돌아누우며 조에게 키스했다. "당신한테 짠맛이 나네요. 약혼자에 대해 무례한 말을 했다고 당신이 토요일 밤마다 술집에서 누군가와 싸움을 벌인다면 아무 도움이 안 될 거예요." 그가 씩 웃었다. "조, 날 헐뜯는 사람들이 있을 거예요. 그들은 내가 미쳤다고 생각할 게 뻔해요."

바다에서 나온 그들은 나무 그늘에 앉아 쉴 새 없이 미래에 관한 이야기를 나누었다.

그녀가 말했다. "조, 원주민이 아이스크림 가게로 와서 음료수를 사고 싶어 할 땐 어떻게 하죠? 원주민 목동 말이에요. 그들에게 같은 곳에서 음료를 내주어도 되는지, 아니면 다른 가게로 보내야 하는지 궁금해요."

그가 머리를 긁적였다. "이제까지 윌스타운에 그런 게 있었던 적이 없어서 뭐라 말하기 어렵군요. 그들은 빌 던컨의 가게엔 드나들어요. 백인 아가씨가 계산대에 서 있는 아이스크림 가게에선 그들에게 음료를 내주면 안 될 거 같은데요."

진이 단호하게 말했다. "그렇다면 그들을 위해 흑인 아가씨가 있는 매장을 하나 더 열어야겠어요. 월스타운에 그들이 아주 많이 살고 있는데 배제할 수는 없잖아요. 냉동고와 주방을 사이에 두고 매장을 두 개 만드는 거예요." 그녀는 흰 모래 위에 집게손가락으로 조그맣게 그림을 그렸다. "이런 식으로요."

"맙소사, 그렇게 되면 당신이 월스타운 사람들 입에 오르내릴 거예요."

"알아요. 그래서 결혼 직전까지 사람들에게 약혼한 걸 알리고 싶지 않은 거예요."

그날 밤 숙소 앞에서 잘 자라고 입 맞추며 진이 말했다. "월스타운에선 이렇게 행동할 수 없을 거예요. 조, 그린아일랜드를 평생 마음에 담아둘게요."

"당신이 원하면 4월에 다시 와요. 줄리아크리크로 가기 전에요."

이튿날 아침 그들은 어니가 몰고 온 보트를 타고 섬을 나와 오후 일찍 케언스에 도착했다. 호텔에 가방을 두고 곧장 가죽공장에 있는 고든을 만나러 갔다. 그곳에서 악어가죽과 다른 신발 재료에 대해 논의했다.

그는 염소 가죽으로 안감을 쓸 필요가 없다고 조언했다,

"염소 가죽으로 할 수 있는 건 다 왈라비 가죽으로 대체할 수 있어요. 왈라비는 얼마든지 있고 또 염소 가죽만큼 좋아요. 질감이나 외관, 표백 상태, 광택 등 뭐 하나 빠지지 않죠."

조 하먼은 다음번 화물트럭이 올 때 견본용 가죽을 여섯 장 보낼 테니 가공해서 보내달라고 했다. 조가 말했다. "왈라비들의 수를 줄일 수 있어서 잘된 일이에요. 그것들이 목장에서 먹이를 엄청나게 먹어 치우거든요. 개체 수가 너무 많아요."

그 뒤 그들은 이것저것 쇼핑하고 주문을 넣고는 윌스타운행 아침 비행기를 예약했다. 해 질 녘에 녹초가 되어 호텔로 돌아왔다.

진이 말했다. "케언스를 떠나기 전에 오늘 밤 꼭 해야 할 일이 있어요. 이제까지 일어난 일을 노엘에게 편지로 알려드려야 해요."

퀸즐랜드 바다에서 강렬한 초여름 내음이 피어오르는 밤, 저녁 식사를 마친 진은 베란다에 앉아 나에게 편지를 썼다. 그녀가 편지를 쓰는 동안 조 하먼은 조용히 옆에 앉아 평화롭게 담배를 피웠다.

진은 예나 지금이나 글을 아주 잘 쓴다. 여전히 내게 매주 편지를 쓴다. 나는 그 편지를 11월 초에 받았고 내용도 또렷이 기억하고 있다. 비가 부슬부슬 내리고 안개가 자욱해 컴컴한 아침이었다. 아침 식사 때 전등을 켜야 할 정도였고, 길 건너 왕실 마구간이 보일락 말락 했다. 거리에서는 택시들이 젖은 보도블록에 흙탕물을 튀기고 지나갔다.

그것은 매우 행복한 아가씨의 사랑 이야기가 담긴 장문의 편지였다. 물론 나는 그 소식을 기쁘게 받아들였다. 아침 식사를 앞에 두고 앉아 그 편지를 두 번, 세 번 다시 읽었다.

현실로 돌아오니 커피는 식었고, 차가워진 달걀 프라이는 기름이 굳어 접시에 엉겨 붙어 있었다. 그녀의 소식에 몰입한 나머지 먹는 것도 잊었다. 출근 준비를 하러 침실로 갔다.

코트를 꺼내려고 옷장을 여니 그녀가 돌아올 때까지 맡아주기로 한 스케이트화가 눈에 띄었다. 노인은 가끔 어리석어지기 마련이고 그 탓에 잠시 당황했었다고 인정해야겠다. 이제 그녀가 스케이트화를 찾으러 돌아올 일은 영영 없었다. 다시는 영국으로 돌아오지 않을 사람이었다.

현관으로 나가다 주방에서 나오는 가정부와 마주쳤다. 내가 말했다. "챔버스 부인, 반가운 소식을 받았어요. 여기 가끔 오던 패짓 양 기억하십니까? 그 아가씨가 퀸즐랜드에서 호주 남자와 결혼하기로 했답니다."

"아, 잘됐네요. 정말 참한 아가씨였어요."

"그렇죠? 정말 참한 아가씨였어요…"

"아침을 거의 안 드셨던데. 무슨 일이 있으신 건 아니죠?"

"아니, 다 좋습니다. 걱정해줘서 고마워요. 오늘 아침엔 식욕이 없어서요."

밖으로 나오니 거리는 으슬으슬 추웠다. 악취와 냉기를 머금은 노란 안개 때문에 아침부터 기침이 나왔다. 왈라비, 웃고 있는 흑인 목동들, 흰 산호모래 위로 넘실거리는 푸른 바다, 진 패짓, 모든 옷이 거추장스러운 더운 나라에서 그녀가 사롱 때문에 겪었던 곤란함을 생각하며 나는 꿈꾸듯 사무실로 걸어갔다.

그때 바로 옆에서 끼익하는 거친 소리가 났다. 오른팔에 심한 충격이 가해져서 비틀거리다 쓰러질 뻔했다. 거리 한복판에서 택시가 내 옆구리를 치고 바로 옆에 서 있었다. 순간 내가 어디 있는지 알 수 없었다. 안색이 창백해진 운전사가 외치는 소리만 들렸다. "하느님 맙소사. 아직 살아있는 걸 다행인 줄 아쇼!"

"미안합니다. 앞을 보지 않고 걸었어요."

그가 화난 목소리로 소리쳤다. "그렇게 도로로 나오시면 어떡합니까! 연세도 많으신데 좀 더 조심하셔야죠!"

주위에 사람들이 모여들기 시작했다. "팔만 부딪혔어요." 팔을 움직여보니 별 이상은 없었다. "괜찮습니다."

"다음부턴 앞을 살 보고 걸으세요." 그는 기어를 넣고 택시를 가던 방향으로 바로 세우고는 가버렸다.

나는 사무실까지 계속 걸었다. 여직원이 여느 때처럼 내가 검토해야 할 편지들을 갖다주었지만, 셔츠 주머니에 든 또 다른 편지를 생각하며 그것들을 한쪽으로 밀어놓았다.

그날 아침 평소처럼 의뢰인 한두 명을 응대했다. 그들에게 자문해주면서도 내 마음은 2만 킬로 떨어진 곳에 가 있었다. 업무로 내 방을 찾아온 레스터 로빈슨에게 말했다. "패 짓 양 기억하지? 맥파든의 상속녀 말일세. 그 아가씨가 호주 청년과 결혼하기로 했다네. 건실한 청년 같더군."

"잊고 있었네요. 그럼 드디어 신탁 관리가 끝나는 건가요?" 그가 푸념하듯 말했다.

"아니지. 그녀가 만 35세가 될 때까지 유지될 걸세."

"유감이군요. 그 신탁이 노엘에게 일거리를 잔뜩 안겨줬잖아요. 다 마무리되면 후련하시겠어요."

"아니, 사실 그동안 힘든 일은 없었지."

하루가 다 끝나갈 무렵 나는 여덟 장이나 되는 편지를 다 외우다시피 했고, 클럽에 갈 때도 지니고 있었다. 바에서 와인을 마시다 진의 이야기를 조금 알고 있는 무어에게 그녀의 결혼 소식을 알려주었다.

저녁 식사 뒤에는 매일 저녁 함께 브리지 게임을 하는 친구들과 둘러앉아 게임을 하며 그녀 소식을 들려주었다.

11시쯤 자리에서 일어나 공원을 가로질러 아파트로 돌아가기 전에 담배를 한 대 더 피우려고 도서관에 들렀다. 말레이에서 경찰로 일했던 라이트가 도서관에 혼자 있어서 그에게도 진 이야기를 해주었다.

라이트 옆에 있는 의자에 털썩 주저앉으며 내가 말했다. "진 패짓이라는 아가씨 기억하죠? 내가 전에 한두 번 말한 거 같은데요."

그가 웃으며 대답했다. "기억하다마다요."

"그녀가 북부 퀸즐랜드의 목장 관리인과 결혼하기로 했답니다."

"그래요? 어떤 청년인가요?"

"전에 만난 적이 있는데 아주 건실한 청년이더군요. 진이 그 친구를 몹시 사랑하고 있어요. 두 사람은 행복하게 잘 살 거예요."

"그녀는 결혼 전에 영국으로 돌아오나요?" 그가 물었다.

나는 벽에 늘어선 책장들, 천장 모서리에 양각된 금박 조각들을 물끄러미 바라보며 말했다. "아니요. 아마 다시는 영국으로 돌아오지 않을 겁니다."

라이트는 아무 대꾸도 하지 않았다.

내가 말했다. "너무 먼 곳이에요. 이제 그녀는 퀸즐랜드에서 새로운 삶을 꾸리겠죠."

긴 침묵이 흐른 뒤 내가 말했다. "그녀가 영국으로 돌아와야 할 이유가 없죠. 이 나라에 아무런 연고가 없어요."

그때 그가 아주 어리석은 말을 했다. 악의로 한 말은 아니었지만 분별없는 언행이었다. 나는 자리를 박차고 나와 어둡고 텅 빈 아파트로 돌아왔다. 그 뒤 한동안 그를 멀리했다.

　그해 가을 일흔네 살이 된 나는 그녀의 할아버지뻘이었다. 내가 그녀에게 연정을 느끼다니 얼토당토않은 말이었다.

9 장

그해 11월과 12월 진 패짓은 그 어느 때보다 열심히 일했다. 로즈가 2주 뒤 윌스타운으로 왔고, 애기 토프는 11월 초에 배를 탔다.

나는 그녀가 떠나기 전 내 법률사무소에서 만날 수 있게 팩 씨에게 부탁했었다. 애기 토프는 수척하고 조금 고지식해 보이는 여성이었지만, 팩 씨가 꽤 옳았다는 것을 단번에 알 수 있었다. 어떤 상황에서도 직공에게 일을 제대로 시킬 수 있는 사람 같았다.

시드니에서 윌스타운까지 가는 항공 일정을 정리한 안내문과 티켓을 그녀에게 주고 나서 그녀의 일에 관해 이야기했다.

"거긴 아주 열악하고 더운 곳입니다. 패짓 양은 기반이 전혀 없는 상태에서 사업을 시작하는 거예요. 그녀에게 자금은 충분히 있지만 서기 있는 내내 힘들 겁니다. 이해하시죠,

토프 부인?"

그녀가 말했다. "패짓 양에게 편지를 두 통 받았는데, 그곳 중심가를 찍은 사진도 들어있었어요. 사실 그리 훌륭해 보이진 않더라고요."

"그래도 그곳으로 가시는 걸 기꺼이 받아들이셨죠?"

"뭐, 전에도 열악한 곳에 있어 봤습니다. 어차피 1년뿐인데요. 전 늘 패짓 양을 좋아했어요."

애기 토프와 처리해야 할 일이 하나 더 있었다. 진은 에어컨을 꼭 구하고 싶어 했다. 직공들이 작업할 때 손에서 나는 땀 때문에 섬세한 가죽에 자국이 남는 것을 막으려면 에어컨은 그녀에게 필수품으로 보였다. 진은 호주에서 구할 수가 없어서 내게 전보를 친 것이었다.

나는 에어컨 만드는 회사를 하나 찾아내 상당한 노력과 약간의 뒷돈을 들여 한 대 구입할 수 있었다. 데릭 해리스는 그런 종류의 협상에 꽤 능했다. 우리 사무실 계단 아래 세워 두었던 에어컨을 애기 토프에게 보여주고는 시드니로 가지고 나갈 수 있도록 조치했다.

시드니에서 케언스, 윌스타운까지 그것을 가져가는 데 상당한 비용이 들테지만, 그때가 일 년 중 가장 더운 시기인 것을 감안하면 그만한 가치가 있어보였다.

이것은 진이 내게 의뢰한 일 가운데 가장 중대한 일이었고, 내가 그녀의 사업에 보여준 가장 큰 성의였다. 전보의 나머지 내용은 그리 어렵지 않은 자잘한 것들을 부탁하는 내용이었다.

팩&레비도 애기 토프에게 많은 짐을 보냈다. 연장과 구두골, 재단기 등 온갖 물품이 가방 세 개를 가득 채웠다. 거기에 들어간 비용 146파운드는 내가 진을 대신해 영국에서 지불했다.

୧୧୧

진은 월스타운에 도착하자마자 조 하먼의 도움으로 공사를 바로 시작할 수 있었다. 둘은 팀 월란과 그의 두 아들을 만나 목공소의 관들 옆에서 회의했다. 이미 케언스에서 트럭 두 대 분량의 목재를 주문한 뒤였다.

남자들은 바닥에 종이를 펼쳐놓고 목동 특유의 자세로 쭈그리고 앉거나 선 자세로 건물의 배치를 논의했다. 침실이 세 개 딸린 공방을 먼저 짓고, 그 옆에 아이스크림 가게를 나중에 짓기로 했다.

한쪽으로 공방을 확장할 수 있는 공간을, 또 한쪽으로는 아이스크림 가게를 확장할 수 있는 공간을 남겨두었다. 월스타운 시가지에는 건물을 확장할 공간이 얼마든지 있었다.

그들은 중심가의 부지 임대와 건물 신축 계획을 허가받기 위해 팀 월란과 함께 지방의회 서기인 키터를 만나러 갔다. 카터가 말했다. "거길 쓰는 데는 별문제가 없을 거예요. 1905년엔 거리에 집들이 빽빽이 들어찼었어요. 사진도 남아 있죠. 요즘은 그 땅에 임대료를 내고 뭔가 하겠다는 사람이 통 없어요."

진은 자신이 원하는 부지에 임대료를 얼마나 내야 할지 물었다. 하지만 정확한 규정이 없는 데다 진이 원하는 면적이 불분명했기에 결정하기 어려운 문제였다.

카터가 말했다. "이곳은 시 자치구예요. 자치구에서는 에이커 단위로 토지를 임대하지 않아요. 만일 건물을 지을 거라면 건물 정면 30미터당 1실링 정도가 될 거예요. 거긴 중심가잖아요. 닭이나 다른 가축을 키울 거라면 5실링은 내야 할 겁니다."

그들은 계약을 마무리하기 위해 호텔의 바로 자리를 옮겼다. 진은 윌스타운에서 평판을 지켜야 하는 숙녀답게 레모네이드를 들고 바깥 계단에 앉아 있었다.

일주일 뒤 그녀는 비행기를 타고 케언스로 갔다가 다시 브리즈번으로 이동했다. 그곳에서 사흘간 지내면서 전기 발전기와 대형 냉장고 각각 한 대, 급속 냉동고 두 대, 계산대, 유리 상판이 깔린 테이블 여덟 개, 의자 서른두 개, 싱크대 설비 두 세트, 유리잔과 접시, 커트러리 세트, 비품 등 수많은 자잘한 물품과 더불어 전기 부품과 전선도 대량 주문하고 돌아왔다.

그녀는 모든 물품을 운송용 대형 상자에 담아 포사이스의 운송회사에 위탁하도록 각 회사와 계약했다. 케언스에 가서는 이 물품들이 포사이스에서 윌스타운까지 트럭으로 운송되도록 처리했다. 내가 필요한 경비를 미리 보내주어서 그녀는 모두 현금으로 지불할 수 있었다.

진은 아이스크림 가게에 비축해둘 물품을 가계약하고 나서 일주일 뒤 윌스타운으로 돌아왔다. 돌아와서 보니 어느새 공방의 골조가 세워져 있었다. 목조 건물 공사는 작업 속도가 매우 빨랐다.

그 일은 윌스타운에서 한동안 화젯거리가 되었다. 공사장 주변에 둘러선 나이 든 남자들은 윌스타운에서 신발을 만들어 이역만리 영국에 팔겠다고 나선 이방인 아가씨의 별난 행동에 호기심을 보였다.

워낙 친절한 사람들이라 무례하게 굴거나 그녀의 별난 짓을 비웃지는 않았지만, 불신의 기운이 공사장 전체에 감돌았다. 그것이 공사 첫 주에 진을 한없이 외롭게 했다.

진은 공사가 없는 일요일에 일찌감치 미드허스트를 방문했다. 그날 새벽 조 하먼은 픽업트럭을 몰고 와서 아침 식사 시간에 맞춰 그녀를 미드허스트로 데려갔다. 그들은 시내를 벗어나자마자 차를 세우고는 입을 맞추고 밀린 이야기를 나누었다.

얼마 뒤 차가 다시 출발했다. 그 무렵 진은 그 지역에 포장된 도로가 전혀 없는 것에 익숙했다. 차를 타고 처음으로 윌스타운 시내를 벗어난 그녀는 벌판을 가로질러 차가 달리는 곳이 곧 도로라는 사실을 알게 되었다.

한여름 열기로 말라붙은 땅이 누렇게 탄 풀 무더기로 뒤덮여 있었다. 가늘게 뒤틀린 유칼리나무들이 높게 뻗어 있었다. 이 나무들은 그곳을 지나는 자동차나 트럭이 통과할 수 있을 만큼 드문드문 떨어져 있었다. 이런 벌판이 곧 도로였다.

차들이 많이 다녀 지표면이 움푹 파이면 자동차나 트럭은 그곳을 벗어나 다른 경로를 택했다. 한 방향으로 난 바퀴 자국이 지금은 말라붙어 돌투성이가 된 개울에서 하나로 합쳐졌다가 반대편에서 다시 여러 방향으로 흩어졌다.

얼마쯤 가다 보니 소가 대여섯 마리 모여 있었다. 소들은 고르지 않은 땅에서 트럭이 덜컹거리자 그 소음을 향해 미친 듯이 돌진했다. 진은 이 척박한 땅에서 소들이 대체 무엇을 먹는지 물었다.

조가 말했다. "소들은 걱정 없어요. 여기엔 소들이 먹을 수 있는 게 충분히 있어요. 덤불 속의 메마른 풀들은 건초와 똑같아요." 그들이 다니는 길에서 조금 떨어진 곳에 물웅덩이가 있다고 했다. "소들은 절대 물에서 4, 5킬로 이상 떨어지지 않아요. 반면 말들은 물이 있는 데서 30킬로 떨어진 곳에서도 풀을 뜯어요."

진은 나무들 사이로 갈색 동물 세 마리가 껑충껑충 달리는 모습을 보고 외쳤다. "조, 캥거루예요!"

"저건 왈라비예요. 이 지역에 캥거루는 없어요."

진은 뛰어다니는 동물을 넋을 놓고 바라보았다. "왈라비와 캥거루의 차이가 뭐죠?"

"왈라비가 더 작아요. 큰 수컷 캥거루는 키가 2미터 정도 되지만, 왈라비는 1미터를 넘지 않아요. 캥거루 얼굴은 사슴 같은데, 왈라비는 토끼나 쥐를 닮았어요. 홈스테드에 가면 작은 왈라비를 보여줄게요."

"야생 왈라비요?"

"지금은 길들었어요. 자라면서 야생성을 되찾으면 가족에게 돌아갈 거예요."

그는 전에 케언스로 가죽 견본을 보내기 위해 왈라비 사냥을 나갔다가 새끼가 있는 암컷을 총으로 쏘게 되었다고 했다. 어린 짐승을 무방비로 놔두면 죽을까 봐 집에서 기르려고 데려온 것이었다.

얼마 뒤 미드허스트에 도착했다. 기둥이 넓은 간격으로 서 있는 울타리와 철문이 그들 앞에 나타났다. 철문 너머로 바퀴 자국이 길게 남아 있어서 도로처럼 보였다. 진이 트럭에서 내려 철문을 열어주자 그가 안으로 차를 몰았다.

그가 말했다. "여긴 주로 말들이 있는 방목장이에요." 나무 아래 서 있는 말들이 보였다. 검고 긴 꼬리를 휙휙 움직이는 군살 없는 승용마들이었다. "집 주변에 5제곱킬로 정도 이렇게 울타리가 쳐져 있어요."

길을 빙 돌아가니 홈스테드가 보였다. 굽이진 개울 위 낮은 언덕에 자리 잡고 있었다. 개울에 물은 흐르지 않았지만, 곳곳에 물웅덩이가 남아 있었다.

"지금 당신이 보는 건 1년 중 최악의 모습이에요." 진은 그의 어조에서 불안감을 감지했다. "겨울엔 아름다운 개울이 흘러요. 지금처럼 최악의 건기에도 항상 물은 있고요."

홈스테드는 땅 위로 솟은 높은 기둥 위에 세워진 꽤 큰 건물이었다. 2.5미터 높이의 계단을 올라가야 데크와 집에 닿을 수 있었다. 나무로 지어진 그 집에도 어김없이 함석지붕이 덮여 있었다.

침실 세 개와 거실이 하나 있고, 폭이 3.5미터 정도 되는 베란다가 사방을 둘러싸고 있었다. 베란다 가장자리 선반에 놓인 화분들에서 온갖 종류의 양치식물과 푸른 나무들이 자라고 있었기 때문에 직사광선이 대부분 가려졌다.

베란다 한쪽 끝에는 부엌이 딸려 있었고, 반대쪽 끝에는 욕실이 있었다. 집에서 조금 떨어진 방목장에 서 있는 작은 오두막이 화장실이었다.

이 건물에서는 대부분의 생활이 베란다에서 이루어지는 모양이었다. 조의 침대와 모기장, 등나무 줄기로 만든 안락의자, 식탁과 의자들이 베란다에 나와 있었다. 바람이 불면 시원해지도록 서까래에 커다란 캔버스 물주머니를 매달았고, 머그컵도 매달아 놓았다.

트럭이 계단 앞에 멈추자 개 대여섯 마리가 요란하게 그들을 맞았다. 조는 개들을 무시하면서도 털에 푸른빛과 노란빛이 도는 큰 암캐를 가리키며 애틋하게 말했다. 진은 처음 보는 종류였다. "이 녀석이 릴리예요. 정말 대단한 녀석이죠."

조가 베란다의 시원한 곳으로 진을 안내했다. 그녀는 조를 돌아보며 말했다. "조, 멋진 곳이에요."

"맘에 들어요?" 강아지들이 몰려와 바닥을 쓸고 다니며 그들의 손을 핥았다. 역시 털에 푸른빛과 노란빛이 도는 특이한 강아지들이었다.

베란다 구석 의자 뒤에서 작은 동물 한 마리가 똑바로 서서 그들을 엿보고 있었다. 조가 강아지들을 한 마리씩 안아서 철망을 두른 울타리 안에 내려놓았다. "새벽에 나가기 전에 이 녀석들을 밖에 내놓았어요. 머지않아 마당으로 내려갈 만큼 몸집이 커질 거예요."

"조, 이 식물들은 누가 갖다 놨어요? 당신이 그런 거예요?"

그는 고개를 저었다. "예전에 스피어스 부인이 여기 살 때 키우던 걸 그냥 둔 거예요. 원주민 여자들이 아침저녁으로 물을 줘요." 그는 세 목동에게 각각 원주민 아내가 있고, 그 여자들이 홈스테드의 집안일을 나눠서 하고 요리도 해준다고 했다.

그가 두리번거렸다. "어딘가에 왈라비 새끼가 있을 거예요."

그들은 베란다 반대편에서 서성이고 있는 작은 왈라비를 발견했다. 약 45센티 크기의 작은 캥거루처럼 보이는 그 동물은 사람을 두려워하지 않았다.

진이 옆에서 몸을 숙이자 왈라비가 그녀의 손가락을 살짝 깨물었다. "얘는 무엇을 먹나요?"

"빵과 우유요. 그렇게 먹여도 괜찮아요."

"강아지들이 물려고 하지 않아요?"

"가끔 강아지들이 쫓아다니면서 귀찮게 하면 이 녀석이 세게 차버려요. 다 자란 왈라비는 개를 해칠 수도 있어요. 냅다 차버리죠."

그는 잠시 말을 멈추고 작은 동물을 어루만지는 진을 다정하게 바라보았다. 그가 말했다. "그런데 다 장난으로 그러는 거예요. 이 녀석들은 사이좋게 잘 지내요. 머지않아 강아지들이 점점 자라고 이 녀석도 자라면 그 개들에게 화내면서 덤불 속으로 사라질 거예요."

중년의 뚱뚱한 원주민 여자가 식탁을 차렸다. 어김없이 달걀 두 개가 올라간 스테이크 두 접시와 진한 차가 든 주전자를 내왔다.

진은 아웃백의 아침 식사에 익숙해져 있었지만, 이 스테이크는 유난히 질겼다. 씹히지 않는 고기와 씨름하면서 부엌을 살펴봐야겠다고 다짐했다. 결국 먹는 것을 포기하고 웃으며 물러나 앉았다. "미안해요, 조. 이곳에 오래 살지 않아 질긴 고기에 익숙하지 않아요."

그는 매우 걱정하는 듯했다. "달걀 프라이라도 더 들어요. 아무것도 안 먹었잖아요."

"영국에서 먹는 아침보다 여섯 배는 더 먹었어요. 요리는 누가 하나요?"

"이건 팜올리브가 했어요. 오늘 당번이거든요. 메리가 훨씬 나은데 오늘은 쉬는 날이에요."

"팜올리브와 메리가 누구예요?"

"문샤인이라는 원주민 목동이 있는데 팜올리브는 그의 아내예요. 제일 뛰어난 원주민 목동은 본빌이죠. 그의 아내가 메리인데 요리를 곧잘 합니다."

"조, 소화불량으로 고생한 적은 없어요?"

그가 씩 웃었다. "자주는 아니고 어쩌다 한 번요."

"내가 부엌에 들어가서 조리 방식을 좀 바꿔도 괜찮겠어요?"

"당신이 혼자서 다 하는 게 아니라면 괜찮아요."

"내가 부엌에 들어가는 게 싫어요?"

그가 고개를 저었다. "난 공방이나 아이스크림 가게처럼 당신이 하고 싶은 일에 시간을 쏟으면 좋겠어요."

진이 그의 손을 쓰다듬었다. "난 당신에게 시간을 쏟고 싶어요."

그는 날이 더워지기 전에 진을 데리고 나가 목장을 구경시켜 주었다. 목장 부지는 1,600제곱킬로가 넘었지만, 홈스테드 주변에는 영국의 아담한 농장보다 건물이 더 적었다.

결혼한 목동들이 쓰는 방 두 개짜리 오두막이 서너 채 있었다. 독신인 백인과 흑인 목동들을 위한 합숙소도 각각 있었다. 트럭들과 자질구레한 기계 부품을 보관하는 헛간도 있었다.

말이 여섯 마리 정도 들어가는 마구간이 있는데 지금은 비어 있었고, 안장을 보관하는 장소와 도축장도 있었다. 발전기를 작동시키고 개울에서 물을 퍼 올리는 디젤 엔진도 하나 있었다. 그게 전부였다.

그가 물었다. "말 탈 줄 알아요?"

그녀는 고개를 저었다. "아쉽게도 못 타요. 영국에서 일반인들은 말을 탈 일이 거의 없어요."

"저런, 당신은 탈 줄 알아야 해요."

"배울 수 있을까요?"

"그럼요."

조는 아이처럼 손가락을 입에 넣고 휘파람을 휙 불었다.

오두막 창문으로 누군가가 고개를 쑥 내밀었다. 그가 큰소리로 외쳤다. "본빌! 나와서 앤티와 라빈에 안장을 얹어줘. 나도 금방 내려가서 거들게."

조가 진을 돌아보더니 그녀의 원피스를 유심히 보았다. "당신에게 무얼 입혀야 할지 모르겠어요. 내 바지라도 입을래요?"

그녀가 웃었다. "조, 바지가 두 바퀴는 돌아가겠네요."

"내가 늘 이렇게 몸집이 컸던 건 아니에요. 전쟁 전에 입었던 바지가 있는데 지금은 안 들어가요. 딱 맞지 않아도 괜찮아요. 말을 타는 게 어떤 느낌인지 알 수 있게 걷기만 할 테니까."

그는 홈스테드로 들어가서 진에게 깨끗한 남성용 셔츠와 빛바랜 승마바지 한 벌, 벨트를 꺼내주었다. 그녀는 웃으면서 그것들을 받아들고는 빈방으로 들어가 갈아입었다.

밑창이 얇고 옆면이 늘어나는 승마용 부츠는 그녀에게 엄청 컸다. 위아래로 그의 옷을 걸치고 나니 묘한 소유감이 느껴졌다. 옷이 흘러내리지 않도록 조심조심 마당으로 걸어 내려갔다.

진은 조의 도움으로 안장에 올라앉았다. 열네 살짜리 앤티는 참을성 많은 말이어서 그 위에 올라앉아도 크게 불안하지 않았다.

남자들은 발걸이를 소설한 뒤 그녀에서 말을 어떻게 내려놓는지 알려주었다. 진은 제대로 자리 잡고 나니 마음이 놓였다. 말이나 마구에 대해서는 아는 게 거의 없었다. 그 안장은 영국에서도 본 적이 없는 모양이었다.

그녀가 앉아 있는 안장은 앞뒤가 아치 모양으로 높게 솟아 있어서 마치 해먹에 앉은 듯한 느낌을 주었다. 그녀의 허벅지 위쪽과 아래쪽에는 커다란 뿔이 튀어나와 있어서 그녀를 꽉 붙잡아주었다. "이런 안장에서는 아무도 떨어질 일이 없겠어요."

조가 말했다. "당신은 떨어지지 않을 거예요."

그들은 마당에서 말을 출발시켜 개울로 난 길을 따라 걸었다. 가는 길에 조는 고삐 잡는 법과 뒤꿈치 쓰는 법을 알려주었다. 그들은 개울을 따라 1.5킬로 정도 올라가 넓게 펼쳐진 덤불을 지났다. 굽이굽이 나무 사이를 돌아 그늘이 있는 곳을 찾아갔다.

네 개의 검은 형체가 총총 달리다 나무들 사이로 사라지자 조가 야생 돼지라고 알려주었다. 수련으로 뒤덮인 넓은 웅덩이에서는 근처에 있던 악어가 그들을 보고 물속으로 풍덩 뛰어드는 바람에 세찬 소용돌이가 일었다. 그들의 말 앞에 왈라비 몇 마리가 껑충껑충 뛰어가는 모습도 보였다.

한 시간쯤 뒤 홈스테드로 돌아왔다. 말을 타고 줄곧 걷기만 했음에도 진은 땡볕 아래에서 땀으로 푹 젖었다. 갈증도

심했다. 베란다에서 물을 여러 잔 들이켜고 욕실로 가서 샤워를 마친 뒤 다시 시원한 원피스로 갈아입었다.

베란다에서 스테이크와 잼을 바른 빵으로 점심을 먹었다. 달걀만 빠진 아침 식사의 반복이었다.

"팜올리브가 요리에는 별로 상상력이 없어서요." 그가 사과하듯 말했다.

"그녀는 매우 피곤해 보여요. 눈 밑에 다크서클이 짙게 내려와 있었어요. 오후엔 쉬게 해줘요. 차는 내가 만들게요."

점심 식사 뒤 그가 진에게 빈방에 있는 침대에서 낮잠을 자라고 권했지만, 그녀는 지난 2주 동안 그의 얼굴을 거의 보지 못했기에 시간을 허비하는 게 너무 아까웠다.

그녀가 말했다. "밖에서 같이 앉아 있죠. 정말 졸리면 이따가 조금 잘게요." 그들은 바람이 살랑살랑 부는 베란다 구석으로 긴 등나무 의자 두 개를 끌어다 놓고 손을 잡을 수 있도록 가까이 붙어 앉았다.

"날씨가 늘 이렇게 더운 건 아니에요. 이맘때 두 달 정도가 최악이에요. 1월부터는 비가 본격적으로 내려서 시원해지기 시작할 거예요." 진이 그곳을 좋아해 주기를 간절히 바라며 그가 말했다.

"이 정도는 괜찮아요. 말레이에서도 이렇게 무더웠던 때가 있었어요."

진은 목장에서 그가 무슨 일을 하는지 말해달라고 했다.

아침에 주변을 둘러보았기에 이야기를 쉽게 이해할 수 있을 것 같았다.

그가 말했다. "해마다 이 시기에는 할 일이 많지 않아요. 난 가능하면 2주에 한 번씩 목장 고지대로 올라가서 소도둑이 없는지 확인해요. 이맘때는 저 위에 비상식량을 한두 군데 숨겨두죠. 또 주변에 돌아다니는 들소가 보이면 그중 가장 고약한 녀석은 총으로 쏴요."

"소도둑이요?"

"그래요. 올해는 소도둑이 많지 않았어요. 때로는 케이프 목장에서 줄리아크리크로 내려가는 소몰이꾼들이 목장 부지를 통과할 때 몇 마리씩 데려가서 자기네 소 떼와 섞어두기도 해요. 당연히 낙인도 위조하죠. 줄리아크리크에는 소를 기차에 실을 때 낙인이 새로 찍힌 소들을 찾아내는 경찰이 있어요. 2년 전에 한 녀석이 그런 짓을 하다가 잡혀서 6개월 형을 받았어요. 그 뒤로는 그렇게 많지 않아요. 지금은 낙인 없는 송아지를 훔치는 게 문제예요."

"그게 뭐예요?" 진은 졸음이 밀려오기 시작했지만, 이야기를 더 듣고 싶었다.

"지난번 소몰이 이후에 태어난 송아지들은 아직 낙인이 없어요. 어떤 놈들은 남의 목장에 와서 낙인 없는 송아지들을 찾아 자기네 땅으로 몰고 가요. 그러면 그 송아지들이 우리 거라고 주장할 근거가 아무것도 없어요. 정말 불쾌한 일이죠. 울타리가 없으니까 경계를 넘어가는 소가 늘 있어서 소 떼를 모을 때 대체로 약간의 혼동이 있어요. 전에 일했던 목장에서는 소 떼를 다 모았는데, 낙인 없는 송아지가 한 마리도 없었던 적이 있었죠. 다른 목장의 도둑들이 모조리 끌고 가서요."

"그럼 낙인 없는 송아지들은 새로운 곳에서 얌전히 있어요? 어미에게 돌아가고 싶어 하지 않을까요?"

"맞아요. 놓아주면 어미에게 가려 할 거예요. 송아지들은 80킬로 떨어진 곳에서도 원래 있던 데로 돌아갈 거예요. 하지만 도둑들이 그렇게 두지 않죠. 그들은 아무도 올 것 같지 않은 곳에 작은 울타리를 만들어 송아지들을 몰아넣어요. 그러고는 먹이도 물도 주지 않고 닷새 정도 방치해요. 아무것도 주지 않는 거예요. 그러면 송아지들은 바보가 돼서 원래 무리와 어미를 잊어버려요. 그것들이 원하는 것은 물을 마시는 것뿐이에요. 그럴 때 밖으로 내보내 물웅덩이에서 물을 실컷 마시게 해요. 그런 갈증을 겪은 송아지들은 몇 달이고 그 물웅덩이를 떠나려 하지 않아요. 원래 있던 곳은 다 잊어버리고 그냥 새로운 곳에 머무르게 되죠."

진은 스르르 눈이 감겼고 곧 잠이 들었다.

잠에서 깼을 때는 해가 기울었다. 조는 옆에 없었다. 욕실로 가서 젖은 수건으로 얼굴을 닦고 나오니 소가 밖에서 트럭 엔진을 손보고 있는 게 보였다. 그녀는 매무새를 고치고 시간을 확인한 뒤 부엌을 살피러 갔다.

부엌은 그야말로 원시적이었다. 장작을 지피는 화로가 있었지만, 다행히 불은 꺼져 있었다. 심지를 태우는 석유 버너가 바로 조리 설비였다. 소형 냉장고도 하나 있었다.

익힌 고깃덩어리들이 촘촘한 철망으로 된 찬장 안에 보관되어 있었다. 그 안에는 바깥과 다름없이 파리가 들끓었다. 조리도구들은 구식이고 지저분한데다 몇 개 되지도 않았다. 그 부엌은 끔찍했다. 제대로 고치려면 부엌을 태워버리고 다시 지어야 할 판이라고 생각했다. 그러다 집까지 태우면 큰일이라는 엉뚱한 생각을 하기도 했다.

저장 창고에는 밀가루와 소금, 비누 말고는 거의 아무것도 없었다. 그녀는 찻주전자를 불에 올려놓은 뒤, 고기 말고 요리할 만한 게 있는지 둘러보았다. 달걀은 풍족했다. 오래된 치즈를 발견한 그녀는 달걀 여덟 개를 넣고 치즈 오믈렛을 만들었다.

조는 손을 씻고 와서 그녀가 요리하는 모습을 지켜보았다. "요리는 어디서 배웠어요?"

"일링에서요." 그녀가 말했다.

문득 아득히 멀리 있는 고향이 떠올랐다. 잿빛 하늘, 빨간 이층 버스, 지하철에서 울리는 떠들썩한 소리들.

"전기 버너가 설치된 작은 주방이 있었어요. 저녁에는 대

171

개 두 가지 요리를 만들어 먹었죠."

그가 어색하게 웃었다. "아웃백에는 전기 버너가 흔치 않을 거예요."

진이 그의 손을 잡았다. "나도 알아요. 이것저것 손보면 요리를 좀 더 쉽게 할 수 있을 거예요." 그들은 저녁을 먹으며 부엌과 집에 관한 이야기를 했다. "부엌만 고치면 돼요. 나머지는 훌륭해요."

"당신이 들어오기 전에 집 안에 화장실을 마련해놓을게요. 난 밖에 있어도 상관없지만, 당신은 불편할 거예요." 그가 다짐하듯 말했다

그녀가 웃었다. "상관없어요. 당신이 〈새터데이 이브닝 포스트〉만 거르지 않고 사다 준다면요."

그도 웃었지만, 화장실 문제는 고집대로 밀고 나갈 모양이었다. 그가 말했다. "정화조와 그 밖의 자재를 파는 곳이 있어요. 영국에서 온 공작 내외가 아우구스투스에 머물렀을 때도 그곳에 설치했다고 들었어요. 자재를 구하려면 조금 기다려야 할 거예요."

그들이 베란다에서 식사하는 동안 해가 졌다. 두 사람은 개울과 덤불 너머를 바라보며 담배를 피우고 조용히 이야기를 나누었다. 그녀가 물었다. "다음 주엔 뭐해요? 시내에 올 건가요?"

"목요일이나 늦어도 금요일쯤엔 시내에 있을 거예요. 내일

부터 이틀 동안은 목장 고지대에 올라가 있을 거예요. 그냥 별일 없는지 보려고요."

그녀가 미소 지었다. "송아지들을 살펴보려고요?"

"맞아요. 매년 이때쯤 걷기에는 좀 힘들어요. 길에 난 흔적이 잘 보이지 않거든요. 목장에 너겟이라는 목동이 있는데 끝내주는 추적자예요. 그 친구를 데리고 올라갈 거예요. 윈더미어 목장에서 일하는 커티스가 아무래도 우리 송아지에 눈독 들이고 있는 거 같아요."

"흔적을 찾으면 어떻게 하나요? 당신 목장과 그 사람 목장으로 갈라진 흔적 말이에요?"

그가 씩 웃었다. "그걸 따라가서 송아지들을 찾아내 다시 몰고 와야죠. 우리가 그러는 동안 커티스가 나타나지 않기를 바랄 뿐이에요."

조는 밤 9시쯤 그녀를 윌스타운으로 데려다주었다. 적절한 작별 인사를 나누기 위해 시내 외곽에 잠시 차를 세웠다.

진은 그의 어깨에 기댔고, 조는 그녀의 어깨를 감쌌다. 덤불 소리, 개구리 울음소리, 귀뚜라미 소리, 새 울음소리가 쉴 새 없이 들려왔다.

그녀가 말했다. "조, 당신이 사는 곳이 마음에 들어요. 부엌만 고치면 돼요. 내가 싫어할지 모른다는 걱정은 그만 해요."

조는 그녀에게 입 맞추었다. "당신이 들어올 때까지는 다 준비돼 있을 거예요."

"4월 초에요, 조."

진은 12월 첫째 주에 제화 공방을 열었다. 애기 토프는 사나흘 전에 도착해있었다. 진은 우선 직원 다섯 명을 고용했다. 쥬디와 그녀의 친구인 로이스 스트랭, 배가 점점 나오기 시작해서 호텔에서 해고된 애니, 학교를 갓 졸업한 열여섯 살짜리 여자아이 둘이었다. 진은 청결을 유지하고 정규직원임을 나타내기 위해 공방에서는 모두 초록색 작업복을 입도록 했다. 그들이 자기 모습을 확인할 수 있도록 벽에 거울도 달아 주었다.

진은 열여섯 살짜리 직원 둘이 일을 가장 잘한다는 사실을 첫날부터 알아보았다. 학교를 갓 졸업한 아이들은 정규 근무시간 규율에 익숙했다. 아웃백 가정에서 그 아이들만큼 잘 적응하는 직원들을 구하기는 좀처럼 힘들었다.

오래전에 학교를 졸업했거나, 아예 학교도 다닌 적 없는 나이 든 아가씨들은 단조로움을 잘 견디지 못했다. 진은 그들에게 도움을 주기 위해 자동으로 음반을 갈아 끼우는 축음기를 케언스에서 주문하는 노력도 보였다.

확실히 음악은 윌스타운 전체에 호기심을 불러일으키고 활기를 띠게 했다. 나이 든 아가씨들에게도 조금이나마 도움이 되었다.

이러니저러니 해도 공방의 가장 큰 매력은 에어컨이었다. 오로지 에어컨 때문에 공방에서 일하고 싶어 하는 사람이 있을 정도였다.

한낮의 기온이 38도에서 43도를 오가는 불볕더위에도 진이 작업장 온도를 21도로 낮춘 덕분에 여직공들은 손에 땀 흘리지 않고 일할 수 있었다. 공방에서 그들은 한낮의 더위를 잊었고, 음악을 들었으며, 깨끗한 초록색 작업복을 입는 색다른 경험을 했다.

한 주가 끝날 때는 주머니도 두둑해졌다. 공방이 처음부터 인기를 끌어서 진은 별 어려움 없이 원하는 만큼 새 직원을 뽑을 수 있었다. 하지만 초기에는 다섯 명으로 충분했다.

공방을 연 뒤 진은 아이스크림 가게에 비품을 배치하고 재고를 채우느라 2주 동안 정신없이 바쁘게 지냈다. 크리스마스 전에 가게를 여는 게 목표였는데, 12월 20일에 개업함으로써 그 목표를 이루었다.

조 하먼의 조언대로 처음에는 매장을 반만 오픈했다. 원주민들이 아이스크림을 원하는 게 확인될 때까지 나머지 공간은 비워두기로 했다. 그 덕분에 진은 원주민 직원의 급여와 비품에 들어갈 비용을 아낄 수 있었다.

사실 1년도 지나지 않아 수요가 늘어서 아이스크림소다를 사고 싶어 하는 원주민 목동들이 주방 문 주위를 어슬렁거리기 시작했다. 그녀는 이듬해 9월 원주민을 위한 별도의 매장을 열었다.

개업 첫날 오후에 진은 조와 함께 햇볕이 이글거리는 거리에 서서 자신이 이룩한 결과물을 바라보았다. 공방과 아이스크림 가게는 중심가에 나란히 서 있었다. 찬 공기가 새어 나가지 않도록 공방의 창문은 굳게 닫혀 있었지만, 직공들이 구두를 만들면서 부르는 노랫소리가 밖으로 흘러나왔다.

크리스마스가 코앞이어서 그들은 캐럴을 부르고 있었다. 진은 등에 딱 달라붙은 셔츠를 몸에서 떼며 말했다. "이제 할 일은 다 했으니, 수익을 낼 수 있는지 지켜봐야죠."

조가 말했다. "가죠. 내가 소다 살게요. 시원한 걸 마시면 도움이 될 거예요." 그들은 안으로 들어가 계산대 뒤에 서 있는 로즈에게 소다를 주문했다. "이 가게는 잘될 거예요. 제화 쪽은 잘 모르겠지만 여긴 분명 잘될 거 같아요. 호텔에서 조지 코너와 얘길 나눴어요. 그는 당신이 이 사업을 시작해서 자기네 바를 걱정하더군요."

"그가 왜 걱정하는지 모르겠네요. 여기선 맥주를 팔지 않는데요."

"당신은 목동들에게 음료를 팔잖아요. 입장 바꿔서 당신이 바 주인이라면 똑같이 속 타지 않을까요?"

그녀가 웃었다. "그렇겠군요. 그래도 내가 그 술집을 망하게 할 리는 없어요."

조가 말했다. "당신이 알아서 잘하리라고 생각해요. 딱한 조지 코너…" 두 사람은 웃음을 터뜨렸다.

그들이 유리 탁자에 앉아 있을 때 피트 플레처가 수줍게 웃으며 들어왔다. 그는 계산대로 다가가 아이스크림을 주문하고는 로즈와 수다를 떨기 시작했다.

"장담하건대, 로즈는 6개월 이상 붙어 있지 않을 거예요."

진은 지난달부터 로즈를 보아왔다. "내기해요. 로즈가 1년 뒤에도 여기 있을 거라는 데 1파운드 걸게요." 그들은 내기에 합의하고 그곳 관습대로 악수했다.

조가 말했다. "만약 그녀가 여기 남아 있다면 그건 기적일 거예요."

진은 두 가지 사업을 시작하느라 매우 지쳐 있었다. 찌는 듯한 더위에 기운이 바닥났고, 한없이 무기력해진 느낌이었다. 그날 저녁 조와 함께 미드허스트로 가서 하루나 이틀 정도 잠을 푹 잤으면 싶었다. 말 타고 새끼 왈라비와 놀면서 조용히 보내면 딱 좋을 것 같았다.

하지만 그녀의 경계 본능이 지역사회 도덕 규범에 어긋나는 무분별한 행동을 하지 말라고 경고했다. 그곳에서 여자들을 위해 시작한 일을 성공시키려면 자신의 행동이 나무랄 데 없어야 했다.

그녀가 조 하먼과 단둘이 미드허스트에서 밤을 보내고 있다는 사실이 알려지면 아웃백에서 어떤 어머니도 자기 딸이 진 밑에서 일하도록 놔두지 않을 터였다. 가장들도 그렇게 자유분방한 여자가 운영하는 아이스크림 가게로 아내와 딸들을 데려올 리 없었다.

진에게 일요일은 더 이상 쉬는 날이 아니었다. 아이스크림 가게가 가장 바쁜 날이 될 게 뻔했기 때문이다. 그날은 수요일이었다. 조에게 이튿날 동이 트자마자 숙소로 데리러 와달라고 했다. 하루 종일 미드허스트에서 그와 시간을 보내기로 했다.

조와 헤어진 뒤 공방의 작업이 끝나자마자 직원들과 잠깐 아이스크림 가게에 들러 그들이 메뉴를 시식하는 것만 보고 방으로 왔다.

그날 밤 진은 너무 지치고 피곤해서 아무것도 먹지 않고 자리에 누웠다. 공방 건물은 온종일 에어컨이 돌아가서 아주 시원했다. 파자마로 갈아입고 누우니 시원해서 그녀는 곧 잠이 들었다. 그렇게 내리 열두 시간을 잤다.

진은 미드허스트를 처음 방문한 뒤로 그곳에 여러 차례 갔었다. 빌 던컨의 상점에서 작은 사이즈로 승마바지를 한 벌 맞추었다. 거기에 어울리는 승마 부츠도 장만했다.

아침 일찍 승마용품 꾸러미를 옆구리에 끼고 조를 만나 픽업트럭에 올라탔다. 평소대로 시내에서 조금 벗어난 곳에 차를 세우고 사랑을 속삭였다.

조가 그녀를 안고 물었다. "오늘 봄은 좀 어때요?"

"이제 괜찮아요. 매장 공사를 마무리하고 개업하느라 힘들었던 거 같아요. 엊그제 당신과 헤어진 뒤 바로 기절했어요. 열두 시간 내내 잤더니 지금은 가뿐해요."

"오늘은 느긋하게 쉬어요."

그녀는 조의 머리를 쓰다듬으며 말했다. "이제 힘든 일은 다 지나갔어요."

"이 무더위도 곧 끝나요. 1주일 안에 비가 오기 시작하면 그 뒤로 점점 시원해질 거예요."

곧 트럭이 달리기 시작했다. 그녀가 말했다. "조, 이번 주에 은행 지점장 왓킨스 씨와 심한 말다툼을 했어요. 그 얘기 들었어요?"

그가 웃으며 말했다. "대충 듣기는 했어요. 무슨 일이 있었던 거예요?"

"파리 때문이었어요. 금요일이었는데 날씨는 무더웠고 난 몹시 피곤했어요. 월급을 줄 현금을 찾으러 그 끔찍한 은행에 들어갔는데 알다시피 거긴 항상 파리가 들끓잖아요. 몇 분 동안 기다리는데 파리가 온몸에 달려들기 시작했어요. 머리카락과 입, 눈 할 거 없이요. 정말 진땀이 났어요. 그래서 그만 이성을 잃고 말았어요. 그러지 말았어야 했는데…"

"그 은행은 형편없는 곳이에요. 왜 그렇게 파리가 많은지 도통 모르겠어요. 그래서 뭐라고 했어요?"

그녀가 솔직히 말했다. "나오는 대로 다 내뱉었어요. 빌어

먹을 파리들을 참을 수 없어서 계좌를 해지하겠다고 했어요. 매주 비행기를 타고 케언스로 가서 거기 있는 은행과 거래하겠다고 으름장을 놨어요. 시드니에 있는 본사로 편지를 보내서 내가 왜 그랬는지 말하겠다고도 했죠. 뉴사우스웨일스 은행으로 편지를 보내서 이곳에 파리가 없는 지점을 열면 그곳에 계좌를 열겠다고 제안할 거라는 말도 했어요. 우리 공방은 살충제를 뿌려서 파리가 한 마리도 없는데 은행도 그래야 하는 거 아니냐고 따졌죠. 난 그가 월스타운에서 모범을 보이기는커녕…" 그녀가 말을 멈추었다.

조가 물었다. "보이기는커녕 뭐라고 했어요?"

그녀가 기어들어가는 목소리로 말했다. "뭐라고 했는지 잊어버렸어요."

그가 트럭 정면을 주시하며 말했다 "당신이 그에게 모범을 보이기는커녕 궁둥짝을 붙이고 앉아 긁적거리기만 한다고 했다더군요. 바에서 들었어요."

"조, 내가 그렇게 말했을 리가 없잖아요."

그가 웃었다. "월스타운 사람들은 당신이 그렇게 말했다고 하던데요."

그들은 한동안 말없이 차를 몰았다. 그녀가 말했다. "금요일에 돌아가서 사과할게요. 이런 곳에선 말다툼하는 게 도움이 안 돼요."

그가 반박했다. "당신이 왜 사과해야 하는지 모르겠어요.

사과할 사람은 오히려 그 사람이죠. 어쨌든 당신은 고객이잖아요." 그가 잠시 멈추었다가 말했다. "금요일에 내가 가서 어떤지 보고 올게요. 앨 번스가 그러는데 왓킨스 씨가 살충제를 10갤런이나 사들였대요."

미드허스트에 도착하자마자 조는 그녀를 베란다로 데려가 구석의 긴 의자에 앉힌 뒤 냉장고에서 꺼낸 시원한 물에 레몬즙 섞은 음료를 내주었다.

아침 식사 때도 그녀를 꼼짝 못 하게 하고는 차 한 잔과 삶은 달걀, 빵과 버터를 쟁반에 담아 가져다주었다. 그녀는 느긋하게 앉아 쉬면서 조가 자신을 애지중지 보살펴주는 행복감을 만끽했다.

날이 더워지자 조는 그녀에게 빈방으로 가서 바람이 통하도록 양쪽 끝 이중문을 열어놓고 침대에 누워있으라고 권했다. 그는 싱긋 웃으며, 베란다를 지나가더라도 안을 훔쳐보지 않겠다고 다짐했다. 그녀는 그의 말을 믿고 방으로 가서 옷을 훌러덩 벗고 침대에 누워 낮잠을 잤다.

네 시가 다 되어 깬 진은 피로가 풀린 듯했고 마음도 편안했다. 조금 뭉그적거리다가 일어나서 원피스를 걸치고 욕실로 갔다. 따뜻한 물줄기 아래 한참 동안 서 있으니 몸이 개운해졌다. 생기를 되찾은 그녀는 자상하게 보살펴준 조에게 애정이 한층 더 깊어졌다.

베란다로 가보니 그는 바닥에 앉아 골무와 바늘, 왁스 칠한 실을 가지고 말에게 씌우는 굴레를 깁고 있었다. 진이 몸을 숙여 그에게 입 맞추고 말했다. "조, 여러모로 고마워요. 아주 잘 잤어요. 저녁 식사 뒤 말 타러 갈까요?"

"아직 좀 덥긴 한데, 그러고 싶어요?"

"네. 말 위에 제대로 앉을 수 있으면 좋겠어요."

"지난번에 보니 잘 타던데요."

진은 열네 살짜리 말 앤티에서 기운이 더 센 샐리로 한 단계 올라갔다. 그녀는 말을 타고 총총 걷는 법을 서서히 익히고 있었다. 그런 날씨에 말을 타고 빠르게 걷다 보면 말보다 자신이 땀을 더 많이 흘리고 다음 날 앉아 있기도 힘들다는 걸 알게 되었다.

그녀에게는 좋은 훈련이었다. 늦은 나이에 시작해서 아주 뛰어난 기수가 될 수는 없겠지만, 그 지역의 이동 수단인 말 타기를 제대로 익히고 싶었다.

그들은 한 시간 반 동안 말을 타고 초저녁에 미드허스트로 돌아왔다. 조는 그녀가 아무리 졸라도 그 이상 야외에 못 있게 했다.

"조, 난 조금도 피곤하지 않아요. 이제 감을 잡아가고 있단 말이에요. 앤티보다 샐리가 훨씬 타기 편하던데요."

"맞아요. 좋은 말일수록 기수가 덜 피곤해요. 말을 제대로 다루기만 하면요. 하지만 특별한 이유가 없으면 하루에 30킬로 이상 이농하지 않아요."

"언젠간 당신을 따라 목장 고지대로 올라가 보고 싶어요. 아마 우리가 결혼한 뒤가 되겠죠?"

그가 웃었다. "결혼 전에 그러면 윌스타운의 호사가들이 동네방네 그 얘길 떠들 거예요."

"내가 그럴 수 있을 만큼 말을 잘 타긴 해요?"

"그럼요. 급하게 생각하지 않으면 곧 샐리를 잘 탈 수 있을 거예요."

그는 픽업트럭으로 진을 윌스타운에 데려다주고 잘 자라고 키스하며 다음 주에는 시내에 있을 것이라고 했다. 그날 밤 진은 하루를 여유롭게 보낸 덕분에 피로가 가시고 개운해진 상태로 만족스럽게 자리에 누웠다.

진은 금요일에 평소대로 은행에 가서 급여로 쓸 현금을 찾았다. 은행 내부는 벽에 수성 페인트를 칠하는 작업이 진행 중이었다. 파리가 한 마리도 보이지 않았다. 왓킨스는 냉담한 태도로 그녀를 못 본 척했다. 젊은 은행원 렌 제임스가 그녀에게 활짝 웃어주며 눈을 찡긋하고는 현금을 내주었다.

진은 토요일 오후 도리스 내시를 데리고 아이스크림소다를 사러 온 렌 제임스를 다시 보았다. 그가 싱긋 웃으며 진에게 말했다. "패짓 양, 은행에 무슨 일이 있었는지 모르실 겁니다."

"어제 거기 있었잖아요. 벽 전체에 수성 페인트를 칠하고 있던데요."

"맞습니다. 당신이 큰일을 하셨어요."

"그분은 화가 많이 났나요?"

"그렇지 않아요. 왓킨스 씨는 전부터 은행에 페인트칠을 하고 싶어 했는데, 본사에서 뭐라고 할까 봐 못 했죠. 이런 곳에 있는 지점은 실적이 별로라서요. 그런데 그걸 지금 하고 있지 뭡니까."

"무례하게 굴어서 미안해요. 기회가 되면 그분께 죄송하다고 전해주세요."

"그럴게요." 그가 약속했다. "전 당신이 그렇게 해줘서 오히려 고마웠어요. 몇 년 만에 그렇게 웃어봤어요. 저도 파리는 싫거든요."

아이스크림 가게가 처음 맞는 일요일이었다. 진은 로즈와 함께 아침 9시부터 밤 10시까지 쉬지 않고 일했다. 그들은 개당 1실링짜리 아이스크림을 182개 팔았고, 6펜스짜리 탄산음료를 341개 팔았다.

영업이 끝나고 녹초가 된 진은 계산대의 돈을 세어보았다. "17파운드 13실링이네!" 그녀는 놀란 얼굴로 로즈를 바라보았다. "주민이 146명밖에 없는 곳 치곤 그리 나쁘지 않아. 한 사람이 평균 얼마를 쓴 거지?"

"2실링 6펜스 정도 되죠."

"이렇게 계속 유지될까?"

"안 그럴 이유가 없죠. 오늘 오지 않은 사람들도 많아요. 오늘 온 손님들은 대부분 두세 번씩 왔다 갔어요. 쥬디는 10실링 정도 썼을걸요."

"그 애가 계속 그러면 안 되지. 그러다 배탈이라도 나면 큰일이게. 가게가 불황을 겪을 때도 있을 거야. 로즈, 이제 그만 쉬자."

크리스마스 날에는 오후에 아이스크림 가게를 열었다. 오후와 저녁 매출만으로 20파운드나 되었다. 그날 저녁 진은 공방에 있던 축음기를 아이스크림 가게로 옮겨놓고 경쾌한 음악을 틀었다. 나무 오두막 같은 작은 아이스크림 가게에서 흘러나온 환한 불빛과 음악이 어둡고 황량한 거리를 밝혔다.

주민들은 시드니의 맨리 비치 일부가 윌스타운 한가운데 뚝 떨어진 기분이었다. 진이 처음 보는 노쇠한 여자들이 비슷한 연배의 남자들과 함께 음악과 불빛에 이끌려 아이스크림소다를 마시러 들어왔다.

10시 가까이 되었을 때도 매장은 여전히 사람들로 붐볐지만, 진은 시간을 지켜 가게 문을 닫았다. 호텔 바와 같은 시간에 문 닫겠다는 방침을 고수하고, 지역사회에 밤 문화를 끌어들이지 않는 게 더 나은 출발이라고 여겼기 때문이다.

공방은 애기 토프의 관리 아래 꽤 안정적으로 운영되었다. 그들은 크리스마스 직후 신발 두 상자를 포사이스로 보냈고, 기차 편으로 다시 브리즈번으로 보낸 뒤, 배편을 이용해 영국으로 보냈다. 그녀는 항공화물로 초기 견본 몇 개를 팩&레비로 이미 보내놓았다.

크리스마스 다음 날은 비가 왔다. 그전에도 한두 차례 소나기는 내렸지만, 그날은 거대한 비구름이 하늘을 뒤덮어서 사방이 어두웠다. 그러다가 구름 아래로 빗줄기가 장대처럼 쫙쫙 쏟아졌다. 그칠 기미가 보이지 않았다.

온도는 그대로이고 습도만 높아져서 불쾌 지수가 올라갔다. 공방 직원들이 21도의 기온에서도 땀을 줄줄 흘리는 바람에 애기 토프는 구두의 마무리 작업을 미루고 초기 단계의 덜 섬세한 작업에 전념해야 했다.

새해 직후 진은 조와 함께 미드허스트로 가서 하루를 보냈다. 그는 여느 때처럼 날이 밝자마자 데리러 왔다. 새벽에도 장대비가 내려 후텁지근하고 온통 잿빛이었다.

문 앞에 서 있던 진은 재빨리 픽업트럭으로 뛰어가 올라탔다. 어느새 비에 푹 젖었다가 마르고 다시 비에 젖는 생활에 익숙해져 있었다. 떨어지는 빗방울의 온도가 체온에 가까워서 차갑게 느껴지지도 않았다.

그녀가 차에 오르며 물었다. "개울물은 어때요?"

"물이 차오르고 있는데 아직 걱정할 정도는 아니에요."

앞으로 몇 주 정도는 미드허스트에서 월스타운으로 픽업트럭을 몰고 올 수 없었다. 신을 만나려면 말을 타고 와야 했다. 그는 지난 2주 동안 홈스테드에 식량도 쟁여두었다.

윌스타운과 미드허스트 사이에는 개울이 두 개 있었다. 건기에는 넓은 모래밭과 돌밭이 되어 뜨겁고 건조했다. 이제 그곳은 넓은 물줄기를 따라 흙탕물이 흐르는 무시무시한 곳이 되었다.

첫 번째 개울 앞에서 진이 물었다. "우리가 여길 건널 수 있을까요?"

"문제없어요. 지금은 깊이가 30센티밖에 안 돼요. 저기 가지가 튀어나온 나무 보이죠? 저 가지가 갈라져 나온 지점이 잠겼을 때는 수심이 깊은 거예요."

그들은 물길을 가르며 반대편으로 건너갔다. 돌덩이들을 덜컹덜컹 지나 두 번째 개울을 건너 미드허스트에 도착했다.

평소처럼 아침 식사 시간에 딱 맞추었다. 빗줄기가 꾸준히 이어져서 야외활동을 하기에는 날이 너무 궂었다. 아침 식사 뒤 그들은 부엌을 어떻게 고칠지 계획을 세우고 조가 꼭 만들어주고 싶어 하는 새 화장실 문제도 논의했다.

◈◈◈

그날 아침 그들로부터 서쪽으로 650킬로 떨어진 케언스에서는 재클린이 집에서 나와 '케언스 구급 소방서'로 가는 인도를 따라 빗길을 조심조심 걷고 있었다. 파란 우비를 걸치고 우산을 쓰고 있었다. 소방차들 사이를 빠져나와 재빨리 안으로 들어온 그녀는 우산에서 빗물을 털어내며 근무 중인 소방관에게 말했다. "비가 정말 많이 오죠?"

소방관은 빈 파이프를 뻐끔 빨고는 비 오는 거리를 바라보았다. "오리들이 신났겠어요."

재클린은 반짝이는 소방차들이 서 있는 중앙 홀에서 그녀의 좁은 사무실로 들어가며 시계를 힐끗 보았다. 아직 3분 전이었다.

그 사무실에는 탁자가 하나 있고, 그 위에 마이크, 메모장, 무전 장비가 든 키 큰 철제 캐비닛이 두 개 놓여 있었다. 그중 하나는 메모장 바로 앞에 있었다. 그녀는 장비를 예열시키기 위해 스위치 세 개를 켜놓고, 우비와 모자를 벗었다. 연필과 메모장을 챙기고, 호출 부호와 목장들 목록이 길게 나열된 카드를 앞쪽으로 끌어당겼다.

그녀가 무전 장비 정면에 있는 스위치를 켜고 말했다. "에잇 베이커 테어, 에잇 베이커 테어, 에잇 퀸 찰리가 에잇 베이커 테어를 호출합니다. 에잇 베이커 테어, 에잇 퀸 찰리의 호출이 들리시면 연결하고 응답하세요. 오버." 그러고는 스위치를 돌렸다.

장비의 스피커에서 여자 목소리가 흘러나왔다. "에잇 퀸 찰리, 에잇 퀸 찰리, 여긴 에잇 베이커 테어예요. 재클린, 내 말 들려요?"

재클린은 스위치를 돌리고 말했다. "에잇 퀸 찰리예요. 아주 잘 들립니다. 코벳 부인, 그쪽 날씨는 어떤가요? 응답하세요, 오버."

"여긴 비가 억수같이 쏟아져요. 우린 시원하게 비를 즐기고 있어요. 짐은 드디어 비가 온다고 어찌나 반가워했는지 몰라요. 벌써 시원해지고 있는 거 같아요. 오버."

"이곳도 비가 시원하게 내리고 있어요. 코벳 부인에게 전할 소식은 없는데, 혹시 조지타운으로 가는 사람이 있으면 커터 부인에게 아들 로니가 간밤에 맥케이에서 기차를 타고 올라와서 다시 포사이스로 가고 있다고 전해주시겠어요? 로니는 목요일 아침에 그곳에 도착하니까 목요일 밤이면 집에 들어갈 거예요. 다 알아들으셨어요, 코벳 부인? 응답하세요, 오버."

"재클린, 알아들었어요. 오늘 짐 아니면 목동 중 한 명이 조지타운에 갈 거예요. 커터 부인에게 메시지 전하라고 할게요, 오버."

"알겠습니다. 코벳 부인, 이제 교신 끊습니다. 계속 듣고 계세요. 에잇 이지 빅터, 에잇 이지 빅터, 에잇 퀸 찰리가 에잇 이지 빅터를 호출합니다. 마샬 부인 제 호출이 들리시면 연결하고 응답하세요, 오버."

아무 응답이 없었다. 재클린은 에잇 이지 빅터를 1분 동안 계속 호출했지만, 마샬 부인이 아침 무전 시간에 암탉들에게 모이를 주느라 주로 저녁에만 연결한다는 사실을 알고 있었다. 그녀는 정해진 호출 횟수를 채우고 다음 순서로 넘어갔다.

"에잇 난 하우, 여긴 에잇 퀸 찰리입니다. 에잇 난 하우, 제 호출이 들리시면 연결하세요. 응답 바랍니다, 오버."

스피커에서 남자 목소리가 흘러나왔다. "에잇 퀸 찰리. 여긴 에잇 난 하우입니다, 오버."

재클린이 말했다. "고슬링 씨, 전보가 왔습니다. 연필과 종이 있으세요? 1분 기다릴 수 있습니다. 딱 1분이에요. 준비되시면 호출하세요, 오버."

그녀는 호출을 기다렸다가 말했다. "타운즈빌에서 온 전보예요. 몰리가 어제저녁 7시에 아들을 낳았습니다. 아기 몸무게는 3.8킬로이고 둘 다 건강하답니다. 보낸 사람은 버트예요. 고슬링 씨, 다 들으셨어요? 응답하세요, 오버."

"들었어요. 또 아들이군요, 오버."

"순산해서 정말 다행이에요. 몰리에게 답장 쓰실 때 제 안부도 전해주세요. 고슬링 씨, 다른 용건은 없으신가요? 오버."

"재클린, 어떻게 답장을 쓸지 생각해보고 저녁 교신 때 당신에게 전달할게요. 응답하세요, 오버."

"알겠어요, 고슬링 씨. 그때 접수할게요. 이제 교신 끊습니다. 에잇 아이템 요크, 에잇 아이템 요크, 에잇 퀸 찰리가 에잇 아이템 요크를 호출합니다." 그녀는 계속 무전을 이어갔다.

재클린은 20분 뒤에도 같은 일을 하고 있었다. "에잇 에이블 조지, 에잇 에이블 조지, 에잇 퀸 찰리가 에잇 에이블 조지를 호출합니다. 에잇 에이블 조지, 에잇 퀸 찰리의 호출이 들리시면 연결하고 응답하세요, 오버."

500킬로 떨어진 곳에서 일어난 전파 방해 때문에 대답이 흐느끼며 속사포처럼 내뱉는 소리로 들렸다.

"재클린! 당신이 연락해서 다행이에요. 우리한테 문제가 생겼어요. 커티스의 말이 지난밤에 혼자 돌아왔어요. 새벽 2시에 말이 오는 소리를 들었는데 좀 이상했어요. 커티스는 나무들 때문에 위험해서 절대 밤에 이동하지 않거든요. 이상한 게 한 가지 더 있었어요. 샘슨이 커티스와 함께 갔었는데 말이 한 마리만 돌아온 거예요. 일어나서 내다보니 한 마리는 보이지 않았어요. 그래서 전등을 든 채 우비를 걸치고 빗속으로 나갔어요. 커티스의 말이 안장이 채워진 상태로 거기 있었는데 그가 보이지 않아서 겁이 났어요…" 그녀의 말소리는 더 심한 흐느낌으로 바뀌었다.

재클린은 마이크 앞에 꼼짝하지 않고 앉아서 한 손을 송신기 스위치 위에 대고 전파 방해 속에서도 명확히 구분되는 낮은 흐느낌을 듣고 있었다. 커티스 부인이 정신을 가다듬고 스위치를 '수신'으로 바꿔야 한다는 것을 깨달을 때까지 다른 수가 없었다.

그녀는 앞에 놓인 목록을 재빨리 훑어보았다. 자리에서 박차고 일어나 문을 열고 근무 중인 소방관에게 큰 소리로 말했다. "프레드! 반즈 씨에게 전화해서 가능하면 내려오시라고 전해줘요. 윈더미어에 일이 생겼어요."

그녀는 다시 자리에 앉았다. 이제 수신기에서는 끼익하는 날카로운 소리가 났다. 어떤 바보 같은 여자가 같은 주파수로 알아들을 수 없는 말을 떠들면서 흐느낌을 삼켜버렸다.

재클린은 참을성 있게 잡음이 사라지기를 기다렸다. 상대방이 통신 루틴을 떠올릴 때까지 그녀가 해줄 수 있는 일은 아무것도 없었다.

혼선은 사라졌다. 500킬로 떨어진 곳에서 커티스 부인은 여전히 마이크를 앞에 두고 흐느끼고 있었다. 그녀의 수신기 위에는 대관식 예복을 입은 왕과 왕비의 사진, 딸의 결혼식 사진이 놓여 있었다.

그녀가 갑자기 말했다. "재클린, 거기 있어요? 이런, 내가 깜빡했어요, 오버."

재클린은 스위치를 돌리고 말했다. "괜찮아요, 커티스 부인. 재클린 여기 있어요. 여러분, 에잇 퀸 찰리가 에잇 에이블 조지와 교신 중입니다. 아무도 무전을 전송하지 말아 주세요. 계속 들으시는 건 괜찮지만 전송하시면 안 됩니다. 여러분께 부탁드릴 일이 있으면 제가 호출하겠습니다. 커티스 부인, 반즈 씨에게 전화해서 내려오시도록 하라고 프레드에게 부탁했어요. 이제 차분히 앉아서 무슨 일이 일어났는지 말씀하시면 제가 받아 적을게요. 통신 루틴을 잘 기억하시고 제 대답을 듣고 싶을 때는 스위치를 돌리세요. 커티스 부인, 큰일은 아닐 거예요. 무슨 일이 있었는지 침착하게 말씀해주세요. 응답하세요, 오버."

"재클린, 당신 목소리를 들으니 좀 낫네요. 여긴 원주민들 말고는 아무도 없어요. 데이브는 휴가 중이고, 피트는 노먼턴에 있어요. 일이 어떻게 된 거냐면, 3일 전에 커티스가 샘슨을 데리고 목장 부지에 있는 포인트크리크로 올라가면서 이틀 동안 안 돌아온다고 했어요. 그들이 돌아오지 않는다고 걱정하진 않았어요. 비 때문인 줄 알았으니까요. 개울물이 차올라서 빙 돌아와야 할 거로 생각했어요. 그런데 어젯밤 커티스의 말이 혼자 돌아왔고, 샘슨은 돌아온 흔적이 없어요. 샘슨은 우리 목장에 새로 온 원주민 목동이에요. 그리고 조니 워커라는 뛰어난 추적자가 있어요. 새벽녘에 조니가 말을 추적하러 나갔다가 한 시간 전에 돌아왔는데 비 때문에 말발굽 자국이 씻겨나가서 헛일이었대요. 겨우 5킬로 정도 발자취를 좇다가 놓쳤다는군요. 이젠 어떻게 해야 할지 모르겠어요." 그녀가 잠시 멈추었다가 말했다. "아, 오버."

재클린의 메모장은 휘갈겨 쓴 메모로 가득했다. 그녀는 스위치를 돌리고 말했다. "커티스 부인, 재클린이에요. 당신네 목장 북쪽과 남쪽에는 어떤 목장이 있나요? 오버."

"북쪽에는 칼라일 목장이 있고 에디가 관리해요. 남쪽에는 미드허스트 목장이 있고, 동쪽에는 펠리컨 목장이 있어요. 미드허스트는 조 하먼이 관리하고, 펠리컨은 렌 드라이버가 관리해요. 미드허스트에는 무전 장비가 없을 거예요, 오버."

"알았어요, 커티스 부인. 그들과 교신해볼게요. 계속 듣고 계세요. 반즈 씨가 오면 커티스 부인 얘기를 듣고 싶어 할 테니까요. 전 이제 칼라일 목장을 호출할 거예요. 에잇 찰리 피터, 에잇 찰리 피터, 여긴 에잇 퀸 찰리입니다. 에잇 찰리 피터, 제 호출이 들리시면 응답하세요, 오버."

그녀는 스위치를 돌리고 에디의 침착한 음성이 들리자 한숨 돌릴 수 있었다.

"에잇 퀸 찰리, 여긴 에잇 찰리 피터예요. 재클린, 앞의 내용 다 들었어요. 도슨이 여기 와있고, 우리는 되도록 빨리 윈더미어로 갈 겁니다. 커티스 부인에게 우리가 4시간쯤 뒤에 도착해서 대책을 찾아보겠다고 전해줘요. 당신이 계속 무전을 들으면서 당직을 설 거죠? 오버."

"에디 씨, 알겠어요. 이 일이 해결될 때까지 매시 정각마다 10분 동안 계속 듣고 있을게요. 다 알아들으셨나요? 오버."

"다 알아들었어요, 재클린. 난 이제 교신 끊고 나가서 안장을 올려야겠어요. 우리와는 너 이상 교신이 안 될 겁니다.

올리브는 이거 조작하는 법을 몰라요. 이만 나갑니다."

그다음으로 펠리컨 목장을 호출했지만, 응답이 없었다. 월스타운 경찰서를 호출하자 헤인즈 경사와 바로 연결되었다.

경사가 말했다. "재클린, 통신 내용 다 들었어요. 필립 순경과 추적자를 한 명 보낼 생각인데 목동 중 누가 같이 갈 수 있는지 알아볼게요. 미드허스트 근처에 가는 사람이 있으면 그 목장에 들러서 조 하먼에게 말해달라고 할 거예요. 반즈 씨에게 필립 순경이 오후 서너 씨쯤 윈더미어에 도착할 거라고 전해줘요. 다른 건 다 알아들었어요. 수고해요, 재클린. 이만 나갑니다."

상황이야 어찌 됐든 그날 일과는 아직 끝나지 않았다. 재클린이 말했다. "에잇 도그 슈거, 에잇 퀸 찰리가 에잇 도그 슈거를 호출합니다. 에잇 도그 슈거에게 전할 전보가 있습니다. 에잇 퀸 찰리의 호출이 들리시면 응답하세요, 오버." 그녀는 계속 자기 일을 했다.

정오쯤 진과 조 하먼이 부엌을 측량하고 노트에 써가면서 계획을 세우고 있을 때 말이 달려오는 소리가 들렸다. 빗줄기가 약해지기는 했지만, 비는 계속 내리고 있었다. 두 사람이 나와 보니 피트 플레처가 문샤인에게 말을 건네고 베란다로 올라오고 있었다.

그가 쓴 챙 넓은 목동 모자는 푹 젖어 있었다. 부츠에서는 계단을 오를 때마다 찌걱찌걱 소리가 났다.

피트가 물었다. "무전 들었어요?"

"아니, 무슨 일인데?"

"윈더미어에 문제가 생겼어요. 사흘 전에 커티스가 원주민 목동을 데리고 자기네 목장 고지대로 올라갔는데, 지금 말만 돌아와 있어요."

"말을 추적했어?" 조가 다급히 물었다.

"시도했지만 소용없었어요. 흔적이 모두 씻겨나가서요."

피트는 베란다 가장자리에 앉아 부츠를 벗어들고 물을 쏟아내기 시작했다. 그 주위에 작은 웅덩이가 생겼다.

"케언스에서 무전을 담당하는 재클린이 아침 교신 때 그 소식을 듣고 헤인즈 경사에게 무전 했어요. 그가 필립 순경을 윈더미어로 보냈답니다. 지금 필립 순경은 앨 번스와 함께 거기로 가고 있어요. 난 여기 들러서 당신에게 말하고 가겠다고 했어요. 칼라일 목장의 에디도 도슨과 함께 윈더미어로 가고 있어요."

조가 물었다. "커티스가 데리고 간 원주민 목동이 누구야?"

"미첼강 출신 샘슨이라는 녀석이에요. 커티스와 일한 지 한 달 정도 됐어요."

"커티스가 목장 어디로 올라간다고 했는지 그들이 알아?"

"포인트크리크래요."

"맙소사…, 그가 무슨 일을 꾸미고 있었는지 알겠어."

진은 그의 입가가 굳어지는 것을 보았다.

피트가 물었다. "무슨 일인데요?"

"또 우리 송아지를 노리고 있어. 날강도 같은 작자가 저 위 송아지 울타리로 올라간 거야."

"그걸 어떻게 알아요?"

"망할 놈이 어디 있는지 알 것 같군. 위치를 알려줄게. 포인트크리크하고 피시강이 합류하는 곳 알지?"

피트가 고개를 끄덕였다.

"거기서 포인트크리크로 6킬로 정도 올라가면 섬이 하나 있지. 북쪽에서 흘러 내려와 바로 그 옆으로 흐르는 작은 개울이 나올 거야. 거길 지나 1.5킬로 정도 가면 개울 북쪽으로 덤불이 빽빽하고 뒤로는 헐벗은 언덕이 보일 거야. 눈에 확 띄니까 쉽게 찾을 수 있어. 송아지 울타리는 그 언덕 바로 아래 빽빽한 덤불 뒤에 있어. 언덕은 높이가 15미터밖에 안 되는데, 그 위로 올라가면 남쪽으로 송아지 울타리가 보일 거야." 그는 잠시 멈추었다가 말했다. "자네들이 수색대를 꾸릴 생각이라면 나도 바로 출발할게."

피트가 말했다. "고마워요, 조. 윈더미어에 가서 그렇게 전할게요."

"그렇게 해. 커티스 부인은 아무것도 모르고 있을 거야."

진은 자신이 전혀 모르는 일을 이야기하는 데 끼어들고 싶지 않아 기다렸다가 조에게 물었다. "조, 그걸 어떻게 알았어요?"

"크리스마스 직후 본빌과 목장 고지대에 올라갔는데 송아지가 생각보다 좀 적어 보였어요. 그래서 본빌이 추적에 들어갔죠. 그땐 우기가 시작되기 전이어서 쉽게 찾았어요. 목장의 그쪽 경계는 카트라이트강이에요. 강 건너까지 발자국을 따라 추적했더니 윈더미어가 나왔어요. 아까 내가 말한 그런 울타리를 찾았고, 그곳에 말 두 마리와 낙인 없는 송아지들이 떼로 있었어요. 거기에 2, 3일은 있었던 거 같더라고요. 물론 난 그것들을 데리고 돌아왔죠. 처음 물을 마셨던 곳에서 그것들을 끌고 오느라 엄청 힘들었어요."

피트가 물었다. "몇 마리나 있었어요?"

"마흔일곱 마리였어."

"전부 낙인 없는 송아지들이었다고요?"

"그렇다니까." 조는 피트의 미심쩍어하는 말투에 오히려 당황한 듯했다.

"커티스가 그런 짓을 할 리가 없을 텐데요." 피트가 부츠를 신고 일어서며 말했다. "조, 어떻게 할래요? 지금 같이 출발할 겁니까?"

"아니, 난 그 자가 송아지를 훔친 고지대로 올라가야겠어. 그는 몇 마리 더 노리다가 그 위에서 사고를 당했을 가능성이 커. 거긴 카트라이트강 남쪽이고 우리가 새로 판 보어 동쪽이야. 목장 경계 안에서 그의 흔적을 찾지 못하면 송아지들을 그의 울타리로 몰고 간 경로를 따라갈 거야. 우린 내일이나 모레쯤 그 근방에서 만날 수 있겠지."

피트가 고개를 끄덕였다. "필립 순경에게 전할게요."

"본빌을 데리고 갈 거라고 전해줘. 난 패짓 양을 시내로 데려다주고 바로 출발할게."

그렇게 비가 내리는 상황에서 픽업트럭을 몰고 월스타운까지 60킬로를 왕복하려면 적어도 3시간은 걸렸다. 진이 말했다. "조, 내 걱정은 말아요. 당신이 돌아올 때까지 여기 있을게요. 바로 출발해요."

그가 망설였다. "내가 여러 날 동안 집을 비울 수도 있어요."

"그럼 난 샐리를 타고 시내로 갈게요. 남아 있는 목동 중 한 명이 나랑 같이 가서 샐리를 다시 데리고 돌아오면 되잖아요."

"그래도 되긴 하죠. 문샤인이 여기 있을 테니 당신과 같이 가면 되겠어요. 본빌은 나랑 같이 갈 거예요."

"그럼 됐어요. 데이브는 몇 시에 돌아와요?"

"오늘 오후엔 돌아올 거예요." 조는 피트를 돌아보며 말했다. "짐 레논은 휴가를 갔고, 데이브는 노먼턴에 있는 간호사 아가씨를 만나러 갔어. 오늘 돌아올 거야."

진이 말했다. "조, 혹시 모르니 데이브가 올 때까지 여기 있을게요."

그가 미소 지으며 말했다. "그럼 든든할 거 같아요. 목장에 원주민들만 둔 채 나가고 싶지 않거든요. 문샤인에게 당신이 원하면 언제든 시내로 데려다주라고 말해둘게요." 그는 피트를 돌아보며 물었다. "다른 말을 빌려줄까?"

"아니에요. 여기서 윈더미어까지 50킬로 정도 되나요?"

"그래. 여기서 강을 건너면 윈더미어로 이어지는 길을 찾을 수 있을 거야. 최근에 그쪽으로 많이 다니진 않았어. 만일 그 길을 놓치더라도 북쪽 길버트강으로 가서 2, 3킬로 따라 올라가면 제프가 악어 사냥 때 이용하는 작은 오두막을 찾을 수 있을 거야. 거기서 3킬로쯤 올라가면 건널 수 있을 만큼 수심이 얕은 곳이 나와. 건너가서 북쪽으로 15킬로쯤 가면 그들 홈스테드와 윌스타운을 잇는 길을 찾을 수 있어. 찾기 쉬워."

"알았어요."

"먹을 것 좀 줄까?"

피트는 고개를 저었다. "바로 출발해야겠어요."

그들은 마당으로 내려가서 피트가 말에 올라 출발하는 모습을 지켜보았다. 비는 거의 그쳤지만, 짙은 먹구름이 낮게 깔려있었다.

조가 그녀를 돌아보며 말했다. "일이 이렇게 돼서 미안해요. 모처럼 같이 지내게 된 하루를 망쳤네요. 문샤인하고 같이 말을 타고 가도 괜찮겠어요?"

"물론이죠. 당신은 얼른 출발해요."

진은 급히 안으로 들어가 팜올리브에게 점심 식사와 그들이 가져갈 음식을 준비하자고 했다. 남자들은 마당에서 안장을 얹고 있었다. 그들은 승마용 말을 타고 짐말 한 마리에 천막과 야영 장비를 싣고 갈 거라고 했다. 그녀는 조가 가져갈 식량이 너무 양이 적고 질이 형편없어서 속상했다.

조가 찬장에 있던 검게 탄 고깃덩어리와 빵 세 덩어리를 자루에 넣었다. 빈 코코아 캔 두 개에 차와 설탕 두 움큼을 각각 담았다. 얼마나 떠나있어야 할지 알 수 없는 상황에서 그가 챙긴 식량은 그게 전부였다.

호들갑스럽게 준비하는 것을 원치 않는 것 같아서 진은 그냥 보고만 있었다. 기회만 되면 자신이 잘 챙겨주고 싶었다. 두 사람은 베란다에서 작별의 키스를 나눈 뒤 함께 마당으로 내려갔다. "조, 몸조심해요."

그가 웃었다. "다음 주에 윌스타운에서 봐요." 그러고는 본빌과 함께 짐말을 끌고 대문을 총총 걸어 나갔다.

미드허스트에는 진과 원주민들만 남겨졌다. 다시 비가 내리기 시작해서 진은 베란다로 올라갔다. 조가 없어서 그런지 적막하고 허전했다. 팜올리브도 자기 집으로 들어갔다. 빗방울이 쉴 새 없이 함석지붕을 두드렸다.

진은 모든 일이 곧 끝날지도 모른다고 생각했다. 커티스가 이미 윈더미어로 돌아왔다면 조는 헛걸음하는 것일 수도 있었다.

미드허스트에 무전 장비가 없다는 것은 말이 안 되는 일이었다. 30킬로만 가면 병원이 있어서 그들에게 사고가 일어나더라도 무전 할 필요가 없는 것은 사실이었다. 그래도 이런 일이 있을 때 상황을 바로바로 알지 못하는 것은 답답한 일이었다.

진은 결혼하면 미드허스트에 무전 장비를 들여놓기로 마음먹었다. 요즘 무전 장비가 없는 목장은 시대에 뒤떨어진 곳이었다.

진은 처음으로 미드허스트에 혼자 남았다. 골똘히 생각에 잠겨 이 방 저 방 거니는데 왈라비가 그녀 뒤를 느릿느릿 따라다녔다. 이따금 그녀가 쓰다듬어주려고 손을 내밀면 왈라비는 이로 손가락을 간지럽혔다.

그녀는 조의 방에서 그의 체취가 남아있는 옷가지와 투박한 장비를 만지작거리며 한동안 시간을 보냈다. 그의 물건은 많지 않았다. 조는 이 방에서 그녀를 찾아 영국으로 가겠다는 엄청난 결심을 했다. 그 여정이 챈서리 레인에 있는 노엘 스트래천의 사무실로 그를 이끌었다. 이제 챈서리 레인은 아주 멀리 있었다.

3시쯤 데이브가 도착했다. 그는 아침에 피트 플레처가 그랬던 것처럼 월스타운에서 말을 타고 빗길을 달려왔다. 노먼턴에서 트럭을 얻어 타고 월스타운으로 갔다가 그곳에서 윈더미어 목장의 사고 소식을 들었다고 했다.

무전을 통해 더 많은 정보를 얻은 뒤 정오쯤 월스타운을 출발했다. 그는 실종되었던 원주민 목동 샘슨이 홈스테드로 돌아왔다고 알려주었다.

데이브가 말했다. "그들은 송아지들을 찾아다녔던 거 같아요. 목장 고지대에 있는 포인트크리크 근처에서요. 무슨 이유에선지 두 사람은 갈라져서 서로 반대 방향으로 갔어요. 야영지를 떠났다가 저녁에 다시 만날 예정이었대요. 커티스가 그날 저녁 나타나지 않았는데, 샘슨은 어둠 속에서 그를 추적할 수 없었어요. 아침에는 그곳 전체가 물에 잠겨서 추적하는 게 불가능했고요. 그래서 일이 이렇게 된 거예요."

베란다에서 한동안 그 이야기를 나누었다. 그들로부터 50킬로 떨어진 곳 어딘가에 한 사람이 다쳐 쓰러져 있는 게 확실했다. 그는 반경 50킬로 안 어딘가에 있었다. 덤불 속에 쓰러졌을 수도 있고, 지금쯤 의식을 잃었을지도 몰랐다. 그를 찾는 일은 건초더미에서 바늘을 찾는 것과 같았다.

진이 말했다. "데이브, 당신도 가서 도와주는 게 좋겠어요. 여긴 할 일도 없어요. 내가 여기 남아서 목장을 돌볼게요."

그는 확신이 서지 않는 듯했다. "하먼 씨가 저더러 어떻게 하라고 얘기하던가요?"

"아무 말도 없었어요. 데이브가 돌아올 때까지 내가 여기 있겠다고 했어요. 그는 원주민들만 남기고 목장을 비우는 걸 달가워하지 않았어요. 다른 사람이 올 때까지 내가 여기 있을게요. 윈더미어로 가서 그들을 도와줘요. 그게 당신이 할 수 있는 최선 같아요."

"여기 남아서 가만히 있는 건 분명 쓸모없는 짓이겠죠." 그가 인정했다.

그는 오후 늦게 출발했다. 윈더미어 목장을 잘 알고 있어서 어두워진 뒤 도착해도 문제없다고 했다.

혼자 남은 진은 부엌을 어떻게 고칠지 계속 고민했다. 가능하면 조를 설득해서 낡은 부엌을 완전히 허물고 처음부터 새로 짓고 싶었다. 얼마 뒤 팜올리브가 와서 저녁 식사로 진에게 달걀 프라이를 해주었고, 여러 동물에게 먹이를 주고 베란다 화분에 물도 주었다.

팜올리브가 돌아간 뒤 진은 강아지들과 왈라비만 데리고 미드허스트에서 혼자 밤을 보냈다. 조 하먼은 어둠 속 어딘가에서 비를 맞으며 목장의 고지대로 올라가고 있었다. 남자들과 말들은 푹 젖은 몸으로 어둠을 헤치고 조심스럽게 발걸음을 옮기고 있었다. 그녀는 아무 도움도 주지 못한 채 앉아서 기다릴 수밖에 없었다.

그날 저녁 진은 많은 것을 깨달았나. 목장 관리인의 아내가 갖추어야 할 강인함을 어렴풋이 알게 되었다. 아내가 돈이 있어도 달라질 것은 없다는 비장한 생각마저 들었다. 목장 안주인에게 무전 장비는 필수품이라는 것도 알게 되었다. 그날도 케언스의 재클린과 한두 마디 주고받을 수 있다면 정말 좋을 것 같았다.

또 외로운 사람들이 동물에게 얼마나 의지하는지도 알게 되었다. 윌스타운 호텔을 방문할 때조차 새끼고양이를 떼어놓지 못했던 에디의 원주민 아내가 문득 떠올랐다. 잠자리에 들고 나서야 그녀가 조금 더 이해되었다.

진은 9시쯤 자리에 누웠다. 영국과 미국에서 출간된 낡은 잡지가 두 권 있었다. 한 권을 침대로 가져가 읽으려고 했지만, 별로 재미가 없고 걱정을 달래주지도 못했다. 비가 오락가락하는 가운데 그녀는 곧 잠이 들었다. 진은 얕은 잠을 자면서 여러 번 깼고 또 까무룩 잠이 들었다.

날이 밝기 전에 마당에서 말발굽 소리가 들려왔다. 벌떡 일어난 그녀는 원피스를 걸치고 베란다로 나가 전등을 켰다.

"거기 누구예요?"

한 남자가 불빛이 비치는 계단 아래로 모습을 드러냈다.

"아가씨, 저예요, 본빌. 데이브 씨 왔어요?"

그의 억양이 강해서 진은 잘 알아듣지 못했다. "본빌? 이리 올라오세요. 어떻게 된 거예요?"

본빌이 베란다로 올라왔다. 그는 쉰 살 정도 되어 보였고, 새까맣고 주름진 얼굴에 머리가 희끗희끗했다. 그가 다시 말했다. "데이브 씨 왔어요?"

진이 이번에는 알아들었다. "그는 윈더미어로 건너갔어요. 여기로 왔다가 윈더미어로 갔어요. 본빌, 하먼 씨는 어떻게 됐어요?"

"하먼 씨, 꼭대기, 올라갔어요. 커티스 씨 찾았는데, 다리 부러졌어요. 하먼 씨가 데이브 씨 데려오래요. 꼭대기로 트럭 몰고 가서, 커티스 씨 데려와야 해요."

진은 그의 말을 제대로 알아듣지 못하는 자신에게 화가 났지만, 그가 중요한 메시지를 전달하고 있었으므로 차분하게 말했다. "미안해요, 본빌. 다시 천천히 말해 봐요."

두 번째는 명확히 이해할 수 있었다. 그녀가 말했다. "데이브 씨는 여기 없어요. 그는 윈더미어로 갔어요."

그가 잠시 생각하더니 물었다. "여기, 백인 없어요? 픽업트럭, 운전해야 해요."

그녀는 고개를 저었다. "본빌, 픽업트럭 운전할 수 있어요?"

"못해요."

"다른 원주민 가운데 픽업트럭 운전할 수 있는 사람 있어요?"

"없어요."

진은 본빌이 길을 알려주면 자신이 직접 픽업트럭을 몰고 그들에게 갈 수 있을까 생각했지만, 가볍게 덤빌 일은 아니었다. 그녀는 자동차를 가져본 적이 없었다. 가끔 청년들의 차를 몰아봐서 조작법은 알고 있었지만, 총 운전 경력은 다섯 시간을 넘지 않았다. 또다시 자신의 무능함에 화가 나고 난감해졌다.

그녀는 담배에 불을 붙이고 고민에 빠졌다. 직접 픽업트럭을 몰았다가 사고라도 나면 아무에게도 득이 되지 않을 것이다. 그것은 일반 자동차보다 큰 차량이었다. 그녀가 전에 운전해본 어떤 차보다 컸다.

다른 대안은 말을 탄 본빌을 윌스타운 경찰서로 보내는 것이었다. 그곳 사람들은 목장 고지대까지 운전할 수 있는 사람을 트럭에 태워 보낼 것이다. 윌스타운을 왕복하는 거리는 60킬로였다. 트럭이 미드허스트에 도착해서 고지대로 올라갈 준비를 하는 데 적어도 대여섯 시간이 지체된다는 뜻이었다.

그녀가 물었다. "본빌, 하먼 씨가 얼마나 멀리 있어요?"

그는 생각하더니 대답했다. "보어 지나서, 6킬로요."

홈스테드에서 35킬로 떨어진 곳에 새 보어가 있다고 조가 전에 말했었다. 그렇다면 사고 현장은 41킬로 떨어진 곳에 있다는 뜻이었다.

그녀가 물었다. "길은 어때요? 픽업트럭이 거기까지 갈 수 있겠어요?"

"보어까지, 길, 잘 보여요."

진은 고개를 끄덕이며 생각했다. 보어가 만들어진 지 몇 달 되지 않았기에 트럭들이 그쪽으로 다니면서 다져진 길이 아직 남아있을 가능성이 컸다. 빗속에서도 문제없을 것 같았다. 어느새 하늘이 희뿌옇게 변했다. 곧 날이 완전히 밝을 것이었다.

그녀가 물었다. "혹시 개울을 건너야 하나요?"

그는 손가락을 세 개 펴 보였다. "세 개요."

"깊어요? 픽업트럭으로 건너갈 수 있어요?"

"네. 개울, 별로, 안 깊어요."

만일 본빌이 픽업트럭 옆에서 말을 타며 이끌어준다면 진은 성공할 수 있겠다는 생각이 들었다. 어쨌든 시도는 해볼 만했다.

일어날 수 있는 최악의 경우는 픽업트럭이 꼼짝달싹 못 하게 되어 그녀가 본빌을 윌스타운으로 보내 좀 더 유능한 사람을 불러오도록 하는 것이었다. 그에게 말이 있어서 크게 지체될 걱정은 없었다.

그녀가 말했다. "좋아요, 본빌. 내가 픽업트럭을 운전할 테니 당신은 말을 타고 나와 함께 가요."

"새 말로, 바꿀게요. 이 말은, 지쳤어요."

"그래요. 다른 말을 네려와요." 본빌도 분명 지쳤을 테지만, 진은 낯설기만 한 그의 주름진 검은 얼굴에서 피로를 감지하지 못했다. 그녀가 말했다. "본빌, 요기 좀 해요. 나도 얼른 먹을게요. 30분 뒤에 출발할 거예요."

그가 자리를 뜨자 진은 찻주전자를 불 위에 올리고 방으로 가서 승마용 셔츠와 바지로 갈아입었다. 전날 밤 조의 방에서 본 낡은 양철 트렁크가 떠올랐다. 그 안에는 붕대와 부목, 여러 가지 약품들이 반쯤 차 있었다.

양철이라 물에 젖을 걱정이 없어서 담요 몇 장과 찬장에서 가져온 통조림 몇 개, 밀가루 한 봉지를 그 안에 넣었다. 중간에 꼼짝 못 하게 되어 트럭에서 하루나 이틀 밤을 보내야 할 때를 대비해 그녀가 생각할 수 있는 준비물은 그게 다였다.

진은 차 한 잔에 고기와 잼 바른 빵을 조금 먹고 마당으로 내려가 픽업트럭을 살펴보았다. 거대한 연료 탱크에 연료가 가득 들어있었다. 엔진오일도 충분했다. 빗물 통에 있던 물을 냉각장치에 채우고 나서 차 안으로 들어가 앉았다.

다행히도 기어가 명확하게 표시되어 있었다. 시동을 걸고 가속 페달을 살짝살짝 밟아보았다. 엔진이 힘차게 돌아가서 놀랍고 반가웠다. 아주 조심스럽게 후진기어를 넣고 마당으로 나갔다.

그들은 양철 트렁크를 짐칸에 싣고 출발했다. 본빌은 길을 안내하느라 앞쪽에서 말을 타고 갔다. 본빌이 말을 타고 가

는 데다 자신의 능력이 못 미덥기도 해서 진은 기어를 고단
으로 올리지 않고, 절대 시속 15킬로를 넘기지 않았다.

본빌이 안내하는 길을 따라 개울 세 개를 건넜다. 본빌의
말은 다리를 휘감는 누런 물살을 헤치고 거꾸러질 듯 힘겹
게 앞으로 나아갔다.

운전석 바닥 위로 물이 차오르자 진은 덜컥 겁이 났지만,
트럭을 몰고 계속 나아갔다. 차를 설계한 사람이 이런 경우
를 예측했는지 점화장치가 실린더 위에 달려 있었다. 차량이
계속 개울 바닥의 바위 위를 덜컹거리며 나아가자 모든 구멍
으로 물이 쏟아져 들어왔다.

⌀⌀⌀

보어에서 6킬로 떨어진 곳에서 조 하먼은 작은 텐트 입구
에 앉아 있었다. 텐트는 좁은 골짜기 아래쪽 빽빽한 덤불 주
변 빈터에 펼쳐졌다. 텐트 바로 뒤에는 무거운 통나무로 울
타리가 세워져 있었다.

빗장으로 쓰였던 통나무는 땅에 떨어져 있었고, 울타리
안은 텅 비었다. 조는 텐트 앞에 불을 피우고 그 위에 야영
용 주전자를 걸어 물을 끓이고 있었다.

텐트 안에는 잔가지 더미에 방수시트를 덮어 만든 간이침
대 위에 한 남자가 담요를 덮고 누워 있었다. 소가 텐트를

돌아보며 말했다. "커티스, 대체 어떻게 된 거예요? 당신이 통나무를 내려놓았을 때 송아지들이 달려든 거예요?"

텐트 안에서 커티스가 말했다. "맹세하건데, 그것들이 내 쪽으로 통나무를 밀어서 나를 넘어뜨린 거야. 그러곤 여섯 마리 정도가 나를 덮쳤어."

"아주 쌤통이네요. 또 남의 땅에 가서 도둑질하세요." 아무 대답이 없자 조가 물었다. "작년에는 송아지를 몇 마리나 빼간 거예요?"

"300마리 정도…"

조가 웃었다. "난 당신네 송아지를 350마리 가져왔는데요?"

텐트 안에서 커티스가 아주 험악한 말을 내뱉었다.

10 장

　진은 텐트 쪽으로 천천히 픽업트럭을 몰았다. 옆에는 말을
탄 본빌이 따르고 있었다. 기어를 내리고 차를 세우자 안도
의 한숨이 나왔다.

　깜짝놀란 조가 달려와서 물었다. "데이브는 어떻게 하고
요? 아직 안 돌아왔어요?"

　진이 자초지종을 설명했다. "내가 직접 운전하는 게 낫겠
다고 생각했어요. 이제까지 자동차를 몇 번 몰아보지 않아
서 썩 잘한 거 같진 않아요."

　그가 뒤로 물러서서 픽업트럭을 살펴보았다. "괜찮아 보이
는데요. 어디 부딪힌 적은 없어요?"

　"한 번도 없었어요. 기어를 제대로 넣지 못해서 가끔 무시
무시한 소리가 나긴 했죠."

　"여전히 작동은 하죠?"

　"아마도요."

"그럼 됐어요. 개울물은 어땠어요?"

"물이 꽤 차올라서 운전석 바닥까지 흥건했어요."

그가 툴툴거렸다. "되도록 빨리 돌아가야 하는데. 이 빌어먹을 비가 어서 그치면 좋겠어요."

"커티스 씨가 여기 있어요?"

그가 고개를 끄덕였다. "텐트 안에요."

"많이 다쳤어요?"

"다리가 부러졌어요. 복합 골절이에요. 부러진 뼈가 밖으로 튀어나왔을 때 그렇게 부르는 거 맞죠? 발목도 부러진 거 같아요."

진이 걱정스러운 듯 입술을 오므렸다. "트렁크에 부목이랑 다른 물품들을 챙겨서 가져왔어요."

조가 물었다. "골절에 뭐가 필요한지 어떻게 알았어요? 내가 상처 부위를 살펴보고 세척해 줬어요. 신경 써서 고정해놓긴 했는데 엉망이에요. 오늘 아침에 긴 부목을 만들어서 다리에 묶어놓았어요. 되도록 빨리 병원에 데려가야 해요. 이틀이나 지났거든요."

그들은 야영지를 정리하기 시작했다. 텐트를 걷자 그제야 진을 본 커티스가 인사를 건넸다. "안녕하쇼, 패짓 양. 저 기억 못 하죠? 저는 패짓 양이 윌스타운에 도착하던 날 봤어요."

그녀가 미소 지으며 말했다. "곧 윌스타운으로 돌아가실 거예요. 병원으로요."

일을 거들던 진이 알 수 없다는 표정으로 조에게 물었다. "조, 우린 누구 목장에 있는 거죠?"

"여긴 미드허스트예요. 왜요?"

그녀는 울타리를 힐끗 보며 물었다. "저건 뭐예요?"

"저거요? 낙인을 찍거나 할 때 가끔 소를 넣어두는 장소예요."

그녀는 더 이상 말하지 않고 하던 일을 계속했다. 그녀의 입가에 잠깐 희미한 미소가 감돌았다.

그들은 커티스를 잠시 바닥에 눕혀놓고, 잔가지로 만든 침대 위에 담요를 깔았다. 픽업트럭 뒷문을 내리고는 침대에 눕힌 그를 아주 조심스럽게, 그리고 아주 힘들게 짐칸으로 들어 올렸다. 짐칸에 올려놓고 보니 커티스는 하얗게 질린 얼굴로 진땀을 흘렸다. 입술을 깨물어서 피도 배어 나왔다. 그들이 커티스의 고통을 덜어줄 방법은 아무것도 없었다.

그들은 9시쯤 출발했다. 조가 픽업트럭을 운전했고, 진은 부상자와 함께 짐칸에 탔다. 말을 탄 본빌은 말 두 마리를 끌고 뒤를 따랐다. 그들은 보어를 지나 8킬로 정도 계속 나아가 개울에 이르렀다. 개울물은 두어 시간 전 진이 건넜을 때보다 상당히 불어있었다.

운전석으로 물이 들어오고 부상자가 누워있는 짐칸 턱밑까지 물이 넘실거리기는 했지만, 첫 번째 개울은 큰 어려움

없이 건넜다. 계속 앞으로 나아갔다.

두 번째 개울은 수심이 더 깊었다. 조는 가장자리에 차를 세우고 진과 본빌에게 이전에 건넌 지점을 물었다. 진이 건넜던 지점은 50미터 위쪽이었고, 조금 더 얕아 보였다.

조는 말을 탄 본빌을 물속으로 들여보내 건널 지점을 미리 확인했다. 그 지점이 괜찮아 보여서 물속으로 픽업트럭을 몰았다.

개울물이 가파르게 깊어지자 계속 앞으로 나아가기 위해 속도를 높였다. 소용돌이치는 흙탕물 아래 바닥이 심하게 울퉁불퉁했다. 트럭은 물속에서 바위 위를 덜컹덜컹 뛰어다녔다. 그때 무언가에 심하게 걸려 금속이 으스러지는 소리가 나더니 시동이 꺼져버렸다.

조가 '맙소사'를 연발하며 다시 시동을 걸었다. 엔진은 꼼짝도 하지 않았다. 소용돌이치는 누런 수면 위로 떠 오른 검은 기름띠가 노란 꼬리를 늘어뜨리며 하류로 흘러갔다. 그는 망연자실한 얼굴로 그 광경을 바라보았다.

진이 물었다. "조, 어떻게 된 거예요?"

"내가 망할 엔진오일 통을 망가뜨렸어요." 그가 무뚝뚝하게 대꾸했다.

그는 운전석에서 내려와 물속에서 조심스럽게 발을 내디뎠다. 개울물의 깊이는 그의 무릎을 훌쩍 넘어 거의 허리까지 왔다. 본빌을 부른 뒤 진에게 트럭 뒤쪽에 감아놓은 밧줄을 달라고 했다. 픽업트럭은 기슭에서 겨우 10미터 정도 떨어져 있었다.

그들은 승마용 안장에 걸고 다니는 밧줄로 일종의 직렬 마구를 만들어서 말 세 마리에 씌웠다. 뒤이어 물속에서 더듬거리고 첨벙거리며 트럭 뒤축도 묶는 데 성공했다. 차량은 10분 만에 뭍으로 올라왔다. 진은 그 광경을 보고 경외심을 느꼈다.

진은 짐칸에서 내려와 트럭 차축 아래 누워 상태를 확인하고 있는 조에게 갔다. 그녀도 몸을 숙이고 밑창을 들여다보았다. 주철로 된 엔진오일 통이 찌그러지고 일부는 깨져 있었다. 그녀가 물었다. "조, 어때요?"

그가 허탈하게 웃으며 말했다. "엉망이 됐어요." 구멍에서 깨진 주철 조각들을 집어 들고 차 밑에서 빠져나왔다. 운전석으로 가서 조심스럽게 시동을 걸고는 안도의 한숨을 쉬었다. "회전축은 멀쩡해요. 엔진오일 통만 깨졌어요." 그는 핸들을 붙잡고 잠시 깊은 생각에 잠겼다. 비는 끊임없이 쏟아지고 있었다.

진이 물었다. "조, 이제 어디로 가나요?"

"집으로 몰고 갈 정도로 저 구멍을 메울 수는 있는데 엔진오일이 하나도 없어요. 이렇게 개울물이 불어날 때는 내려가서 트럭을 불러와도 아무 소용이 없어요."

그는 1, 2분 정도 계곡물을 바라보며 서 있었나.

216

이윽고 그가 입을 열었다. "트럭이 여기 도착할 때쯤에는 개울을 건너지 못할 거예요. 이제 남은 방법은 한 가지뿐이에요. 비행기로 부상자를 옮겨야 해요."

그 주변은 바위와 나무로 둘러싸여 있었다.

"여기에 비행기가 착륙할 만한 곳이 있어요?" 진이 물었다.

"한 군데 있긴 있어요. 길이가 500미터 정도 되고 접근하기도 쉽죠."

그는 말을 타고 남쪽으로 내려갔다. 물가에 남아있던 사람들은 커티스가 비를 맞지 않도록 텐트를 꺼내 그 위에 덮어주었다.

커티스가 힘없이 중얼거렸다. "조 하먼의 운전 솜씨는 거지 같아. 송아지 도둑질은 끝내주지만."

진이 웃으며 말했다. "당신 둘, 한 쌍의 범죄자들 같아요. 커티스 부인과 얘기 좀 해야겠어요."

커티스가 말했다. "그러지 마요. 집사람은 이 일에 관해 아무것도 몰라요."

"말하지 말고 가만히 누워 계세요. 조는 당신을 데리고 갈 구급 의료 비행기가 착륙할 수 있는 장소를 알아보러 갔어요."

"그 녀석이 이 망할 트럭 운전보다 그 일은 더 잘해야 할 텐데요."

조 하먼은 15분 뒤 돌아왔다. "우리가 어떻게든 해낼 수 있을 거 같아요. 불과 1.5킬로 정도 떨어진 곳이에요."

조와 본빌은 말 세 마리를 밧줄로 엮어 트럭 앞축에 연결했다. 진이 운전대를 잡았다. 그들은 덤불을 헤치고 나가면서 나무들 사이를 교묘히 빠져나갔다.

이내 긴 풀숲과 낮은 덤불이 드문드문 있는 탁 트인 장소에 도착했다. 길이는 500미터가 넘어 보였지만, 양 끝에 나무들이 있었다. 임시 활주로는 만들 수 있을 것 같았다.

조가 말했다. "덤불을 제거하고 나무를 몇 그루 베야 해요. 조종사가 이보다 훨씬 악조건 속에서도 성공하는 걸 봤어요."

픽업트럭에는 도끼와 삽이 실려 있어서 작업할 도구는 충분했지만, 일할 사람이 부족했다.

조가 말했다. "미드허스트에서 목동들을 불러야겠어요. 거기 있는 사람들 전부요. 윌스타운으로 구급 의료 비행기가 필요하다는 전갈도 보내야 해요."

진이 말했다. "조, 내가 본빌과 말을 타고 홈스테드로 내려갈게요. 그러면 본빌이 목동들을 데려올 수 있고, 난 윌스타운으로 가면 돼요."

조가 그녀를 바라보았다. "당신이 그 멀리까지 말을 타고 가긴 힘들어요."

"얼마나 멀어요?"

"여기서 월스타운까지 60킬로쯤 돼요."

"어쨌든 미드허스트까지는 갈 수 있어요. 일단 내려가서 내가 가기 힘든 상황이면 헤인즈 경사에게 메모를 써서 문샤인 편에 보낼게요. 문샤인을 보내는 게 제일 낫겠죠?"

"그래요. 무슨 일이 있어도 당신 혼자 말을 타는 일은 없어야 해요. 미드허스트에서 시내까지 계속 갈 거면 문샤인이나 다른 목동을 데려가야 해요. 절대 당신 혼자 말 타고 개울을 건너면 안 돼요."

진이 그의 팔에 손을 얹었다. "알았어요, 조. 누구든 데려갈게요." 그녀는 잠시 생각하다 말했다. "월스타운에 가면 무전으로 도움을 요청할 수 있을 거예요. 윈더미어에도 연락해서 당신을 도울 수 있는 사람들을 보내달라고 하는 게 낫지 않을까요?"

"그게 좋겠어요. 미드허스트에 무전 장비가 있으면 좋을 뻔했어요." 그가 잠시 멈추었다 말했다. "그들이 꼭 알아야 하는 건 이 장소의 정확한 위치예요. 우린 새 보어에서 서남서쪽으로 약 10킬로 떨어진 곳에 있어요. 기억할 수 있겠어요?"

"알겠어요, 조. 새 보어에서 서남서쪽으로 10킬로 떨어진 곳 말이죠. 이제 당신은 어떻게 할 거예요?"

"여기서 야영 준비를 할 거예요." 그는 주위를 둘러보았다. "트럭 짐칸에 텐트를 쳐야겠어요. 가능하면 들것 없이 커티스를 옮기지 않으려고요. 그런 다음 저 나무들도 일부 베어 내서 비행기가 접근하기 쉽게 만들 거예요."

"당신 등은 괜찮겠어요?"

"괜찮을 거예요."

진은 도끼를 휘둘러 나무를 쓰러뜨리는 모습을 상상해보 았다. "전에도 해본 적 있어요?"

"그건 아니지만 괜찮을 거예요."

"당신이 나무를 벨 생각이라면 내가 혼자 말을 타지 않겠 다고 한 약속은 취소예요. 문샤인도 다른 원주민 목동들과 함께 이리로 보내서 당신을 도우라고 할게요."

"그러지 마요. 당신 혼자 개울을 건너는 건 위험해요."

"당신이 도끼질하는 것도 안전하지 않아요. 여기서 당신 등에 문제가 생기면 아무 도움이 안 돼요." 진이 다시 조의 팔에 손을 얹고 말했다. "우리 둘 다 분별 있게 행동하기로 해요. 당신 혼자 저 나무들을 베더라도 원주민 목동들이 이 곳에 와서 한 시간이면 끝낼 만큼밖에 못 할 거예요. 모험하 지 말아요."

그가 미소 지었다. "알았어요. 당신도 혼자 말 타고 가면 안 돼요."

"약속할게요."

10시 30분쯤 소는 자신의 말 라빈에 진을 태웠다. 라빈은 전에 탔던 말보다 몸집이 훨씬 더 커서 그녀는 조금 겁이 났다.

그녀가 탔던 말들보다 몸통이 넓은 편은 아니었지만, 조의 안장은 그녀가 이제껏 사용했던 일반 안장보다 훨씬 안정감이 있었다. 감촉이 부드럽고 길이 잘 들어서 사용하기 편했다. 망가진 곳 없이 수선도 아주 잘 되어 있었다. 조와 본빌이 그녀 다리에 맞게 발걸이를 조절해주어서 꽤 편안했다.

이내 출발한 진과 본빌은 나무들 사이로 천천히 걸었다. 그렇게 시작된 여정은 진이 앞으로 몇 년 동안 자부심을 느끼며 돌아보게 될 인내의 위업이 되었다.

라빈은 고분고분하고 반응이 빨랐으며 기운이 넘쳤다. 총총 걷는 걸음도 매우 안정적이었다. 그렇더라도 진이 이제껏 말을 탄 횟수는 손가락으로 꼽을 정도이고, 한 번 탈 때 한 시간 반 이상 탄 적이 없다는 사실은 변하지 않았다.

비가 잠시 그쳤을 때 그들은 개울 앞에 다다랐다. 진은 본빌과 함께 흙탕물이 흐르는 급류를 간신히 헤치고 나아갔다. 첫 번째 개울을 무사히 건넌 그들은 말의 속도를 조절하며 계속 걸었다.

한 시간 뒤 두 번째 개울에 도달했다. 이번에는 수심이 매우 깊어 보였다. 본빌은 그녀에게 발걸이에서 발을 뗀 뒤 말의 갈기를 붙잡고 수영할 준비를 하라고 했다. 하지만 그 정도로 깊지는 않아서 순조롭게 건널 수 있었다. 더 이상 개울은 없었다.

진이 말했다. "트럭이 지나기엔 너무 깊네요."

"네, 지금, 너무 깊어요."

이제 미드허스트에 도착할 때까지 개울을 건널 일은 없었다. 그들은 말을 타고 달리기만 하면 되었다. 비가 다시 쏟아져서 그녀는 푹 젖었다. 빗물과 땀이 뒤섞여 흘러내렸다.

젖은 옷을 입고 계속 말을 타서 그녀의 허벅지와 종아리가 쓸리기 시작했다. 쓰라림이 점점 심해졌지만 어쩔 도리가 없었다. 그녀가 말을 타고 가겠다고 말했고, 그렇게 말한 이상 고통을 참고 나아가야 했다.

기분 좋은 일도 한 가지 있었다. 그녀가 본빌보다 앞서간다는 점이었다. 물론 그녀가 훨씬 좋은 말을 타고 있었고, 말도 덜 지친 상태이기는 했다. 본빌의 말은 미드허스트에서부터 타고 온 말이었다.

진은 라빈이 달리려고 할 때마다 속도를 늦춰 걷도록 해야 했다. 그렇게 천천히 걸으면서 조금씩 쉴 수 있었다.

오후 2시 30분쯤 미드허스트 홈스테드에 도착했다. 그녀는 극심한 갈증과 피로를 느꼈다. 문샤인과 다른 목동들이 달려 나와 진이 말에서 내릴 수 있도록 도와주었다. 진은 아픈 다리를 끌어당겨 발걸이에서 간신히 내려왔다.

그녀가 말했다. "본빌, 문샤인에게 안장을 잃고 나랑 윌스타운으로 가자고 전해줘요. 간단히 요기 좀 하고 바로 출발할게요. 당신은 목동들을 다 데리고 하먼 씨에게 돌아가세요. 알겠죠?"

그가 알겠다고 대답했다. 그때 진은 자신이 이 정도인데, 본빌은 녹초가 되고도 남았겠다는 생각이 문득 들었다. 그는 지난 24시간 동안 대부분 안장 위에 앉아 있었다.

그녀는 본빌의 주름진 얼굴을 걱정스럽게 바라보며 물었다. "본빌, 괜찮겠어요? 많이 힘들죠?"

그가 씩 웃었다. "전, 안 피곤해요. 밥 먹고, 목동들이랑, 하먼 씨에게 갈게요." 그가 돌아서서 큰소리로 외쳤다. "팜올리브! 부엌으로 가서, 아가씨에게, 차와 음식을 내줘. 얼른!"

진은 기진맥진한 채 베란다 의자에 앉아 있었다. 곧 팜올리브가 차 한 주전자와 달걀 프라이 두 개가 올라간 거의 먹을 수 없는 스테이크를 들고 나타났다. 달걀과 스테이크 한 조각을 먹고는 큰 컵으로 차를 여섯 잔이나 마셨다.

옷을 갈아입거나 쓰라린 곳을 살펴볼 엄두가 나지 않았다. 그러면 다시 길을 나설 수 없을 것 같았다. 식사를 마친 진은 문샤인을 부르며 마당으로 내려갔다.

원주민 목동들이 빗속에서 각자의 말에 안장을 채우고 짐말에 실을 짐을 꾸리고 있었다. 다시 안장에 오른 진은 문샤인과 함께 윌스타운으로 출발했다.

짧은 휴식 탓에 오히려 몸이 굳어서 앞으로 30킬로를 더 가려면 안간힘을 써야 했다. 온몸의 근육이 땅기고 아팠다. 다리에 힘이 들어가지 않아 안장에 제대로 앉아있기 힘들었다. 허벅지 위와 아래에 있는 커다란 뿔이 그녀를 제자리에 고정해 주었다.

그들은 말을 타고 개울을 건넜다. 이제 픽업트럭을 타고 건너기에는 수심이 너무 깊어 보였다. 몇 시간 전에 픽업트럭이 남긴 바퀴 자국을 따라가고 있었으므로 길을 찾는 것은 문제없었다.

문샤인의 말은 기운이 생생하고, 라빈은 지쳐있어서 이번에는 진이 뒤로 쳐졌다. 마지막 15킬로가 남았을 때 그녀는 멍한 상태로 말 위에 앉아 있었다.

8킬로 정도 남았을 때는 문샤인이 그녀 옆에 바짝 붙어서 말을 몰았다. 혹여 그녀가 말에서 떨어지면 붙잡아주기 위해서였다. 그녀는 용케 말에서 떨어지지 않았다.

7시쯤 어둠이 내린 윌스타운으로 말을 타고 들어갔다. 기진맥진한 진은 지친 말을 타고 원주민 목동과 나란히 걸었다. 그들은 호텔을 지나고 불빛이 반짝이는 아이스크림 가게 앞을 지나 헤인즈 경사의 경찰서 겸 관사 앞에 멈추었다. 그녀는 여덟 시간이나 말을 탄 셈이었다.

말에서 내린 문샤인이 라빈의 고삐를 잡아주었다. 진은 안간힘을 써서 오른쪽 다리를 안상 위로 끌어 올린 뒤 반대쪽으로 미끄러져 내려왔다. 처음에는 혼자 서있기도 힘들어서 라빈의 안장을 붙잡아야 했다. 다행히 헤인즈 경사는 안에 있었다.

그가 퀸즐랜드 억양으로 느릿느릿 말했다. "이런, 패짓 양. 어디서 오는 길입니까?"

"조 하먼 목장에서 오는 길이에요. 그가 미드허스트 고지대에서 다리가 부러진 커티스 씨를 찾았어요. 경사님, 문샤인에게 이 말들을 어떻게 해야 할지 알려주세요. 저를 부축해 주시면 안으로 들어가서 자세히 말씀드릴게요."

그는 문샤인에게 경찰서 울타리로 말들을 데려다 놓고, 경찰 수색대 숙소에서 하룻밤 묵으라고 했다. 그러고는 진을 돌아보았다. "안으로 들어가시죠. 자, 내 팔을 잡아요. 말을 얼마나 탄 겁니까?"

"60킬로 넘게 탔어요." 피곤하지만 그녀의 대답에는 끝내 해냈다는 자부심이 깃들어 있었다. "지금 조 하먼이 커티스 씨와 함께 목장 고지대에 있어요. 미드허스트의 목동들은 임시 활주로를 만들기 위해 전부 거기로 올라갔어요. 조가 말하길 부상자를 데리고 나올 방법은 비행기를 이용하는 것뿐이래요. 픽업트럭으로는 개울을 건널 수가 없어요."

그가 모기장이 설치된 베란다로 진을 안내하자 헤인즈 부인이 차를 내왔다. 그는 시계를 힐끗 보고는 진의 이야기를 듣기 위해 자리에 앉았다. 케언스 구급 의료팀의 7시 무전을 놓쳐서 어떤 조처를 하려면 45분을 더 기다려야 했다.

그가 곰곰이 생각하며 말했다. "새 보어에서 서남서쪽으로 10킬로 떨어진 지점이 어딜 말하는 건지 알아요. 그 부근에 넓게 트인 공간이 있어요. 곧 무전을 해서 아침에 비행기가 출발하도록 할게요."

"조는 경사님이 윈더미어에 무전을 해주면 그곳 목동들이 활주로 만드는 걸 도와줄 수 있을 거라고 했어요. 주변 나무들을 베야 하거든요. 조는 등을 심하게 다친 적이 있어서 제가 직접 하지 말라고 말렸어요."

그가 고개를 끄덕였다. "같은 시간에 윈더미어에도 무전을 할게요. 그나저나 패짓 양이 이렇게 말을 잘 타는 줄 몰랐네요."

"아니에요. 말은 몇 번 타보지 않았어요."

그가 웃으며 말했다. "저런, 다리가 성치 않겠어요."

진이 지친 몸을 일으키며 말했다. "이제 집에 가서 쉬어야겠어요." 그녀는 균형을 잡느라 의자 등받이를 붙잡았다. "여기 더 있다간 아예 못 걸을 거 같아요."

"그대로 있어 봐요. 차로 병원에 데려다줄게요."

"병원에 가고 싶진 않아요."

"패짓 양이 좋든 싫든 일단 병원으로 갈 거예요. 오늘 밤은 병원에서 지내는 게 나아요. 더글러스 수간호사가 잘 돌봐줄 겁니다."

30분 뒤 진은 간호사의 도움으로 몸을 씻고, 곳곳에 연고를 바른 채 어린아이처럼 병상에 누워있었다. 사무실로 돌아온 헤인즈 경사는 무전 송신기 앞에 앉았다.

"에잇 퀸 찰리, 에잇 퀸 찰리, 에잇 러브 마이크가 에잇 퀸 찰리를 호출합니다. 에잇 퀸 찰리, 에잇 러브 마이크의 호출이 들리시면 연결하세요. 응답 바랍니다, 오버."

그가 스위치를 돌리자 스피커에서 여자의 음성이 흘러나왔다. "에잇 러브 마이크, 에잇 퀸 찰리입니다. 수신 강도는 3입니다. 메시지를 말씀하세요, 오버."

"커티스를 찾았어요. 조 하면이 미드허스트 고지대에서 발견했대요. 커티스는 이틀하고 반나절 전에 왼쪽 다리에 복합 골절을 입었고, 왼쪽 발목도 부러진 듯합니다. 야영지 위치는 하면의 새 보어에서 서남서쪽으로 10킬로 떨어진 지점이에요. 다 알아들었으면 응답하세요, 오버."

"찾아서 정말 다행이에요. 이런 일이 있을까 봐 모두 무척 걱정했어요. 다 알아들었지만 확인차 반복할게요." 재클린은 경사가 전한 내용을 되풀이했다. "응답 바랍니다, 오버."

"좋아요, 재클린. 이번에는 반즈 씨에게 보내는 메시지예요. 내용은, 되도록 빨리 윌스타운으로 구급 의료 비행기 보내주기 바람, 풀숲에 착륙할 수 있도록 준비 중. 한 번 읽어보세요, 오버."

그녀는 적은 내용을 읽어 주었다.

"좋아요, 재클린. 이제 윈더미어를 호출해서 그들과 얘기할 수 있게 연결해주세요, 오버."

"에잇 에이블 조지, 에잇 에이블 조지, 에잇 퀸 찰리가 에잇 에이블 조지를 호출합니다. 에잇 에이블 조지, 제 호출이 들리면 연결하세요. 응답 바랍니다, 오버."

홈스테드 서른 곳에 설치된 서른 개의 스피커에서 여자의 떨리는 목소리가 흘러나왔다. "에잇 퀸 찰리, 에잇 에이블 조지에요. 재클린, 다 들었어요. 이렇게 기도에 응답해주시다니 놀라울 따름이에요. 세상에, 마음이 놓여서 더 이상 무슨 말을 해야 할지 모르겠어요. 오늘 밤에는 우리 모두 무릎 꿇고 신의 자비에 감사기도를 올려야겠어요. 그렇고말고요. 아, 오버."

재클린이 스위치를 돌렸다. "커티스 부인, 오늘 밤 우리 모두 하느님께 감사할 거예요. 지금 헤인즈 경사님이 당신과 교신하려고 기다리고 있어요. 수신 상태로 스위치를 유지하고 듣고 계세요. 에잇 러브 마이크, 지금 들어오시겠어요? 오버."

헤인즈 경사가 말했다. "에잇 러브 마이크가 에잇 에이블 조지를 호출합니다. 커티스 부인, 미드허스트 꼭대기에 조 하먼이 남편분과 있다는 얘기 들으셨을 거예요. 조는 구급 의료 비행기가 착륙할 활수로를 만드느라 그의 목동들을 다

228

데리고 올라갔어요. 당신 목장에 남아있는 사람을 모두 보내서 활주로 만드는 걸 돕도록 해주시겠어요? 제가 위치를 알려드릴게요. 연필과 종이 준비하시고 적으세요."

그는 잠시 멈추었다가 말했다. "조 하먼이 활주로를 만들고 있는 곳은 그의 새 보어에서 서남서쪽으로 10킬로 떨어진 지점이에요. 새 보어에서 서남서로 10킬로 떨어진 지점이요. 그곳에 남아있는 목동을 모두 보내서 하먼을 도와주었으면 합니다. 필립 순경이 거기 있다면 그에게도 전해주세요. 커티스 부인, 다 알아들으셨어요? 오버."

"알겠어요, 경사님. 조의 새 보어에서 서남서쪽으로 10킬로 떨어진 곳이라고요. 그렇게 적어놨어요. 에디가 여기 있고, 필립 순경은 오늘 밤 돌아올 거예요. 여기 있는 사람 모두 거기로 올려보낼게요. 신께서 이런 은혜를 베풀어주시다니 경이롭지 않나요? 고통받는 우리 죄인에 대한 그분의 자비를 생각하면 난 무릎 꿇고 울고 싶어요." 잠시 침묵이 흐르자 그녀가 다시 말했다. "오, 자꾸 깜빡하네요, 오버."

그가 스위치를 돌리고 말했다. "커티스 부인, 감사할 분이 또 있습니다." 그는 걸프 지역에 있는 대다수의 목장 안주인들이 이 대화를 듣고 있다는 것을 알고 있었다. 도움을 받았으면 갚는 게 도리였다. "커티스 씨의 소식을 전하기 위해 패짓 양이 미드허스트 꼭대기에서 말을 타고 60킬로 넘게 달려왔습니다. 제화 공방과 아이스크림 가게를 차린 영국 아가씨 진 패짓 아시죠? 패짓 양은 미드허스트로 나들이 나갔다가 커티스의 실종 소식을 듣고 활주로의 위치를 알려주기 위해 60킬로를 달려왔어요. 전에 말을 몇 번 타보지 않은 이 아가씨는 딱하게도 살갗이 쓸려서 제대로 서 있지도 못했어요. 더글러스 수간호사가 그녀를 입원시켜서 푹 쉬게 했습니다. 하루나 이틀이면 괜찮아질 겁니다. 오버."

"세상에, 어떻게 고맙다는 말을 해야 할지. 그녀에게 진심으로 고맙고 빨리 낫길 바란다고 전해줘요." 그녀는 잠시 뜸을 들였다. "그 아이스크림 가게 때문에 무척 심란했어요. 윌스타운에 그런 게 생기고, 일요일과 크리스마스에도 문을 여는 건 바람직하지 않아 보였거든요. 성경 책에서 그에 대한 찬성도 반대도 찾을 수 없어서 당혹스러웠어요. 이제 보니 하느님은 다른 모든 것들처럼 그 부분도 보살피고 계신 거 같아요. 정말 놀라워요. 오버."

"그래요." 헤인즈 경사는 어정쩡하게 대답했다. 그는 아이스크림 가게의 폐점 시간에 대한 규정이 불확실해서 상부의 지침을 받기 위해 편지를 보내놓은 상태였다. 상점이 있는 지역에서 근무하는 게 너무 오랜만이었다.

"커티스 부인, 전 이제 나가봐야 합니다. 에잇 퀸 찰리, 여기는 에잇 러브 마이크예요. 재클린, 원한다면 오늘 밤 당직은 여기서 마감해도 됩니다. 반즈 씨가 내일 아침 7시부터 낮시간 동안 당직을 섰으면 해요. 나 알아들있나요? 오버."

재클린이 말했다. "경사님, 알겠어요. 반즈 씨에게 전할게요. 더 하실 말씀 없으면 종료하겠습니다, 오버."

"없습니다. 굿나잇, 이만 나갑니다."

"굿나잇, 종료합니다."

재클린은 감사한 마음으로 통신 장비 스위치를 껐다. 케언스 구급의료대에는 24시간 당직을 설 수 있는 체계적인 조직이 없었다. 이와 같은 비상사태에는 모두가 나서서 도울 수밖에 없었다.

그녀는 전날 아침 8시부터 자정까지, 그리고 오늘 아침 8시부터 지금까지 근무하고 있었다. 밤 당번을 선 반즈가 다시 당번 설 준비를 하고 있었다.

재클린은 험프리 보가트와 로렌 바콜의 영화를 보러 가지 못해서 아쉬웠다. 영화는 이미 반이나 지나버렸다. 하지만 상영 기간이 하루 더 남았으니 운 좋게 이 소동이 일찍 끝나면 내일 그 영화를 볼 수 있을 터였다. 그녀는 반즈에게 전화하러 갔다.

반즈는 ANA 항공의 스미스에게 전화를 걸었고, 스미스는 예비 조종사인 지미 코프에게 전화를 걸었다.

지미 코프가 말했다. "제기랄, 내일 아침엔 오늘보다 날씨가 좋아야 할 텐데요. 오늘 같은 날씨엔 애서턴 고원을 넘어가지 못했을 거예요. 6시에 이륙하는 게 좋겠어요. 그 시간에 격납고에 가 있을게요."

새벽에 지미 코프가 비행장에 도착하니 낡은 드래곤기의 양쪽 엔진이 모두 돌아가고 있었다. 드래곤기는 아웃백 구급 의료 비행을 위해 만들어진 비행기 중 가장 우수한 기종이었다.

구름이 약 500피트 상공에 낮게 드리워져 비행장 뒤쪽 언덕을 가렸다. 비도 조금씩 뿌렸다. 윌스타운은 서북서쪽으로 약 650킬로 떨어져 있었다.

이 비행경로의 초반 110킬로 구간은 고도가 3,500피트에 달하는 산들로 이어진 애서턴 고원 상공을 지나야 했다. 무선 항법 보조 장치가 없었다면 그는 줄곧 시야를 확보해서 앞을 보고 비행하며 아슬아슬하게 구름과 우듬지 사이를 빠져나가야 했을 것이다.

그는 관제관에게 뚱하게 한두 마디 하고는 구급대원 한 명을 태우고 활주로를 이륙했다. 하늘로 날아오르니 기상 상태는 여느 때보다 좋지 않았다.

그는 배런강 300피트 상공에서 산 쪽으로 날았다. 낮은 구름 속에서 쿠란다 협곡을 통과해 고원으로 올라갈 수 있는 틈을 엿보았다. 회색 수증기가 비행기를 감쌌고 수풀이 우거진 협곡의 측면이 비행기 날개에 닿을 듯했다. 앞쪽에 틈은 보이지 않았다. 우측으로 조금씩 붙으면서 100피트 정도의 거리를 두고 협곡에서 아슬아슬하게 방향을 틀어서 다시 해안으로 향했다.

그는 마이크를 들고 말했다. "케언스 타워, 여기는 빅터 하우 에이블 마이크 베이커입니다. 쿠란다를 통과할 수 없습니다. 해안가에 있는 쿡타운으로 올라가 거기서 다시 시도할 거예요. 우린 한 시간쯤 뒤 쿡타운에 착륙할 예정이고, 옥탄가 73 연료 75리터가 필요하다고 전해줘요."

지미 코프는 약 300피트 고도로 퀸즐랜드의 열대 해안을 날아 한 시간 뒤 쿡타운에 도착했다. 쿡타운은 인구가 300명 정도 되는 소도시였다. 그가 도착했을 때는 우중충하게 비가 퍼붓고 있었다.

비행장에 착륙한 그는 연료가 채워지는 동안 그곳 사람들에게 말했다. "여기서 윌스타운으로 들어갈 겁니다. 이쪽 경로는 높은 곳이 많지 않아서요. 기상이 너무 나빠지면 다시 돌아올 거예요. 여기서 윌스타운으로 곧장 갈 겁니다." 그는 만일의 경우 수색대가 필요할 수 있다고 했다.

연료 주입이 끝나자마자 다시 이륙해서 나침반이 가리키는 항로를 따라 내륙으로 날아갔다. 비행 내내 우듬지에서 200피트 이상 고도를 높이지 않았다. 그레이트 산맥을 넘어갈 때는 고도를 한껏 높여서 약 50피트의 거리를 두고 아슬아슬하게 날았다.

조종석 뒤에서는 구급대원이 좌석을 부여잡고 앉아 있었다. 그는 비행 중의 위험과 그 위험 앞에서의 무력함을 아주 잘 알고 있었다.

세 시간 동안 그렇게 날았다. 카펀테리아만에 가까워지자 굽이쳐 흐르는 강, 불에 탄 풀숲, 바나나처럼 구부러진 불모지 등 조종사가 알고 있는 지형지물이 눈에 들어오기 시작했다.

윌스타운에 들어선 그는 자신이 온 것을 알리기 위해 100 피트 고도로 마을 위를 빙 돌고는 활주로에 착륙했다. 그는 자신을 기다리고 있는 트럭을 향해 천천히 이동했다. 긴장했던 터라 몹시 피곤했다. 여전히 비가 내리고 있었다.

트럭 옆에서 지미 코프는 헤인즈 경사, 더글러스 수간호사, 앨 번스와 잠시 회의를 했다. 그가 말했다. "부상자를 데리고 나올 수 있도록 시도는 해볼게요. 오후에 기상 상황이 나아지지 않으면 그는 이곳 병원에서 밤을 보내야 할 겁니다. 이런 날씨에는 케언스로 데려갈 수 없어요. 아마 내일은 날씨가 갤 겁니다."

헤인즈 경사가 연필로 직접 그린 지도를 지미 코프에게 보여주면서 계곡과 미드허스트, 새 보어, 예상되는 활주로의 위치를 짚어주었다. 그는 11시쯤 다시 이륙했다.

지도를 따라간 그는 큰 어려움 없이 그 장소를 찾았다. 그들이 어디에 활주로를 준비했는지 명확히 알 수 있었다. 그가 진입할 수 있도록 나무들을 베고 풀숲을 정리해 놓아서 조금 떨어진 곳에서는 초원처럼 보였다.

남자들 열 명 정도가 작업을 하거나 비행기를 올려다보며 서 있는 모습이 보였다. 픽업트럭 위에 세워진 텐트도 보였다. 그는 위험을 고려하며 낮은 구름 아래를 빙빙 돌았다.

그들이 준비한 활주로는 드래곤기가 착륙하기에는 딱 할 정도로 짧았다. 시간도 부족했다. 그 남자가 복합골절을 입은 것은 3일 전이었다. 패혈증과 괴저 등 온갖 합병증이 발생할 수 있었다. 더 이상 지체할 수 없는 일이었다. 그는 입술을 깨물고 시험 접근을 위해 활주로에 비행기를 일렬로 맞추었다.

나무들 위로 5피트 이상 벗어나지 않으면서 계기판의 눈금을 조심스럽게 조작하며 최대한 천천히 진입했다. 문제가 없기를 바라며 잘려 나간 나무들 위에서 속도를 낮추고 풀밭을 향해 내려갔다.

아슬아슬했지만 비행기를 착륙시키지는 못했다. 바퀴가 지면에서 2피트 미만으로 가까워졌을 때 조종간 레버를 앞으로 밀고 잠시 고도를 유지하다가 위로 올라갔다.

그는 계속 활주로를 주시하며 구름 아래에서 낮게 선회하다가 뒤에 있는 구급대원에게 말했다. "연필과 종이 있나? 받아 적게." 그는 잠시 생각했다. "미안하지만 착륙 불가능합니다. 활주로가 100미터, 가능하면 150미터 정도 더 길어야 해요. 오늘 오후 4시에 다시 오겠습니다."

그들은 색색의 띠를 늘어뜨린 메시지 가방에 편지를 넣고,

활주로 한가운데로 날아가 떨어뜨렸다.

월스타운 이착륙장으로 돌아온 지미 코프는 그곳 사람들에게 자초지종을 설명했다. 헤인즈 경사가 말했다. "그들이 활주로를 충분히 길게 만들기엔 시간이 촉박했어요. 오후엔 제대로 해놓을 겁니다."

경사는 조종사를 호텔로 데려갔다. 앨 번스가 바에서 마실 것을 권하자 조종사는 오후의 힘든 비행이 끝날 때까지는 레모네이드만 마시겠다고 했다.

지미 코프는 호텔에서 점심 식사를 한 뒤 아이스크림 가게로 걸어갔다. 그가 마지막으로 월스타운에 왔을 때는 못 보던 곳이기에 신기해서 주위를 둘러보았다.

그는 아이스크림을 주문했다. 로즈는 가게 문을 닫아야 하니 빨리 먹어야 한다고 상냥하게 말했다. 그가 매일 오후에 문을 닫는지 물었더니 로즈는 병원에 있는 패짓 양을 만나러 간다고 했다. 그러고는 진 패짓의 무용담을 자세히 들려주었다.

오후 4시에 그는 미드허스트 고지대에 만들어진 활주로 위를 날고 있었다. 비가 그쳐서 약 800피트 상공으로 접근할 수 있었다. 활주로 위를 한 바퀴 돌면서 아래를 살펴보았다. 활주로가 훨씬 더 길어져서 이제 착륙에 전혀 어려움이 없어 보였다. 활주로로 진입해서 거의 끝자락에 착륙했다.

비행기는 울퉁불퉁한 지면에서 뛰어 올랐다가 내려앉았고

덜컹덜컹 굴러가다가 완전히 멈추었다.

그는 엔진을 끄고 밖으로 나왔다. 비행기에서 들것을 내린 구급대원은 목동들의 도움을 받아 커티스를 들것에 싣고 비행기 안으로 옮겼다. 조종사는 담배에 불을 붙여 조 하먼에게 주었다.

조가 물었다. "윌스타운에서 패짓 양 소식 들은 거 있어요?"

지미 코프가 말했다. "그녀는 병원에 있어요. 사람들 말로는 큰 문제는 아니고 피로와 찰과상 때문에 입원했답니다. 정말 대단한 아가씨예요."

"그러게요. 윌스타운에 가서 병원 사람을 만나면 패짓 양에게 메시지를 전해달라고 해주시겠어요? 내가 내일 오후에 시내로 간다고요."

"그러죠. 오늘 밤 거기서 머물 겁니다. 케언스로 돌아가기엔 너무 늦었어요. 이런 날씨에 이렇게 낡은 비행기로 야간 비행은 불가능해요."

부상자를 싣는 일이 마무리되었고, 조종사는 자리에 앉았다. 구급대원이 프로펠러를 세게 돌린 뒤 그들은 활주로 맨 끝으로 다시 천천히 이동했다. 활주로는 짧았지만 이륙하는 데는 문제없었다. 엔진을 가속하며 활주로를 달렸다. 끝에서 5미터 정도 남은 지점에서 나무에 닿지 않고 무사히 날아올랐다.

비행기는 30분 뒤 월스타운에 착륙했고, 커티스는 병원으로 데려갈 트럭으로 옮겨졌다.

᰾᰾᰾

그날 오후 병원에서 진 패짓은 로즈에게 상처를 보여주었다. 피부가 15센티 정도 쓸려서 살갗이 벗겨져 있었다. 로즈가 말했다. "영광스러운 상처예요. 사람들에게 보여줄 수 없다니 안타깝네요."

진이 말했다. "옷이 푹 젖어서 그랬어. 제대로 된 승마바지를 주문해야겠어. 목동들의 승마바지는 남자들 피부에 맞게 만들어진 거잖아."

"만일 내가 그렇게 됐다면 다신 말에 올라타고 싶지 않을 거예요."

"나도 다시 말을 탈 수 있으려면 시간이 좀 걸릴 거야."

얼마 뒤 로즈가 물었다. "진, 여기에 도급업자가 할 일이 있을까요?"

"어떤 종류의 도급업자 말이지?"

"길을 내는 일 같은 거요. 건물도 짓고…"

"앨리스에서 온 빌리, 얘기하는 거니?"

로즈는 고개를 끄덕이며 태연하게 말했다. "그에게 편지를 받았어요."

진은 수요일마다 정성스럽게 꼬박꼬박 도착하는 일곱 통의 편지에 대한 그녀의 표현이 좀 야박하다고 느껴졌다.

　"그 사람 아버지도 뉴캐슬에서 도급업을 해요. 땅 고르는 기계, 불도저, 굴착기 등 없는 게 없대요. 그의 아버지는 전쟁이 끝난 뒤 빌리에게 앨리스에서 일을 시작하라고 시켰어요. 앨리스가 발전하고 있었고, 발전하는 곳에는 도급업자에게 일이 있기 마련이라면서요. 빌리는 앨리스가 지긋지긋하대요. 우기가 끝나는 대로 이곳에 다녀갈 거예요"

　"이곳에서 도로나 건물을 하청받긴 힘들 거야. 돈을 쓸 사람이 없잖아. 그런 업체를 필요로 하는 곳을 한 군데 알고 있긴 해. 조 하먼이 미드허스트에 작은 댐을 짓고 싶어 하거든. 그쪽 일도 하는지 모르겠네."

　로즈가 천천히 대답했다. "아마 할 거 같아요. 어쨌든 댐 공사도 흙과 돌로 무언가 짓는 일이고, 그게 빌리가 하는 일이잖아요. 건기에 불도저로 공사하면 되지 않을까요?"

　"난 전혀 몰라. 빌리가 불도저를 구할 수 있을까?"

　"그의 아버지가 뉴캐슬에 한 40대 정도는 가지고 있대요. 빌리에게 하나 정도는 내어 주실 거 같아요."

　"그냥 작은 댐을 만드는 일이야."

　"뭐든 시작해야 할 거 같아요. 빌리도 처음부터 시드니 하버브릿지 같은 대공사를 기대하진 않을 거예요."

　진이 물었다. "불도저로 수영장 만들 구덩이도 팔 수 있을까?"

"그럴 거예요. 아, 확실해요. 전에 그와 함께 가서 그런 일을 하는 걸 본 적이 있어요. 내가 운전할 수 있게 해줬는데 정말 신났었어요. 먼저 불도저로 흙을 퍼낸 다음 거푸집이라는 나무틀을 세우고 콘크리트 작업을 했어요."

"그 사람이 그런 걸 다 할 수 있어?"

"빌리는 다 할 수 있어요. 수영장을 만들고 싶으세요?"

진은 흰 페인트가 칠해진 벽을 바라보며 말했다. "그냥 생각일 뿐이야. 보어 바로 옆에 아주 크고 근사한 수영장을 만드는 걸 생각해봤어. 다이빙 보드 등 필요한 걸 다 갖추고, 모든 사람이 함께 즐길 수 있는 수영장 말이야. 저기 중심가에 물이 흐르잖아. 냉각탑이라는 목조 건물이 있는데 거길 통과시키면 물이 충분히 식어서 수영장으로 들어갈 거야. 수영장 주변엔 잔디를 깔아서 사람들이 원하면 일광욕도 할 수 있게 하는 거야. 노인을 한 명 고용해 입구에서 1실링씩 입장료를 받게 하고…"

로즈가 진을 바라보았다. "다 계획이 있으시군요. 진, 정말 수영장을 만들 생각이에요?"

"잘 모르겠어. 수영장이 있으면 재미있을 거야. 다른 사업처럼 수익성도 좋을 거 같고. 물론 남녀가 함께 이용하는 공간이야."

로즈가 웃었다. "이곳 호사가들이 우르르 몰려와 안에서 무슨 일이 일어나고 있는지 엿보려고 할 거예요."

"그런 사람들에게는 6펜스씩 물려야겠다. 빌리에게 계획을 세우고 장비도 준비하라고 전해줘. 우기 끝나고 이리로 올 때 예상 비용을 알려달라고 하고. 걸프 지역에 수영장이 있는 곳은 없을 거야. 우리가 하나 만들면 좋을 거 같아."

"빌리에게 전할게요. 또 다른 계획도 있어요?"

진이 침대에서 기지개를 켰다. "멋진 미용실에 솜씨 좋은 예쁜 프랑스 아가씨를 고용해서 사람들을 여배우 리타 헤이워드처럼 만들어줄 수 있으면 좋겠어. 가끔 그런 곳이 있으면 좋겠다는 생각이 들어. 빌리가 그런 일은 하지 않겠지."

"그런 일은 안 하는 거 같아요."

이튿날 자리를 털고 일어난 진은 병원을 나와 어기적거리며 공방으로 걸어갔다. 그들이 보낸 신발을 받은 팩 씨에게서 항공우편이 와있었다. 그의 편지는 차분한 어조로 쓰여 있었다.

그는 생산 과정에서 바로잡아야 할 몇 가지 결함과 조잡한 부분을 지적했다. 진과 직원들은 대부분의 문제점을 이미 알고 있어서 주의를 기울이고 있었다. 그는 어떻게든 그 신발들을 처분해보겠다는 말로 마무리했다. 팩 씨를 잘 아는 진과 애기 토프는 그 말을 칭찬으로 받아들였다.

애기 토프가 말했다. "다음에 보내는 건 더 맘에 들어 할 거예요. 진이 없는 동안 아가씨 둘이 일자리를 구하러 왔었어요. 한 명은 칼라일 목장의 고참 목동인 도슨의 딸이에요. 그 애는 열여섯 살이고 엄마랑 같이 왔어요. 좀 어리긴 하지만 야무져 보이던데요. 또 한 명은 노먼턴의 상점에서 일했던 스무 살짜리 아가씨예요. 그 아가씨는 썩 맘에 들지 않아요."

"처음 생산한 제품이 팔리기 전에 사람을 또 고용하고 싶진 않아요. 도슨 부인이 다시 찾아오면 우기가 끝나고 그 아이의 채용 여부를 알려주겠다고 말해줘요. 형편이 되면 그 애와 일하고 싶어요. 다른 한 명은 고용하고 싶지 않은 거죠?"

"그게 나을 거 같아요. 조신해 보이지 않았어요."

그들은 한 시간 가까이 사업의 세부 사항을 논의했다.

애기 토프가 말했다. "작업복을 아직 찾아오지 못했어요. 해리슨 부인을 보러 갔었는데 또 허리가 안 좋대요. 다른 사람을 찾아야 할 거 같아요."

그들은 직원들이 입을 작업복을 매주 깨끗이 세탁해 나눠 주었다. 작업복을 세탁하는 일이 큰 문제였다.

진이 말했다. "우리가 원하는 건 세탁할 수 있는 기계를 들여서 직접 세탁하는 거예요. 아마 발전기로 작동할 수 있을 거예요. 당연히 뜨거운 물도 필요할 테고." 그녀는 잠시 생각하다 말했다. "그런 기계를 들여놓고 사람들 빨래를 대신

해주는 사업이 있으면 좋을 거 같네요. 당분간은 해리슨 부인을 대신할 사람이 있는지 알아보세요."

"네, 그리고 패짓 양이 말을 탄 이야기가 시내에서 큰 화젯거리예요."

"그래요?"

애기 토프는 고개를 끄덕였다. "노먼턴에서 온 아가씨조차 그 일을 알고 있던데요."

"도대체 그 이야길 어디서 들었을까요?"

"목장에 있는 무전을 통해 들었대요. 여기 남자들이 그러는데 다른 사람들 얘기를 다 들을 수 있대요. 전보든 뭐든 다요. 사람들이 달리 할 일이 없잖아요. 이 지역에서는 어떤 비밀도 지킬 수 없다나 봐요. 참, 구급 의료 비행기가 오늘 아침에 떠났다고 들었어요. 그 남자는 심하게 다쳤어요?"

"별로 좋진 않아요. 수간호사가 다리는 회복될 수 있을 거래요. 이곳에도 얼른 의사가 있어야 해요."

"이런 곳은 의사를 둘 만큼 환자가 많지 않잖아요. 그를 어디로 데려갔어요?"

"케언스로요. 거기에 좋은 병원이 있거든요." 진은 문 쪽으로 돌아서려다 걸음을 멈추었다. "애기 토프, 윌스타운에 수영장이 생기면 어떨 거 같아요? 사람들이 이용할까요?"

그날 오후 조 하먼은 피트 플레처와 말을 타고 시내로 왔다. 그는 오스트레일리안 호텔 뒤편 마구간에 말을 매어두고 진을 만나러 갔다. 개울물이 불어서 그의 옷은 푹 젖고 지저분했다.

연인을 만나러 시내로 가는 남자답게 미드허스트에서 말쑥하게 차려입고 출발했지만, 오는 길에 개울에서 말의 갈기와 안장을 붙잡고 헤엄쳐야 했기에 그의 복장은 엉망이 되었다.

윌스타운에 도착했을 때는 그나마 반쯤 말라 있었다. 그는 머리를 빗고 부츠에서 물을 털어낸 뒤 아이스크림 가게로 가서 로즈에게 진이 있는 곳을 물었다.

그는 침실에서 내게 편지를 쓰고 있던 진을 찾았다. 문을 똑똑 두드리자 그녀가 나왔다. "조, 여기서 얘기하는 건 곤란해요. 당신이 안으로 들어오면 사람들이 계속 수군거릴 거예요. 가게로 아이스크림 먹으러 가죠."

윌스타운에서 젊은 남녀가 만나 점잖게 이야기할 수 있는 장소는 정말 그곳뿐이었다. 비가 올 때 그들이 달리 갈 수 있는 곳은 마구간이나 헛간뿐이었을 것이다. 그들은 벽 쪽 테이블을 골랐다.

진은 직사각형 벽면과 그 주변 테이블을 불만스러운 표정으로 둘러보았다. "이것으로는 부족해요. 사람들이 사적인 이야기를 할 수 있는 칸막이 같은 걸 만들어야겠어요."

"무엇을 먹을래요?" 조가 물었다.

"바나나 스플릿(바나나를 길게 가르고 그 속에 아이스크림과 견과류 등을 채운 디저트-옮긴이)으로 할게요. 많이 먹어서 살을 찌워야 할 거 같아요. 아는지 모르겠지만 내가 많이 아팠어요. 조, 돈은 내지 마요. 무료예요."

그가 씩 웃었다. "내가 여자 친구를 데리고 나와서 얻어먹을 남자로 보여요?"

"당신이 그렇게 생각한다면 난 두 개 먹을래요. 바나나가 내일이면 상할 거예요."

그녀는 매주 수요일 비행기로 과일을 공수해 왔다. 수량이 많지는 않지만, 물량을 팔아 항공 운임을 대는 데는 별 어려움이 없었다. 다만 과일들이 대개 일주일도 가지 않아 상한다는 것이 고민이었다.

조가 아이스크림을 가져와서 그녀 앞에 앉았다. 그녀가 물었다. "조, 이제 말해 봐요. 송아지 울타리는 어떻게 된 거예요?"

그가 멋쩍게 웃으며 어깨너머를 살폈다. "그건 속임수예요. 미드허스트에 송아지 울타리는 없어요."

진이 웃으며 말했다. "무슨 그런 말이 다 있어요. 조, 솔직히 털어놔요. 커티스에게 무슨 일이 있었던 거죠?"

조가 조심스럽게 말을 꺼냈다. "커티스가 허락도 없이 우리 땅에 들어와 어슬렁거리고 있었어요. 그러다 내가 낙인 없는 송아지를 몇 마리 넣어둔 울타리를 발견했어요. 분명히 말하지만 우리 송아지들이에요. 그것들이 돌아다니고 있어서 상황을 좀 살펴보려고 내가 그곳에 넣어 두었어요. 커티스가 그 송아지들을 훔치러 가서 상단 빗장을 내렸는데 녀석들이 꽤 거칠었어요. 약 나흘간 빗물 말고는 아무것도 마시지 못했거든요. 내가 알기로 커티스가 두 번째 빗장을 풀려고 할 때 녀석들이 밀어서 넘어뜨리는 바람에 그가 밑에 깔렸어요. 송아지들이 한꺼번에 덮쳐서 그의 다리가 부러졌고요. 그것들 때문에 말도 달아났어요. 커티스가 어딘가에 말의 고삐를 매어두었는데 송아지들이 달려들어서 고삐를 끊고 달아났대요. 그래서 그 지경이 된 거예요. 남의 것에 손 댔다가 아주 쌤통이죠."

"조, 그 송아지들은 정말 누구 거였어요?"

"우리 거예요." 조의 대답은 확고했다.

진이 웃으며 물었다. "그것들이 어디서 돌아다니고 있었어요?"

그도 웃었다. "윈더미어에서요. 하지만 그것들은 우리 송아지가 맞아요. 커티스가 내게서 빼간 거예요. 그가 거기에 송아지 울타리를 만들었다고 내가 피트에게 말하는 걸 당신도 들었잖아요."

"당신 울타리에 있던 송아지들은 당신이 커티스의 울타리에서 데리고 나온 녀석들인가요?" 진이 물었다. 문제가 점점 더 복잡해지는 것 같았다.

"대부분요. 우리가 입은 손해에 대한 보상으로 한두 마리 더 데려왔을 수도 있어요. 더러 헷갈릴 때도 있거든요."

"지금 그 송아지들은 어디에 있어요? 커티스가 풀어준 송아지들 말이에요."

"그 녀석들은 미드허스트에 있을 거예요. 보어 근처 어딘가에 있겠죠. 처음 발견한 물가에서 벗어나려 하지 않을 테니까요. 우기에도 마찬가지예요."

진은 말없이 바나나 스플릿을 먹다가 입을 열었다. "어쨌든, 커티스가 병원에 있는 동안 그의 송아지들을 뒤쫓으면 안 돼요. 그건 반칙이에요. 그가 병원에서 나오면 송아지들이 없어진 걸 알게 될 테니까요."

"난 그런 짓은 하지 않아요."

"당신을 못 믿겠어요. 난 이 게임이 어떻게 진행되는지 모르지만, 그건 분명 규칙 위반이에요."

그가 씩 웃었다. "알았어요. 하지만 그는 돌아오자마자 내 송아지들을 쫓을 거예요. 그건 확실해요."

"왜 서로의 송아지를 그냥 내버려 두지 않는 거예요?"

조가 솔직하게 말했다. "난 그의 송아지를 건드리지 않을 수 있지만, 그는 우리 걸 가만두지 않을 거예요. 지난해 난 그가 가져간 것보다 50마리 더 가져왔어요."

그 문제는 그에게 아무리 말해봐야 소용없을 것 같았다. 송아지 관련 문제에서 조의 도덕 기준은 극히 낮아 보였다.

그녀는 말을 돌렸다. "조, 당신이 그린아일랜드에서 말했던 작은 댐들 말이에요. 그 일을 맡아줄 사람은 찾았어요?"

그가 고개를 저었다. "우기가 끝나기 전에 그런 문제를 고민해봤자 아무 소용없어요."

"불도저가 있으면 댐을 지을 수 있을까요?"

"불도저만 있다면 댐을 한 달 안에 만들 수 있을 거예요. 하지만 이 근방에는 불도저가 없어요."

"하나 있을 수도 있어요." 그녀는 로즈와 빌리 이야기를 했다. "아무튼 그는 로즈를 만나러 올 거예요. 로즈 얘기로는 여기서 그런 종류의 일을 찾고 있대요. 아무래도 두 사람이 진지하게 사귀는 거 같아요. 그가 오면 미드허스트로 데려가서 얘기해보는 게 좋겠어요."

"월스타운에 불도저를 가진 사람이 있다면 여러 목장에 많은 변화가 생길 수 있어요."

"여기 월스타운에도 많은 변화가 생길 거예요. 조, 만약 보어 옆에 정말 괜찮은 수영장을 만든다면, 그러니까 옷을 갈아입을 작은 오두막과 일광욕을 즐길 푸른 잔디밭, 다이빙 보드가 있고, 잔디를 깎고 깨끗하게 관리하는 수영장이 있다면 사람들이 그걸 이용할까요? 1인당 1실링 정도 요금을 받으면서요?"

그들은 한동안 수영장 문제를 의논한 끝에 월스타운이 인구 150명이 사는 소도시인 점을 감안하면 결고 수익성이 없으리라는 결론에 도달했다.

그가 말했다. "문제는 이 도시가 얼마나 빨리 성장 하느냐예요. 수영장은 도시를 성장시키는 또 하나의 요인이 될 수 있어요. 걸프 지역 어디에도 수영장이 있는 도시는 없으니까요."

"아이스크림 가게는 확실히 수익을 내고 있어요. 우리가 품질을 유지할 수 있다면 그게 우리의 핵심 사업이 될 거로 생각해요. 다음번에는 수영장을 만들고 싶어요. 노엘이 투자하는 걸 허락하신다면 말이죠."

그가 호기심 가득한 표정으로 웃으며 물었다. "수영장 다음은 또 뭐죠?"

그녀는 도로 구실을 하고 있는 진창 같은 넓은 땅을 내다보았다. "수영하고 나면 사람들 머리가 젖어 있을 거예요. 그러니까 미용실도 필요할 거예요. 다음번엔 미용실이에요. 그 다음은 야외극장이고, 또 그다음은 세탁기 여러 대로 빨래를 해주는 곳과 괜찮은 여성복 상점이에요."

그녀는 조를 바라보았다. "조, 웃지 마요. 미친 소리처럼 들리는 거 알지만 내가 만든 결과물을 봐요. 아이스크림 가게를 열고 로즈를 고용하니까 빌리가 불도저를 몰고 뒤따라와서 당신에게 댐이 생겼잖아요."

"너무 앞서가고 있어요. 댐은 아직 짓지도 않았는데."

"곧 지어질 거예요."

그는 아이스크림 가게를 둘러보며 천천히 말했다. "당신이 하고 싶어 하는 일들이 다 이렇게 잘 된다면 당신은 곧 앨리스 스프링스 같은 도시를 갖게 될 거예요."

"내가 하고 싶은 게 바로 그거예요. 이 도시를 앨리스처럼 만드는 거요."

11 장

　그 모든 일이 일어난 지 거의 3년이 지났다. 그 시기 내 메마른 삶에서 진의 편지를 읽는 게 가장 큰 흥밋거리였다는 것은 부인할 수 없다. 진은 커티스와 송아지 도둑 사건 이후 전보다 더 밀접하게 걸프 지역의 삶 속으로 스며든 것 같았다. 그녀가 결혼 전에 보낸 편지에서조차 미묘한 변화가 나타났기 때문이다.

　그녀의 편지는 더 이상 낯설고 혹독한 이국땅에 사는 영국 여인이 쓰는 편지가 아니었다. 그녀는 점차 그들과 한편인 것처럼 그곳 사람들 이야기를 쓰기 시작했고, 자기 집인 것처럼 그곳 이야기를 하기 시작했다.

　그것은 단지 내 착각일 수도 있고, 그녀의 편지를 여러 번 읽은 뒤 집에 있는 특별한 서류철에 조심스럽게 정리해가며 연구한 결과일 수도 있다. 무심한 독자라면 눈치채지 못했을 미묘한 의미 차이를 나는 그 편지들 속에서 발견했다.

그녀는 4월에 소몰이가 끝난 뒤 약속대로 조 하먼과 결혼했다. 그들의 주례는 내가 살았던 윔블던에서 멀지 않은 킹스턴의 세인트존스에서 부목사로 있었던 영국 성공회 목사가 해주었다. 이듬해 교회가 세워질 예정이기는 했지만, 그 당시에는 윌스타운에 교회가 없었다.

그들은 지방의회 회관에서 결혼식을 올렸고, 거의 모든 지역 주민이 결혼식에 참석했다. 신혼여행은 그린아일랜드로 다녀왔다. 그녀가 나에게 말하지는 않았지만, 아마 사롱도 챙겨갔을 것이다.

결혼하고 첫 2년 동안 진은 자신의 자금을 상당히 많이 썼다. 그녀는 재주가 좋았다. 처음에 공방과 아이스크림 가게를 동시에 시작하느라 고생한 뒤로는 늘 한 가지 일을 시작하고 그 일이 안정기에 접어들면 또 다른 일을 시작했다.

그녀는 렌 제임스라는 젊은 은행원이 정리한 사업 장부도 내게 보내주곤 했다. 여전히 약 6개월에 한 번씩 3,000에서 4,000파운드를 보내달라고 요청했다. 내 이름을 딴 둘째 아들 노엘이 태어날 때까지 지역의 다양한 사업에 1만 8,000파운드 넘는 돈을 투자했다.

다행히 사업은 모두 잘 돌아가고 있는 것처럼 보였다. 맥파든의 유서가 레스터와 내게 폭넓은 재량권을 부여하기는 했지만, 그 무렵 우리는 신탁관리인으로서 의무를 다하고 있는지 걱정이 깊어졌다. 우리의 의무는 자본을 온전하게 지키고 진이 만 35세가 되면 넘겨주는 것이었다.

나는 호주의 경기침체 가능성이나 미지의 재앙이 걱정되기 시작했다. 그런 일이 벌어지면 우리가 그녀에게 내준 유산의 30퍼센트가 날아갈 수도 있었다. 진은 한 곳에 너무 집중적으로 자산을 투자하는 듯했다. 그녀의 투자는 (물론 칭찬할 만했지만) 적법하게 투자된 신탁 자산으로 분류할 수도 없었다.

최대 고비는 2월에 왔다. 진은 노엘을 출산한 직후 월스타운의 병원에서 내게 편지를 썼다. 우선 내게 노엘의 대부가 되어줄 수 있는지 물었다. 나는 의무를 다할 만큼 오래 살 가능성은 거의 없었지만, 당연히 매우 기뻤다.

빌리가 제2의 대부가 되어주기로 했다. 그는 약 6개월 전 로즈와 결혼해서 그 지역에 정착한 모양이었다. 그 덕분에 지구 반대편에 사는 이 늙은이가 아이의 대부가 되어도 큰일은 아닐 듯했다. 나는 이 일을 계기로 바로 유언장을 고쳐 썼다.

같은 편지에서 진은 미드허스트 문제도 논의했다.

'아시다시피 조는 현재 목장 관리인일 뿐이잖아요. 그는 일을 아주 잘 하고 있어요. 그가 처음 여기 왔을 때는 소가 8,000마리쯤 있었는데 지금은 1만 2,000마리가 넘어요. 올해는 2,000마리 넘게 팔 생각이에요. 한꺼번에 줄리아크리크로 보내기에는 너무 많아서 조가 두 번에 나눠 다녀와야 해요. 앞으로 몇 년 동안 꾸준히 늘어날 것 같아요. 매년 건기에 빌리가 우리를 위해 댐을 몇 개씩 지어준 덕분에 해마다 먹이가 풍족해지고 있어요.'

그녀는 목장 주인 스피어스 부인에 관해서도 썼다.

'스피어스 부인은 약 10년 전에 남편과 사별한 뒤 걸프 지역을 떠났고, 지금은 브리즈번에 살고 계세요. 조와 저는 지난 10월 그 부인 댁에 가서 이틀 동안 묵고 왔어요. 그때 그 일을 말씀드리지 않은 건 거듭 생각해보고 싶었고, 우리가 돈을 빌릴 수 있는지도 알아봐야 했기 때문이에요.'

그녀는 스피어스 부인이 연로해서 미드허스트에 묶여있는 상당한 자산의 일부를 현금화하고 싶어 한다고 썼다. 아마 상속세를 피하려고 생전에 재산을 증여하고 싶었던 모양이었다.

'부인이 우리에게 목장의 절반을 살 수 있는지 물었어요. 언제가 됐든 부인이 세상을 떠날 때의 가치로 나머지 절반을 살 수 있는 우선권도 주겠다고 했어요. 그렇게 하려면 가축 절반 정도에 해당하는 금액인 약 3만 파운드가 필요해요. 물론 이 땅은 국가로부터 임대한 것이지만, 현재 임대 계약기간이 17년 남아있어요. 따라서 조의 이름을 넣어 부인과 공동 임차인으로 임대차 계약을 변경해야 해요.'

그들 부부는 은행에 다녀왔다고 했다. 은행은 그들이 마련해야 할 3만 파운드 중 3분의 2를 융통해주기로 했다. 그녀는 이렇게 썼다.

'은행에서 축산을 잘 아는 조사관을 미드허스트로 보냈었어요. 조가 걸프 지역에서 평판이 좋아 조사관은 우리가 목장을 잘 관리하고 있다고 생각한 것 같아요. 그런 이유로 현금 1만 파운드가 필요하게 됐고, 그게 바로 노엘에게 여쭤보고 싶은 거예요.'

그녀는 다른 이야기도 조금 썼다.

'미드허스트는 좋은 목장이고 우리는 여기서 무척 행복합니다. 만일 우리가 목장의 반을 인수하지 못하면 스피어스 부인은 다른 사람에게 팔아야 할 테고, 그럼 우리는 다른 곳으로 가서 모든 것을 다시 시작해야 해요. 저는 그러고 싶지 않아요. 조가 미드허스트에 쏟아부은 노력을 생각하면 그는 몹시 낙담하게 될 거예요. 지금 월스타운을 떠나야 하면 저도 비참한 기분이 들 거예요. 이곳은 꽤 큰 도시로 변해가는 중이고, 행복하게 삶을 꾸릴 수 있는 도시가 됐기 때문이에요. 되도록 여기 머물고 싶어요.'

그녀의 이야기는 계속 이어졌다.

'소 목장이 신탁 관리 투자에 해당하지 않는다는 것은 알고 있어요. 노엘이 투자를 허락한 다른 사업보다 비용이 더 많이 들어가진 않을 거예요. 깊이 생각해보시고 우리가 그 돈을 받을 수 있는지 알려주시겠어요? 만일 불가능하다면 저는 계획을 다시 세워야 해요. 제가 여기 와서 시작한 사업 중 일부를 팔거나 저당 잡혀야 할 수도 있어요. 사업이 서툰 사람들 손에 넘어가면 문을 닫게 될 우려가 있어서 그러고 싶진 않아요. 이 도시는 어린 아기와 같아요. 노엘, 저는 아기를 아주 잘 알아요. 어느 정도 자랄 때까지 늘 돌봐주어야 해요.'

1만 파운드를 더 보내주면, 한 지역에서 위험성이 큰 사업에 유산의 절반을 투자하도록 허락하는 셈이었다. 맥파든이 유언장을 만들 때의 의도는 결코 그런 게 아니었다. 물론 법적으로는 내가 유언장에 넣은 재량권 조항 덕분에 신탁 관리 위반에 대한 어떠한 소송에도 안전했다.

나는 레스터에게 그녀의 편지를 보여주기 전에 이틀 정도 그 문제를 고민했다. 결국 우리의 임무는 맥파든이 비슷한 상황에서 취했을 법한 행동을 우리가 대신해주는 것이라는 생각이 들었다.

에어의 괴짜 은둔자는 이 일을 어떻게 해결했을까? 그는 병약하기는 했지만, 매몰차거나 비합리적인 사람으로 보이지는 않았다. 그가 그토록 장기간 신탁을 의뢰한 이유는 진 패짓을 믿지 못해서가 아니었다. 그는 진을 알지도 못했다. 거액의 돈을 가진 20대 미혼 아가씨는 남에게 이용당하기 쉽다고 생각했기에 그녀를 위해 취한 조치였다. 그 점에서 그가 옳았을 것이다.

하지만 현재 진 패짓은 서른한 살의 유부녀로 자녀가 둘이
나 있었고 (송아지 도둑질에 대한 그의 견해가 어떻든) 분별
있고 착실한 남편과 살고 있었다. 이런 상황에서 맥파든은
그래도 신탁이 원래대로 유지되어야 한다고 고집했을까?

나는 그렇게 생각하지 않았다. 맥파든은 다정한 남자였다
(분명 그렇게 느꼈다). 미드허스트 목장이 곧 진의 보금자리
이고, 그녀의 모든 관심사가 집중된 곳이었기에 그것을 갖게
해주고 싶었을 것이다.

그는 신중한 스코틀랜드 남자였다. 미드허스트 투자에 대
한 세부 사항에 관심을 기울여서 그녀가 1만 파운드에 해당
하는 합당한 가치를 얻을 수 있도록 도와주었을 것이다.

이런 관점에서 바라보니 부지의 임대차 계약 기간이 짧아
서 불안했다. 조 하먼이 목장 부지 안에 건설하던 댐과 추진
하던 모든 개량 공사에 들어간 금전적 가치를 되찾기에 17년
은 짧은 시간이었다. 계약 기간을 훨씬 더 길게 협상하기 전
에는 자산을 안정적으로 운영하기 힘들었다.

나는 파트너에게 진의 편지를 보여주고 그 문제를 길게 논
의했다. 그도 나와 의견이 같아서 임대차 계약이 문제의 핵
심이라고 생각했다.

"노엘, 제가 이 신탁 관리를 아주 진지하게 생각한다고 말
씀드릴 수는 없어요. 저는 이 문제에서 유언자의 입장이 돼
보려고 노력하는 노엘의 접근법이 옳다고 봅니다. 맥파든 씨

는 여동생의 남편이 살아서 도울 수 있었을 때는 신탁 따윈 생각지도 않았고, 기꺼이 여동생에게 재산을 물려주려 했잖아요. 그녀의 남편이 죽은 뒤에야 비로소 신탁을 원했어요. 지금 그 딸에게도 도와줄 남편이 있어요. 만일 맥파든 씨가 지금 유산을 물려준다면 아마 신탁 같은 건 신경도 안 쓸걸요."

"일리가 있군. 그런 생각은 하지 못했어."

"그 신탁을 무시하자는 말씀이 아닙니다. 그녀를 위해 임대차 계약을 바로잡을 수 있는 지렛대로 그걸 이용해야 한다는 겁니다. 우리가 만족할 수 있는 수준으로 임차권을 조정하기 전에는 그녀에게 돈을 줄 수 없다고 모두에게 말하세요. 그러면 제가 아는 한 그녀는 원하는 걸 다 가질 수 있어요."

내가 웃으며 말했다. "진에게 그 얘긴 하지 않겠네."

다음 날 나는 진에게 쓸 답장의 초안을 작성했다.

'1만 파운드를 더 보내는 게 불가능하다고 생각하지는 않습니다. 다만 임대차 계약 문제가 만족할 수 있는 수준으로 조정되기 전에는 그렇게 하기 힘들 것 같습니다. 현재 상황에서는 17년 뒤 보금자리를 잃게 될 수 있고, 스피어스 부인과 진이 댐을 비롯한 다른 물 보존 관리 계획에 쏟아부은 돈을 모두 잃게 될 수도 있습니다. 지금 제가 알기로 그 시설

들은 아무 대가 없이 전부 국가에 귀속될 겁니다.'

이것이 틀렸다는 사실은 나중에 알게 되었다. 이어서 편지의 요점을 썼다.

'물론 진에게 믿을 만한 변호사가 있을 테지만, 만일 도움이 된다면 제가 기꺼이 퀸즐랜드로 가서 몇 주간 머무르며 이 돈을 미드허스트에 투자하기 전에 임대차 문제를 만족스럽게 처리하고 싶습니다. 제가 영국 밖으로 나가본 지가 오래되어서 후회도 하던 참이었습니다. 바깥세상을 여행하며 구경할 수 있는 시간이 제게 많이 남았다고 기대할 수 없으니까요. 기운이 다하기 전에 길게 휴가를 내고 여행을 다녀오고 싶습니다. 게다가 제가 가서 임대차 계약 문제를 도울 수 있다면 더없이 기쁠 겁니다.'

그리고 이렇게 덧붙였다.

'제가 자비로 여행할 거란 사실은 두말하면 잔소리가 되겠죠.'

열흘쯤 뒤 그에 대한 답장이 왔다. 진은 내가 꼭 와주면 좋겠다고 강조했다. 4월 말쯤 그곳에 겨울이 시작되면 영국의 여름 날씨와 아주 비슷하므로 그때쯤 비행기를 타고 오면 좋겠다고 했다. 내가 가져가야 할 옷가지와 여행 중에 필요할지 모르는 약품과 물품 목록도 적어 보냈다. 나도 모르게 가슴이 찡했다.

다음 날 윔폴가에 있는 진료실에서 주치의인 케네디를 만났다. "내가 비행기를 타고 퀸즐랜드에 가면 안 될 특별한 이유가 있을까요?" 내가 물었다.

그가 의아한 표정으로 나를 바라보았다. "꼭 그렇지는 않습니다. 퀸즐랜드에 가셔야 합니까?"

"무척 가고 싶어요. 거기 가서 한 달 정도 머물고 싶습니다. 개인적으로 볼일이 있어서요."

"최근 좀 걸어 다니셨습니까?"

그에게 거짓말은 통하지 않았다. "아침마다 대개 트라팔가 광장까지 걸어가요. 거기서 택시를 타죠."

"사무실까지 걷는 건 힘드십니까?"

"좀 그래요, 한동안 그렇게 하지 않았어요."

"클럽에서 쉬지 않고 위층으로 걸어 올라갈 수 있으십니까?"

나는 고개를 저었다. "난 항상 승강기를 이용해요. 뭐 어쨌든 퀸즐랜드에 계단은 없을 텐데요. 모든 집들이 단층이거든요."

그가 미소 지었다. "코트와 셔츠를 벗으시면 한 번 보겠습니다." 그가 진찰을 끝내고 말했다. "흠, 혼자 가시는 건가요?"

나는 고개를 끄덕였다. "지구 반대편에 사는 친구 집에서 지낼 겁니다. 비행기에서 내릴 때 마중 나와 있을 거예요."

"정말 가셔야 하는 겁니까?"

나는 그의 눈을 마주 보았다. "가고 싶습니다. 무척이나
요."

"좋습니다. 저만큼 스스로 건강 상태를 잘 알고 계시잖아
요. 새로운 문제는 없습니다. 그저 자연스러운 노화가 진행
되고 있을 뿐입니다. 전쟁 중일 때 나이보다 10년은 더 늙으
신 거 같아요. 말씀하신 것처럼 비행기로 가시는 게 좋을 듯
합니다. 배로 홍해를 지나려면 힘드실 거예요."

그는 내가 해야 할 일과 하지 말아야 할 일, 그리고 전부터
누누이 말해주었던 모든 건강수칙을 다시 말해주었다.

사무실로 돌아와서 레스터에게 내 생각을 이야기했다. "4
월 말부터 3개월 정도 휴가를 낼 생각이네. 비행기를 타고
갈 건데 거기 얼마나 머물지는 잘 모르겠어. 갈 때 비행기 여
행이 너무 힘들다고 생각되면 돌아올 때는 배를 탈 수도 있
네." 나는 잠시 멈추었다가 다시 이야기했다. "어쨌든 자네는
내가 꽤 오랜 기간 자리를 비우리라는 가정하에 일해야 할
걸세. 이제 자네도 그럴 때가 됐지."

"정말 직접 가셔야겠습니까?"

"그래."

"알겠습니다. 노엘이 이 일에 너무 기운을 쏟지 않으시면
좋겠어요. 이건 아주 사소한 일이잖아요."

"내 생각은 다르네. 이제껏 내가 다루었던 그 어떤 일보다
더 중요한 거 같다는 생각이 들어."

나는 어느 월요일 아침 런던을 떠났다. 갈아탈 필요 없이 같은 비행기로 수요일 밤늦게 시드니에 도착할 예정이었다. 비행기는 카이로와 카라치, 캘커타, 싱가포르, 다윈에 들러 한 시간가량씩 머물렀다.

비행기 여행은 매우 편안했다. 승무원들은 아주 친절하고 세심했다. 물론 이틀 밤을 기내 좌석에서 자는 것은 피곤한 일이어서 여정이 끝났을 때는 기쁘기까지 했다.

휴식을 취하느라 시드니에서 이틀 밤 묵었다. 오후에는 렌터카를 타고 조금 돌아다녔다. 이튿날 케언스로 가는 비행기를 탔다. 브리즈번을 거쳐 퀸즐랜드 해안을 따라가는 멋진 여정이었다. 케언스와 타운즈빌 사이에 있는 힌친브룩 수로를 지나는 마지막 구간은 세계에서 가장 아름다운 해안선 같았다.

비행기는 저녁에 케언스에 도착했다. 비행장에 조 하먼이 마중 나와 있어서 깜짝 놀랐다. 지금은 다코타기가 일주일에 두 번 걸프 지역으로 다니는데, 윌스타운이 그만큼 성장한 덕분이라고 했다. 그는 금요일 비행기를 타고 나왔고, 월요일에 나와 함께 돌아갈 예정이라고 했다.

그가 말했다. "한두 가지 주문을 해야 하고 처리할 일도 있어서요. 제 변호사 벤 호프도 케언스에 있어요. 주말 동안 스트래천 씨가 그와 이야기 나누시고, 미드허스트의 전반석인 상황도 듣고 싶어 하실 거 같아서요."

나는 3년여 전에 챈서리 레인의 내 사무실로 찾아왔던 조 하먼을 만난 뒤로 퀸즐랜드의 느릿느릿한 말소리를 오랫동안 들어보지 못했다. 그는 나를 차에 태워 호텔로 데려갔다.

호텔은 사방으로 뻗은 특이한 건물이었다. 중심점으로 보이는 거대한 바와 함께 멋지게 자리 잡고 있었다. 우리는 저녁 시간 직전에 도착해서 바로 식당으로 들어가 앉았다. 조가 차, 맥주, 플롱크 가운데 무엇을 마시고 싶은지 내게 물었다.

"플롱크가 뭐죠?" 내가 물었다.

"레드와인이에요. 저는 별로 좋아하지 않지만, 와인을 좀 아는 사람들이 괜찮다고 하더군요."

나는 와인 리스트에서 헌터 리버 와인을 골랐다. 그것은 꽤 맛이 좋았다.

그가 말했다. "진이 직접 마중 나오지 못해서 무척 죄송해했어요. 큰 애는 누군가에게 맡길 수 있는데, 노엘이 아직 젖먹이여서 꼼짝할 수가 없어요. 진은 월요일에 윌스타운으로 차를 몰고 와서 우리를 만날 거예요."

"진은 어떻게 지내나요?"

"잘 지내고 있어요. 육아가 잘 맞는 거 같아요. 그 어느 때보다 빛이 나요."

우리는 저녁 식사 뒤 내 방 앞 베란다에 앉아 미드허스트 문제를 논의했다. 그는 지난 3년 치 목장의 회계 장부 사본을 가져왔다. 장부는 깔끔하게 타이핑되어 있어서 알아보기 쉬웠다.

내가 정리가 잘 되어 있다고 칭찬하자 그가 말했다. "전 이런 일에 별로 재주가 없어요. 진이 병원에 들어가기 전에 다 해놓았어요. 저 대신 거의 모든 회계 업무를 직접 합니다. 제가 목장에서 하고 싶은 일을 진에게 말해주면 그녀는 쓸 수 있는 돈이 얼마만큼 남았는지 알려줘요. 그녀가 우리 두 사람 몫의 교육을 받은 셈이에요."

그런데도 그가 꽤 기민한 사람임을 알게 되었다. 그는 임대차 계약과 자산 관리에 관한 다소 복잡한 사항들을 아주 쉽게 이해했다. 그날 밤 우리는 두어 시간 동안 그의 목장과 진이 시내에서 시작한 여러 가지 사업 이야기를 했다. 그는 진의 사업에 큰 관심을 두고 있었다.

그가 말했다. "진의 공방에 직원이 스물두 명이나 있어요. 구두와 작은 서류 가방, 여성용 핸드백 등을 만드는데 다른 사업들만큼 잘 나가진 않아요."

그는 장부의 페이지를 넘겨 내게 보여주었다.

"지금은 수익이 나고 있지만, 작년에는 200파운드 이상 손실이 있었어요. 정확히 227파운드네요. 하지만 나머지는 모두 대단하죠."

그는 아이스크림 가게, 미용실, 수영장, 영화관, 빨래방, 여성복매장의 매출 수치를 보여주었다.

"그 사업들은 아주 잘 돌아가고 있어요. 과일과 채소 가게도 괜찮아요." 그 수치들을 합해보니 전년도에 일곱 개의 사업에서 얻은 순이익이 2,673파운드에 달했다.

"그래서 진이 손해를 보면서도 공방을 운영할 수 있었어요. 진은 아가씨들이 목동들에게 예뻐 보이기 위해 쓰는 돈과 목동들이 아가씨들을 데리고 나가서 쓰는 돈에서 손실을 메꿔요."

나는 그 공방이 좀 고민스러웠다. 내가 물었다. "진이 그 공방을 확장할 수 있을까요? 사업을 더 키우면 간접비를 줄일 수 있지 않을까요?"

그는 동의하지 않은 듯했다. "진은 제프와 다른 두 명이 가져오는 악어가죽만 써요. 왈라비들은 전보다 수가 줄었고요. 공방을 아주 크게 확장할 수 있을 거 같지 않아요. 그녀가 원하지도 않고요. 그녀는 몇 년 안에 공방이 아예 필요 없어질 거 같은 예감이 든대요. 도시가 아주 커지면 직공 스무 명이 일하는 공방은 존재가 미미해질 거라는군요."

"그렇군요. 지금 이 도시는 인구가 얼마나 되죠?"

"윌스타운에 약 450명이 살고 있어요. 원주민과 목장에 나가 사는 사람들은 뺀 숫자예요. 지난 3년 사이에 인구가 세 배로 늘었어요."

"다 공방 덕분인가요?"

그가 천천히 말했다. "분명 그럴 거예요. 가만히 들여다보면 모든 대답이 거기로 귀결돼요. 공방뿐만이 아니에요. 진은 아이스크림 가게에 아가씨 두 명과 원주민 한 명을 고용했고, 미용실에 두 명, 여성복매장에 세 명, 과일 가게에 두 명, 영화관에 세 명을 두고 있어요. 꽤 많은 사람을 고용했죠."

나는 어리둥절해서 물었다. "공방 직원 스무 명이 쓰는 돈으로 다른 모든 아가씨들의 일자리가 유지될 수 있다고요?"

"그런 식으로 계산하는 게 아니에요. 얼마 전에 우리가 그걸 합산해봤어요. 진은 한꺼번에 서른다섯 명 이상 직원을 고용한 적이 없지만, 그녀가 사업을 시작한 뒤로 그녀 밑에서 일했던 아가씨 마흔두 명이 결혼했어요. 그들 대부분 목동들과 가정을 이뤘죠. 마흔두 개의 가정이 생긴 거예요. 진이 현재 고용하고 있는 서른다섯 명 말고도 영화관, 미용실, 신선한 채소를 원하는 여자들이 마흔두 명이나 더 있는 거죠. 눈덩이처럼 불어나는 거 같아요."

그가 잠시 멈추었다가 다시 이야기했다. "은행의 예를 들죠. 전에는 없던 여직원 둘이 새로 왔어요. 사업이 더 커졌기 때문이에요. 호주상호부금협회도 사무소를 열었는데 거기에도 여직원이 한 명 있어요. 빌리의 사무실에도 여직원이 있고요."

그는 나를 바라보았다. "이게 현실이에요. 지금 월스타운에 스물다섯 살 미만의 미혼여성과 기혼여성이 거의 백 명은 있을 거예요. 진이 처음 왔을 때는 두 명뿐이었어요."

조가 계속 이야기했다. "아기들도요. 스트래천 씨가 생각하는 것보다 아기들이 많아요. 병원에 특별히 조산사를 둬야 할 정도였어요. 그래서 아가씨가 또 한 명 늘었죠. 그녀는 지난달에 필립 순경과 약혼했으니 새로운 아가씨가 올 거예요."

내가 빙그레 웃었다. "아가씨들에 비해 청년들은 충분한가요?"

"월스타운에서 일할 사람을 구하는 데 어려움이 없습니다. 퀸즐랜드 전역에서 목동들이 일자리를 찾으러 와요. 노던준주에서 온 목동들도 월스타운 근처에서 일하고 싶어 해요. 웨스트 오스트레일리아에서 온 친구도 있어요. 3,000킬로나 떨어진 곳이죠. 일자리 상황이 3년 전과 꽤 다릅니다."

그날 밤 나는 일찍 자리에 누워 이 생각 저 생각을 했다.

다음 날 아침 우리는 변호사 벤 호프의 사무실에서 회의를 했다. 퀸즐랜드 토지관리 위원회에 미드허스트 임대차 계약 문제를 논의하기 위해 만나고 싶다는 편지를 썼다.

오후에는 차를 타고 돌아다니며 케언스 주변 관광을 했다. 케언스는 아름다운 곳에 자리 잡은 활기찬 열대기후 도시였다. 일요일에는 높이가 들쭉날쭉한 산들이 이어진 애서턴 고원까지 차를 몰고 갔었다.

월요일 아침에 다코타기를 타고 윌스타운으로 향했다. 도중에 조지타운과 크로이던에 착륙해 각 비행장에 20분 정도 머무르며 승객과 화물을 내려주고 또 다른 승객과 화물을 태우거나 실었다.

조지타운에 착륙하기 위해 상공을 선회할 때 그곳을 자세히 볼 수 있었다. 비행기에서 내려다보니 한때 사람들로 붐비고 집들이 즐비했던 직사각 형태의 넓은 거리가 이제 빗물 때문에 바퀴 자국이 깊게 파이고 잡초로 뒤덮여서 한편으로는 애처롭게 보였다.

집들은 전에 도로였던 곳 교차로에 몇 채씩 흩어져 있었다. 유일한 2층 건물인 호텔 주변에만 유달리 밀집해 있었다. 두 도시 모두 버려진 금광 도시였다.

트럭을 타고 비행장에 마중 나온 사람들은 햇볕에 그을려 건강해 보였고, 또 유쾌해 보였다. 남자들은 대부분 건실해 보였다. 여자들은 꾸밈없고 참을성 많은 주부들처럼 보였다.

비행기가 크로이던에서 이륙할 때, 나는 창가 자리에 앉아 풍경이 시야에서 멀어질 때까지 내려다보았다.

옆에 앉은 조가 말했다. "스트래천 씨가 이곳 풍경을 보신 게 어쩌면 다행이에요. 윌스타운도 이런 모습이었거든요. 조금 더 심했죠. 아직 크게 놀랄 정도는 아니지만, 지금은 크로이던보다 나아요."

비행기는 착륙을 준비하며 윌스타운을 빙 돌았다. 이곳은 꽤 폭이 넓은 강가에 자리 잡고 있었다. 다른 두 도시와 마찬가지로 괴상하게 배치되어 있었다. 이곳 역시 넓은 거리가 직사각 형태로 배열되어 있었고, 그 패턴에 집들이 꽉꽉 들어차 있었다.

비행기에서 내려다보니 함석지붕에 비친 햇빛이 곳곳에서 반사되어 비행기가 태양을 등지고 선회하는 순간 눈이 부셔서 눈을 감아야 했다. 집들은 모두 새로 지어진 듯했고, 꽤 많은 집들이 아직 공사 중이었다.

호텔로 짐작되는 2층짜리 건물 맞은편 중심가에는 도로 중앙을 따라 관목들이 나란히 심겨 있었다. 소를 몰던 넓은 길이 2차선 도로로 변신한 것을 알 수 있었다. 이 구역에는 아스팔트로 포장된 보도도 설치되어 있었다.

호텔 맞은편에는 다이빙대와 오두막, 그 주변에 잔디밭이 있는 수영장이 보였다. 진이 내게 편지에 쓴 그대로였다. 그때 시내 전경이 시야에서 사라졌다. 비행기는 새로 지어진 활주로 위에 착륙하고 있었다.

진은 포드 픽업트럭을 몰고 마중 나와 있었다. 사업을 돌보기 위해 시내를 오가느라 장만한 자신의 차였다. 그녀는 내 기억보다 훨씬 성숙해 보였고, 무척 매력적인 여성으로 성장해있었다.

그녀가 말했다. "노엘, 다시 뵙게 되어 기뻐요. 많이 피곤하시죠?"

"피곤하지 않아요." 다만 서너 살 더 먹은 느낌이었다. "아주 좋아 보이네요, 진."

"네, 좋아요. 더없이 잘 지내고 있어요. 노엘, 이렇게 직접 와준다고 하셔서 감사했어요. 사실 진작 부탁드리고 싶었지만, 너무 무리한 일이라 말씀도 못 드렸어요. 정말 먼 길이잖아요. 차에 타세요. 짐 가방은 조가 챙기고 있어요."

그들은 나를 태우고 곧장 미드허스트로 향했다. 차가 윌스타운 중심가를 지나기에 차를 세우고 진이 이룩한 일들을 보고 싶었지만, 그렇게 하도록 두지 않았다.

그녀가 말했다. "시간은 내일이나 모레에도 충분히 있어요. 바로 미드허스트로 갈 테니 좀 쉬세요."

나는 그녀의 편지를 여러 번 읽었기에 미드허스트로 가는 길에 보게 될 풍경이 어떠한지 알고 있었다. 그것은 내가 예상했던 대로였다. 보통 우리가 생각하는 의미의 도로는 없었다. 그녀는 길에 난 바퀴 자국을 따라 차를 몰았고 깊게 파인 구멍들은 피했다.

첫 번째 개울에 도착했을 때 강바닥을 가로질렀다. 콘크리트 바닥 또는 둑을 만들어 놓은 것을 나는 관심 있게 보았다. 이 둑의 양 끝은 두 개의 거대한 나무 기둥으로 표시되어 있었다.

그녀가 말했다. "아직 다리는 놓지 못했어요. 하지만 우기에는 이 둑이 큰 도움이 돼요. 물속에서 덜컹거리며 돌덩이 사이를 지나지 않아도 되거든요."

홈스테드는 내 예상과 아주 흡사했다. 지금 그 앞에는 정원이 가꾸어져 있고, 꽃들이 화사하게 피어 있었다. 또 내가 들어보지 못한 통나무 우리 또는 축사 같은 게 넓게 펼쳐져 있었다.

조가 말했다. "지난 2년 동안 소가 늘어서요. 지금 혹소(뿔이 길고 등에 혹이 있는 소-옮긴이)가 세 마리 있는데, 교배를 시작하면 사육장이 더 있어야 할 거예요."

그 혹소는 인도 소와 영국 헤리퍼드종의 잡종이었다. 그는 젖소도 몇 마리 키우고 있다고 했다. 그 말은 울타리가 더 있다는 뜻이었다.

내가 물었다. "지금 일손이 얼마나 됩니까?"

"백인 목동이 열한 명, 원주민이 열 명 있어요. 이 지역에서는 흑인보다 백인을 구하기가 더 수월한 편이에요."

그날 두 사람은 나를 돌아다니게 두지 않았다. 베란다의 긴 의자에 앉히고 시원한 음료를 내주었다. 나는 거기 앉아 마당에서 이루어지는 목장의 모든 일과를 구경했다.

그것은 대단히 흥미로웠다. 백인 목동과 흑인 목동, 소와 개, 말들이 곳곳에 보였고, 어느 정도 자란 왈라비 한 마리가 꼬리를 건들며 장난치는 강아지들과 함께 어슬렁거리고 있었다.

나는 그 모든 광경과 아이들을 돌보고 원주민 여자들을 살피느라 집안을 돌아다니는 진의 다정한 모습을 보았다. 그 곳에 언제까지고 앉아 있을 수 있을 것 같았다. 그리고 그렇게 사흘을 앉아 있었다.

어느 날 아침 진은 나를 시내로 데려가서 자신이 만들어 놓은 모든 결과물을 보여주었다.

우리는 먼저 공방으로 갔다. 진은 안으로 들어가면 추울 수 있으니 나더러 스카프를 매라고 했다. 나는 제대로 된 추위가 무엇인지 알기에 춥다고 느껴지는 않았지만, 따뜻한 바깥에 있다가 들어가서 그런지 조금 오싹했다. 공방 안에는 일 년 내내 에어컨이 돌아가고 있었다.

그녀가 말했다. "직원들이 이 에어컨을 정말 좋아해요. 이 것 때문에 제가 고용할 수 있는 직원 수보다 여기서 일하고 싶어 하는 사람들 수가 항상 더 많아요."

초록색 작업복을 입고 가죽 제품을 만드는 그들은 모두 똑똑하고 멋져 보였다. 매장 끝에는 긴 거울이 있었다. 벽에는 잡지에서 오려낸 헤어 스타일과 원피스 사진 몇 장이 핀으로 고정되어 있었다.

"저흰 그 사진들을 자주 바꿔요. 직원들에게 도움이 됐으면 해서요."

공방은 조금 떨어져 있었지만, 다른 사업장들은 작은 상점

가처럼 한 줄로 늘어서 있었다. 그녀는 아스팔트로 포장된 넓은 보도 위로 차양을 설치해 상점을 구경하는 사람들이 햇볕이나 비를 피할 수 있게 했다.

미용실은 에스토니아 출신 중년 여성이 맡고 있었다. 아름답게 치장한 어두운 피부의 멋진 여성이 호주 아가씨 둘을 데리고 일했다. 개인용 부스 네 개가 설치되어 있었다. 유리 판매대와 진열 선반에는 여자들이 좋아할 만한 물건들이 가득했다. 미용실 내부는 무척 깔끔하고 근사했다.

그다음 가게는 세탁기 네 대가 설치되어 있는 곳이었다. 그 안에서 젊은 부인 셋이 빨래가 다 되기를 기다리며 수다를 떨고 있었다.

그다음은 청과물 가게였다. 과일과 채소뿐만 아니라 씨앗과 정원에 필요한 다른 용품도 팔고 있었다.

그다음은 꽤 넓은 여성복매장이었다. 판매대가 있었고, 여름 원피스를 입은 마네킹들이 서 있었다. 나는 중년 여성이 손님을 응대하는 한적하고 좁은 공간에 관심이 갔다. 노인들이 검정 치마, 플란넬 속치마, 주방용 앞치마 등 평소에 자주 쓰는 물건을 살 수 있는 곳이었다.

진은 길 건너 영화관과 수영장도 보여주었다. 날이 꽤 더웠고 이미 볼 만큼 다 보았으므로 아이스크림 가게로 가서 시원한 음료를 마셨다. 그녀가 다른 볼일이 있어서 나는 30분 동안 그곳에 혼자 있었다.

의자에 앉아 가게로 들어오거나 거리를 지나는 사람들을 구경했다. 남자보다 여자가 훨씬 많았다. 모두 멋져 보였고, 적어도 그들 중 절반은 임신한 것 같았다.

진이 곧 돌아와서 내 앞에 앉았다. 내가 물었다. "다음 사업은 또 뭐가 될까요? 끝이 있긴 한 건가요?"

그녀가 웃으며 내 손을 잡았다. "끝이 없네요. 제가 계속 돈을 보내달라고 졸라서 괴로우셨죠? 사실 다음 일은 수익을 내면서 시작할 수 있을 거 같아요."

"어떤 일인데요?"

"셀프서비스 식료품점이에요. 사람들이 원하는 게 계속 바뀌고 있어요. 우리가 처음 사업을 시작했을 때는 모두 젊고 미혼이어서 즐길 거리가 필요했어요. 알차고 실용적인 걸 원하는 사람이 없었어요. 그때 그들에게는 아이스크림 가게와 풀장, 미용실, 영화관이 필요했어요. 그런 것들이 여전히 필요하긴 하지만, 더 이상 확장할 필요는 없을 거 같아요. 지금 이곳에 필요한 건 가정을 꾸린 젊은 부부들에게 필요한 것들이에요. 질 좋은 다양한 식품을 부담 없는 가격에 파는 좋은 식료품점이 필요해요. 그것을 시작한 뒤 바로 가정용품 파는 가게도 열어야 해요. 윌스타운에서는 유아용 변기조차 사기 힘들어요."

나는 맞은편 상점을 바라보며 말했다. "던컨 씨가 그런 것들을 팔지 않나요?"

"던컨 씨는 상상력이 부족해서 아기가 빠질 정도로 큰 변기만 팔아요."

"진이 파는 제품들은 어떻게 여기까지 오나요? 전부 비행기로 오진 않을 텐데요?"

"케언스에서 포사이스까지 기차로 오고, 거기서부터는 트럭을 이용해요. 물론 제대로 된 도로가 없어서 비용이 턱없이 비싸요. 한 2년 지나면 트럭이 너덜너덜해지거든요. 빌리의 말로는 도로 위원회가 여기서 케언스로 이어지는 도로 건설을 고려하고 있대요. 제대로 된 아스팔트 포장도로 말이죠. 빌리는 그 공사를 맡고 싶어 해요. 이 도시가 가파르게 성장하고 있어서 2년 안에 도로가 생길 거 같다는군요. 도로가 생기면 정말 편리할 거예요. 케언스까지 한나절이면 차를 몰고 갈 수 있다고 상상해보세요."

그 주 후반에 토지관리 위원회로부터 답장이 왔다. 다음 주 화요일이나 수요일에 만나자고 제안했고, 그것은 비행기 일정과 잘 맞았다. 조 하먼과 나는 케언스로 가서 그의 변호사를 만나 함께 비행기를 타고 브리즈번으로 갔다.

토지관리 위원회와의 회의는 거의 하루 종일 이어졌고, 우리는 계약 의향서를 작성했다. 그 뒤 하먼은 목장으로 돌아갔다.

벤 호프 변호사와 나는 브리즈번에 남아서 토지관리 위

원회에 수없이 들락거리며 각양각색의 잉크로 여러 번 고쳐 쓴 최종 합의서를 통과시켰다. 또 미드허스트 매매를 최종적으로 결정하기 전 옵션 계약에 관해 스피어스 부인의 변호사들과 의견도 주고받았다.

이 모든 일을 마무리하느라 거의 2주 동안 브리즈번에서 바쁜 나날을 보냈다. 레스터와 한 차례 전보를 주고받은 뒤 마침내 그 두 가지 다 합의에 이를 수 있었다.

나는 서류들을 가지고 케언스로 갔다. 조 하먼이 서명한 서류들을 우편으로 보낸 뒤 퀸즐랜드에서 내 볼일은 마무리되었다.

조 하먼과 윌스타운으로 돌아가서 일주일 더 그들과 같이 지냈다. 꼭 그래야 할 이유가 있어서가 아니라 늙은이의 감상 때문이었다.

진과 함께 베란다에 앉아 그녀가 셀프서비스 식료품점을 설계하는 모습을 지켜보았다. 우리는 식료품점과 철물점을 결합할 수 있을지 논의하고는 윌스타운으로 가서 현장 부지를 살펴보았다.

나는 지방의회 서기 카터를 만나 진의 토지 임대차 계약 상황을 한동안 의논했다. 그녀와 수영장으로 가서 거친 콘크리트 벽면을 개선하기 위해 타일을 덧붙이는 비용도 검토했다.

아이스크림 가게에 앉아 젊은 부인들이 유모차를 밀면서

상점마다 돌아다니는 모습을 몇 시간 동안 구경하기도 했다.

한번은 진에게 휴가 때 영국에 돌아올 가능성이 있는지 물었다. 그녀는 머뭇거리다 다정하게 말했다. "노엘, 그런 계획은 없어요. 우리는 내년에 휴가를 떠날 생각이지만, 미국에 갈 계획을 세우고 있어요. 샌프란시스코에 가서 낡은 차를 한 대 빌려 서해안을 따라 애리조나와 텍사스로 갈 생각이에요. 그렇게 하면 많은 것들을 배워 와서 유용하게 활용할 수 있을 거 같아요. 그들은 우리와 똑같은 문제를 겪었을 테고, 우리보다 더 오래 겪어왔으니까요."

어느 날 저녁 진이 내게 그곳에서 자신들과 함께 살자고 제안했다. 나는 가슴이 뭉클했다.

그녀가 말했다. "노엘, 영국으로 꼭 돌아가셔야 하는 건 아니잖아요. 이젠 거의 은퇴하신 거나 다름없고…, 챈서리 레인과 런던을 잊고 여기서 우리와 함께 지내시는 게 어떠세요? 그래 주시면 정말 기쁠 거예요."

물론 그것은 불가능한 일이었다. 늙은이가 있어야 할 곳과 젊은이가 있어야 할 곳은 따로 있었다.

내가 말했다. "그렇게 말해줘서 고마워요. 그럴 수 있으면 좋으련만, 난 아들들도 있고 손자들도 있잖아요. 해리는 내년에 귀국할 예정인데 우린 그 애가 육지에 배정되기를 바라고 있어요. 아마 해군성에서 복무할 거 같아요."

"우리에겐 아쉬운 일이네요. 저와 조는 이 문제를 상의하면서, 노엘이 우리와 오랫동안 지내셨으면 했어요. 여기서 가족처럼 함께 지내시면 좋을텐데…"

내가 차분하게 말했다. "진, 그렇게 생각했다니 무척 고마워요. 하지만 난 돌아가야 해요."

그들은 나를 비행장까지 태워주고 배웅도 해주었다. 작별은 성가신 일이어서 되도록 빨리 잊는 게 상책이다. 그녀가 무슨 말을 했는지도 기억나지 않고, 어쨌든 그것은 중요하지 않다.

기억나는 것이라고는 내가 탔던 비행기가 승무원이 없어서 이륙한 뒤 항로에 오르기 위해 선회할 때 아무도 내 얼굴을 본 사람이 없어서 정말 다행이었다는 것과 마지막으로 본 걸프 지역의 신축 건물들과 반짝이는 지붕들뿐이었다.

❧

겨울이 깊었다. 내가 사무실과 클럽에 다시 나갈 수 있게 된 지 3개월이 다 되어간다. 둘째 며느리 이브가 나를 보살펴 주고 있었다. 내 집에 입주 간호사를 두어야 한다고 고집부린 것도 그 애였다. 아들 내외는 내가 요양원 같은 곳으로 들어가기를 원했지만, 나는 그러고 싶지 않았다.

나는 겨우내 이 이야기를 썼다. 과거를 곱씹기 좋아하는 늙은이가 글을 쓰는 게 특기여서 어쩌다 보니 이렇게 됐다.

다 쓰고 나서 읽어보니 생각보다 훨씬 더 많은 일을 혼동한 듯하다. 도시를 새로 태어나게 하는 일은 결코 사소한 문제가 아니다. 나는 여기 앉아 런던의 자욱한 안개를 내다보며 이따금 진이 이룩한 일의 의미를 곰곰이 생각한다. 우리 중 누구라도 그녀가 얼마나 대단한 일을 이루었는지 깨달은 사람이 있는지 모르겠다.

얼마 전에 머릿속에 떠오른 재미있는 생각을 진에게 편지로 알려주었다. 그녀의 재산은 원래 웨스트 오스트레일리아의 홀스크리크 금광에서 비롯되었으며, 제임스 맥파든이 지난 세기말에 그곳에서 번 돈이라고 썼다.

지금 홀스크리크는 버크타운이나 크로이던처럼 버려진 도시일 것이다. 그런 곳에서 채굴된 금이 그곳을 번성하게 하는 자본이 되어 다시 돌아간 것은 타당한 결과인 듯싶다.

그런 생각을 하니 내가 그녀에게 돈을 내준 것은 잘한 일이었고, 비록 아들의 단호한 의지에 반한 행동이었을지라도 제임스 맥파든은 그 모든 일을 승인했을 것 같다. 어쨌든 월스타운 비슷한 곳에서 돈을 벌어 영국으로 가져온 장본인은 제임스 맥파든이었다. 자신의 후손이 그 돈을 원래 있던 곳으로 다시 가져갔을 때 그는 기뻐했을지도 모른다.

나는 한정된 삶을 살았기에 지난 몇 년 동안 알게 된 용기 있는 사람들과 낯선 장소들을 떠올리는 게 꽤 즐거웠다. 올겨울 내내 이 의자에 앉아 시도 때도 없이 졸면서 내가 런던에 있는지 걸프 지역에 있는지 분간되지 않을 때가 많았다.

이글거리는 햇빛, 송아지 도둑, 흑인 목동들, 케언스와 그린아일랜드가 꿈에 보였다. 내가 40년 더 일찍 만났더라면 좋았을 그녀, 다시는 보지 못할 작은 도시 속 그녀의 삶, 내가 애정을 듬뿍 주었던 그녀가 꿈속에 있었다.

끝.

"문학이 들려주는 삶의 지혜와 즐거움"

RAINBOW PUBLIC BOOKS

Korean Translation Copyright © 2020 by *Rainbow Public Books*™

나의 도시를 앨리스처럼 - 2권

발행일 초판 1쇄 2020년 10월 19일

발행인 박성범
지은이 네빌 슈트
옮긴이 정유선
편 집 강수진, 김호준
디자인 최유빈. 임연희
마케팅 이선영
발행처 레인보우 퍼블릭 북스
등 록 제 2018-000140 호

주 소 (우05542) 서울시 송파구 올림픽로 336, 1501호
전 화 02-415-9798
팩 스 0504-209-1941
이메일 submit@rpbooks.co.kr

ISBN   979-11-90978-02-6 04840 (2권)
ISBN   979-11-90978-00-2 (세트)

이 도서의 국립중앙도서관 출판예정도서목록(CIP)은 서지정보유통지원
시스템 홈페이지(http://seoji.nl.go.kr)와 국가자료종합목록 구축시스템
(http://kolis-net.nl.go.kr)에서 이용하실 수 있습니다.
(CIP제어번호 : CIP2020041387)